当代俄罗斯小说集
（第二辑）

DANGDAI ELUOSI
XIAOSHUO JI
（DI-ER JI）

［俄罗斯］德米特里·丹尼洛夫等　著

黑龙江大学俄文编译室　译

孙　超　甘雨泽　校

黑龙江大学出版社
HEILONGJIANG UNIVERSITY PRESS
哈尔滨

黑版贸审字 08-2019-272 号

图书在版编目（CIP）数据

当代俄罗斯小说集．第二辑／（俄罗斯）德米特里·丹尼洛夫等著；黑龙江大学俄文编译室译；孙超，甘雨泽校．-- 哈尔滨：黑龙江大学出版社，2020.12
ISBN 978-7-5686-0465-9

Ⅰ．①当… Ⅱ．①德… ②黑… ③孙… ④甘… Ⅲ．①小说集－俄罗斯－现代 Ⅳ．① I512.45

中国版本图书馆 CIP 数据核字（2019）第 301493 号

当代俄罗斯小说集（第二辑）
DANGDAI ELUOSI XIAOSHUOJI（DI-ER JI）
[俄罗斯]德米特里·丹尼洛夫等　著
黑龙江大学俄文编译室　译
孙　超　甘雨泽　校

责任编辑	魏翕然	
出版发行	黑龙江大学出版社	
地　　址	哈尔滨市南岗区学府三道街 36 号	
印　　刷	哈尔滨市石桥印务有限公司	
开　　本	880 毫米 ×1230 毫米　1/32	
印　　张	10	
字　　数	206 千	
版　　次	2020 年 12 月第 1 版	
印　　次	2020 年 12 月第 1 次印刷	
书　　号	ISBN 978-7-5686-0465-9	
定　　价	39.00 元	

致中国读者

俄中交往已经具有几百年的历史,涵盖了经济、政治和文化等多方面。近年来,两国教育领域的合作突飞猛进,圣彼得堡国立大学在双方合作中扮演了重要的角色。圣彼得堡国立大学的汉语教育已有150余年的历史,有关汉语学习的专业数量每年都在增长。圣彼得堡大学与中国40余所高校开展合作交流。

圣彼得堡大学提出在中国出版当代俄罗斯小说集的倡议得到了黑龙江省政府以及时任黑龙江省省长陆昊先生的支持。

出版该小说集的宗旨始终没有变化,即让广大中国读者了解优秀的当代俄罗斯小说。小说集收录了一些当代俄罗斯著名作家的作品。第一辑带有一定的总括性,主要收录的是一些当代城市小说。第二辑更有针对性,题材上更为一致,主要收录的是俄罗斯各个地方文学的代表作。在第二辑里,既有各地代表性作家的创作,也收录了一些关于当地的小说。地域覆盖面较大,涵盖了俄罗斯大部分地区,如卡累利阿、弗拉基米尔州、别尔哥罗德、顿河畔罗斯托夫、符拉迪沃斯托克,当然也包括莫斯科和圣彼得堡。作者既包括当代小说经典作家(如帕维尔·克鲁萨诺夫),也包括一些生活、工作在俄罗斯各地的小说家(如伊琳娜·马马耶娃、瓦西里·

1

阿夫琴科），还有一些专写俄罗斯外地生活的小说家（如鲁斯兰·别库罗夫）。

把这些作者联结在一起的共同主题是我们生活的故乡和家园，命运、传统、习俗，人与人之间深刻而又复杂的联系，等等。留在故土的人度过了自己的一生，渴望回到故土的人却终似迷途羔羊般不断在寻找自我；而失去这种联系的人则无法医治思乡之情，处于永远的自我与世界的悲剧冲突中。

中国读者读过这一辑后，自然会清楚，作者具体运用了哪些手法来呈现这些思想。

圣彼得堡国立大学校长　克罗帕切夫教授

区域文学和描写区域的文学

安德烈·阿斯特瓦查图罗夫①

呈现在中国读者面前的《当代俄罗斯小说集》第二辑,收录了短篇小说、中篇小说、回忆录、特写等体裁的多部作品,类似于全俄之旅或从卡累利阿到符拉迪沃斯托克的各区域鸟瞰。当然,本辑中作者所在地区并非俄罗斯的全部地区,而只是其中的少部分,如莫斯科、圣彼得堡、纳里扬马尔、弗拉基米尔、顿河畔罗斯托夫、卡累利阿、奥塞梯等,但这些文本为理解整个俄罗斯社会和历史进程提供了独特的视角。

本辑的作者以不同的方式描写着自己生活的区域。这可能是对地区风貌的翔实描写、对当地民众风俗习惯的记述,如 Ю. 涅奇波连科等;或者更为常见的是,通过描写居民的日常生活、习惯,来间接呈现地区文化,如 Р. 别库罗夫、Д. 古茨科弟、В. 艾拉佩强等。

各区域的生活经常是通过在各个地域生活的居住者的视角来

---

① 安德烈·阿斯特瓦查图罗夫(1969—)俄罗斯作家、语文学者。著有长篇小说《赤裸的人们》(2009)、《臭鼬狱》(2011)、《口袋里的秋天》(2015)等。

描绘出来的。对于主人公而言,自己的家乡不再具有令人痴迷的异国情调,他们没有思考过或者很少想过,为什么习俗是这样的,而不是别的样式。

我们把一些特写也纳入到本辑中,这些特写的作者以旁观者的视角来看待各地习俗,例如尤里·涅奇波连科的《与云齐飞》。尤里·涅奇波连科是以首都游客的身份来到纳里扬马尔的,他细致入微地描写了这个小城,对北部地区的美及其民众的道德品质赞叹不已。

就诗学层面而言,最具特色的是瓦西里·阿夫琴科,他创作了一部充满灵气的关于捕鱼的纪实中篇。

人与大地及地域(这一地域会滋生特定的世界观、文化和日常习惯)的联系是本辑所收录文本的一个核心主题。在达尼埃尔·奥尔洛夫的短篇小说中,故事发生在弗拉基米尔州,呈现在读者面前的是一幅幅破败的乡村画面。时代在变化,人们也随之不断改变,从而获得了新的品质。主人公与一位具有资本家习气的女性展开了一场殊死的博弈,但社会冲突很快就转化为日常的戏剧冲突。小说以主人公迎娶这位敌对的女性而结束。

瓦列里·艾拉佩强的短篇小说建构在传统的离奇情节基础之上,翔实地描写了别尔哥罗德州一户亚美尼亚家庭的生活和日常起居。远道而来的舅舅是所有人的偶像,他责骂孩子们,说他们的行为不符合高加索男人的形象,然而自己却与这个形象又相差十万八千里。在叶甫盖尼·艾丁的短篇小说《澳大利亚》中,社会冲突是通过普通百姓与知识分子之间的冲突呈现出来的。

尽管如此，人与培育他的土地的关系问题，人与各区域历史的关系问题仍然是本辑所收录文本的核心主题。例如，在伊琳娜·马马耶娃的短篇小说《战狼》中，女主人公与当地的命运紧密相连，她深切地领悟到自己在其中扮演的角色，就像大地母亲一样，在自己身边收留了各种社会边缘人士，赋予他们的生活以意义和创造精神。

本辑中的鲁斯兰·别库罗夫是奥塞梯的代表作家，其笔下人物充满了对过往生活以及祖辈传统的深切怀念。然而，他们在现今世界却郁郁不得志，敏锐而痛苦地感受到了与故土之间的疏离，逐渐变成了一些毫无个性的城市居民。

在本辑中，当代城市小说的代表是德米特里·丹尼洛夫、帕维尔·克鲁萨诺夫和安德烈·阿斯特瓦查图罗夫。丹尼洛夫的小说具有实验性质，文本中表现的是对事物的一种客观态度。莫斯科是以一个严格校对过的平面几何空间形象呈现出来的，丹尼洛夫记录并罗列城市生活的各种物件和现象，甚至在各种物件中能体会到人物的主观感受，他把人物及其感受也描摹成了几何图形。帕维尔·克鲁萨诺夫的小说描述了彼得堡的温暖夏日以及具有神秘气质的彼得堡形象；而安德烈·阿斯特瓦查图罗夫描述的是彼得堡的冬日，隐藏在皑皑白雪下面复杂而玄妙的生活和人际感受。

呈现在中国读者面前的是城市、乡村、州、边疆区，正是它们构成了小说集的真正主人公。

目录

莫斯科

米基诺，斯霍德尼亚

德米特里·丹尼洛夫①

麻烦来了。麻烦的是今天得换一件和昨天不一样的衣服。昨天还很冷，今天却突然变暖了。所以，要换一件衣服，不像昨天那么厚的，稍薄一点的衣服。

还得从那件厚衣服口袋里把零碎东西掏出来放到新穿的衣服里。而且，什么也别落下，通常这种情况下总会落点什么。

嗯，国民护照②。国民护照拿了。就在这，在稍薄衣服的内兜里。

好了，国民护照是主要的。

钥匙。在这，拿过来了，钥匙放好了。

---

① 德米特里·阿列克谢耶维奇·丹尼洛夫（Дмитрий Алексеевич Данилов，1969—　　），俄罗斯作家、戏剧家、记者，金面具奖获得者，其作品有中篇小说《黑与绿》（2004）、《十号楼》（2006），长篇小说《水平状态》（2010）、《城市素描》（2012）和诗集数篇。

② 俄罗斯国民护照的功能与身份证类似。——译者注

虽然也可能忘掉，但钥匙很难落下，因为出门的时候总得锁房门。

钱。还剩 90 卢布。还有两天，今天和明天。行吧，路上够用了。还有地铁票呢，还行，够用。

零钱也得拿过来。零钱有 14 卢布。好了，零钱放好了。

手机。

所有东西都放好了。主要是国民护照。国民护照已经就位，在稍薄衣服的内兜里，那件由于今天变暖不得不换（已经穿上）的衣服。

号称设计优良的一室住宅，走廊黑乎乎的，墙也褪了色。透过开着的门可以看到凌乱的床的一角。

脑门抵在墙上，站了一会儿。

哎。哎。得了，该走了。

好像都带全了。单位通行证应该跟国民护照夹在一起。得再检查一下，以防万一，一旦发生什么事呢。真的，什么事都可能发生。这坏习惯，能让人得心理疾病。

又检查了一遍，通行证跟国民护照在一起。

该走了。

闭了灯，出了门，锁了门，钥匙放到了口袋里。

电梯等了很久。十七层的楼，电梯几乎层层停。没完没了的上学的学生和上班的成年人。

电梯好像快到了。没有，又停了。终于，到了。

电梯满载，全是学生，上不去了。

不，就不走楼梯。等着。

电梯还是在各个楼层不断地停。

还有一部货梯，大型的。刚好到这层。也一样载满了学生，但还没有满载，还有个空位。

到楼下了。地铁票忘带了。

该死。总是这样。为什么这样？为什么？

又上楼。拿了车票。又检查了国民护照。

再下楼。这时电梯里载满的已不是学生，而是成年人。

真没想到，突然来了一部空无一人的电梯。不可思议，从来没有过这种情况。还别不信，就有这种情况。

走进小区院子。放眼望去，米基诺区绵延开去。

两栋十七层的大楼垂直相邻。其中一栋里住的全是米基诺村的居民，这个村原来就在这，为修建米基诺市区被拆除。一座座木房都被拆掉了，村民们搬进了水泥楼房。

几个脸上有麻点的中年大老粗一大早就聚集在楼门前，张罗喝酒。特别是夏天，冬天也是，冬天也可以喝。于是他们就喝了起来。也许，这样他们就会想起农村生活。有时，他们也打架，但比较罕见，打得也不凶。基本上就是喝酒。

周围都是楼房，楼房周围都是汽车。

四面八方的人都纷纷汇集到杜布拉夫内街和米基诺街的交汇处。那有 266 路公交车站，是途经米基诺的主要线路。

人特别多。

除了 266 路公交车，到图希诺地铁站还可乘坐很多不同的交通工具。有 267 路公交车，到斯霍德尼亚地铁站；有 17 路专线车，也到图希诺地铁站；还有一个走 267 路公交车线路到斯霍德尼亚地铁站的专线车。

所有这些车都满载着乘客。

上哪辆车好呢？

特别不想站在拥挤无比的公交车里。想坐着，哪怕车里很挤，也可以打个盹。

最好是花 50 卢布打车到图希诺地铁站，但现在没钱。

拐角处聚集了一伙一伙的人，他们在打车，四个人坐一辆车能便宜一些。

走到跟前，组好了人。打到了车。司机说 50 卢布，但不是总数，而是每个人。所有人 100 卢布呗，行吗？不行，每人 50。

唉，这算什么？这家伙太不要脸了，真是厚颜无耻。想怎么样就怎么样吗？这些司机简直太蛮横无理。

贪婪。

266 路公交车一辆接一辆，就像地铁一样。每一辆车都人满为患。当然可以勉强挤进去，但不想挂在扶手上，一直站着，前面在无线电市场附近，接着在沃洛科洛姆斯克公路会长时间堵车，唉！

不管怎么说，还有时间。

到斯霍德尼亚的专线车偶尔会有空座。

沿着杜布拉夫内街往后走一点，有专线车的停靠点。

过去一辆专线车，没有空座。又过去一辆专线车，没有空座。过去第三辆专线车，没有空座。过去第四辆专线车，没有空座，已经有人乖乖站着了。

应该还有点时间。即便稍晚点，也没什么大不了的。

在杜布拉夫内街又站了一会儿，只是站着，不想动弹。

不知为何，事事不顺。单位里说，所有活动有望移至秋天。有望。还不知道，活动是否会继续。其实，每个人都明白，很可能不会。计划多得很。完成的又有多少。现在一切都是白做。肯定拿不到任何事先承诺的预付款。

昨天尼古拉还打来电话，说了一件现在也搞不懂的事，不知道怎么办，怎么摆脱，怎么辩解。就是没有出路的局面。他们想把一切都收回，把项目转给他人。他们为什么介入？安静地坐着，安稳地上班，拿点死工资不好吗？怎么办？怎么办？该怎么办？什么也做不了。没什么可做的。

因为这一切，真想哪儿都不去，坐车、步行，都不，只想号啕大哭，或是就在雪地里打滚，或者只是原地站着，一动不动。

但还是得出发，还是得走。

更何况，后天发工资。

虽然如此，现在怎么办呢？

应该穿过杜布拉夫内街，坐 267 路车，到终点站米基诺第八小区，那可以坐上空车，再返回到斯霍德尼亚地铁站。

人们不断涌向米基诺街和杜布拉夫内街的交汇处。

米基诺区的居民太多了，简直令人可怕。

到处都是十七层和二十二层的楼房，而且里面都住满了人。

周围有一些小铺、小商店、大商店。但现在人们一般不去商店。晚上会去，下班后。现在大家去（步行或乘车）上班。

杜布拉夫内街上车流不断。

过街后，向车站走去。有一辆公交车，虽然车不是开往地铁站，而是相反方向，到米基诺的最边上，车上也坐着特别多的人。很多人的做法是坐到终点站返回，但聚在终点站的一大群人会直接冲进空车。

远处发电厂隐约可见，形状像口红色棺材，只是旁边立着一个高大的烟囱。

车慢慢地开过米基诺绿洲小区。"绿洲"的意思是，一个楼群与另一个楼群有一段间隔。

米基诺绿洲的楼房外形并不缺吸引力，而且外墙颜色各异。但窗户上随处贴着大幅"售楼"广告，写着电话号码。

米基诺绿洲的房子卖得不好。不动产市场正在下滑。

终点站聚集着一群期盼空车的人。旁边能看到佩尼亚基诺墓地的边缘，还能看到佩尼亚基诺村遗留下来的难看的几处房顶。

很快，村庄和墓地将被夷为平地，这些地方将建起一座座新楼。

人们会说：就是这样，一切都建在尸骨之上，都得牺牲。

大家总这么说。都得牺牲。

那怎么办？

人们冲上一辆辆空车，瞬间满员。

顺利挤上了车，挣脱了人群，占了个靠窗的座。

现在可以打个盹了。很想睡觉。

打个盹，不看车经过的米基诺绿洲、棺材型电厂、米基诺无线电市场、灰色阴森的新布拉特采夫村、红砖建起的新布拉特采夫厂、杨莱尼斯林荫道上光秃秃的枯树。

斯霍德尼亚地铁站到了。所有人都在这站下车。走出了车厢。

坐车到终点站，又坐车到斯霍德尼亚，一共用了很长时间。迟到了。

迟到很长时间。还得花些时间坐地铁。

迟到得有点不像话了。

到底怎么办呢，怎么办呢？

站着，呆呆地站着。

斯霍德尼亚街口有几栋灰褐色的五层旧建筑。波罗的海电影院挂着荒谬的海报。希姆基林荫道上有个家具店。

曾几何时，这里有一个极地航空机场。现在只剩下机场街，算是纪念。

倚在了地铁入口处的石栏杆上。

这个时候，一般会打来电话。询问这里什么情况，什么原因，在哪儿，什么事。虽然这么想，但手机里钱用完了。就这样吧。

不，这并不意味着有任何自杀的想法或绝望的情绪，只是一种麻木感，此时的任何行动都似乎毫无意义（也确实如此），心力交瘁，不想做任何事情，只求一分安静。据说，这些都是抑郁的迹象，好吧，可能是抑郁症。对，也许该躺在温暖的被窝里，蜷缩起来，身边什么也没有，也没有任何事情烦心，没有任何人来打扰，只求安安静静。

冷。

从透明玻璃商场里走出一个年轻人，手里拎着一瓶伏特加。

从玻璃搭建的商店里走出一个年轻人，手里拎着一瓶啤酒。

从玻璃搭建的商店里走出一个年轻人，他在店里买了一瓶伏特加酒和两瓶啤酒，放在一个袋子里，背在肩上，走动的时候，他的包里，伏特加和啤酒发出轻轻的咕嘟声。

从玻璃搭建的商店里走出一个年轻人，手里拿着一瓶啤酒，他停了下来，直接用瓶喝了起来。

玻璃搭建的商店不远处躺着一个人，就直接躺在雪地里。

旁边 6 路有轨电车时而轰响而过。

冷。

进了地铁站，坐在长椅上，就在第一节车厢停靠的位置。

已经有二三十辆车开往市中心方向，他却一直坐着，一动不动地盯着墙上的金属字母站牌"斯霍德尼亚"。他还要在这坐很久，然后起身，出地铁，乘车回家，返回米基诺。

2004 年 10 月 28 日

（关秀娟 译）

年长者

德米特里·丹尼洛夫

国民护照拿了吗？

拿了。

出院单呢？

拿了，拿了。

证明呢？

嗯，拿了，拿了。

走廊里同时出现了一个年长者和一个年少者。

一个冬天的早晨，天花板下泛黄的灯光很刺眼。

脏兮兮的浅蓝色壁纸。

年长者把一个包（以前称为"网兜"）放在墙边。包已经变了形，失去了平衡，沿着墙壁下滑，一个形状不明、随意包着的东西从包里滚了出来。年长者调整了一下包的形状和重心，把滚出来的东西又塞回包里。

年少者两脚不停地原地倒着步。他面部肿胀，面部表情模糊不清。

准备好了吧，出发。

出发。

在狭窄的走廊里试着同时穿上鞋子和衣服，有点挤，试着系上鞋带，试着把手伸进袖子。这是一件颜色难辨的深色旧呢子大衣，上面粘着很多毛发和其他一些碎屑。从脏兮兮的颜色难辨的深色夹克的外皮中钻出一些羽毛。这种夹克有时被称为"羽绒服"，可能里面有羽毛或类似的东西。护耳帽让人看着难受，使人想起艰苦岁月，陷入沉重思绪。毛皮帽子是黑色的，因此看不出脏，其实还是能看出来的，是的，是脏的，非常脏。

网兜在手里，包在肩上。

什么都没忘带。

没有。

那就出发吧。

无精打采，昏昏欲睡，拧钥匙的手颤颤巍巍。

他们不是父子，不是。也不像祖孙。更不像兄弟。很难确定他们的亲缘关系。

冷，黑，蓝，雪，灯。别罗沃。

这些房屋是 60 年代为镰刀和锤子厂①的工人所建。坐车上班很方便，坐 24 路有轨电车走弗拉基米尔三道街，然后向左拐，沿着恩图济阿斯托夫公路到镰刀和锤子厂。回程也一样，走恩图济阿斯托夫公路，然后右拐，沿着弗拉基米尔三道街到达这些 60 年代为镰刀和锤子厂的工人所建的楼群。

---

① 莫斯科镰刀和锤子冶金厂的简称。——译者注

现在这里还住着镰刀和锤子厂的工人，但如今他们主要坐地铁，从别罗沃站到伊利奇广场站，然后返回。

镰刀和锤子厂的许多工人喝酒成性，他们因酗酒或其他原因而死亡。有许多人不酗酒，也没有死。而有些人死了，却没有酗酒。也有一些酗酒的，目前却还没有死。他们仍然住在这些房子里，60年代为他们这些酗酒的、死去的、活着的镰刀和锤子厂的工人所建的房子里。

也许他们是叔侄俩。或许也不是。

24路有轨电车铮铮响着从弗拉基米尔三道街转到常青大街。

不太明白，为什么叫常青大街。也许，修路者希望这条路像林荫路一样，周围绿树成荫；希望生活在60年代所建的镰刀和锤子厂职工住宅楼里的居民，傍晚或休息日能在绿树丛中沿着这条街散步，会喜欢这个地方，正如游览指南所描述的，这个地方将成为小区居民喜爱的休闲之地。然而，事实好像并不相符，树倒是有，但好像不是想象的样子，没有改善环境，不符合"常青大街"这一名称，这些树木和灌木丛好像病病歪歪、愁眉苦脸似的，所以这条路显得灰突突的，但也不能叫灰路，根本无法想象地图上或是楼房的墙上会写着"灰路"。但再一想，怎么就不能这样叫呢？既然有红场、常青大街、紫色林荫道，就应该有黑街、褐色林荫道、灰路啊。也许由于某种原因不习惯这样命名街道？

算了，别操那份心啦。

沿着常青大街，在橙色路灯下，迎着明净寒冷的空气和雪花，奔向别罗沃地铁站。多少次在下结冰的台阶时险些滑倒。

还得坐多久啊。地铁换乘一次，之后电气火车还要坐很远很远。

唉。

多少次试着快速挤上车坐下，都没能成功。站在拥挤的车厢中，听着运行中车厢的轰鸣和嚎叫声，一阵阵头晕恶心，坚强又无望。

台阶上，向上的人群去往马克思主义者站，向下的人群去往放射线上的塔甘卡站①。

年少者昨天正是这样坐车的，在人群中，晕头转向。只是去另一个方向，有不同的目标，确切地说，没有什么特别的目标。

而年长者昨天没有坐车，只是待在厨房里，一动不动地看着窗外的别罗沃的树、房子和变暗的天空。

乘坐紫线，经过赛马场站，波列扎耶夫站，十月田站。

十月田站以后人就少了。

也可以换不同的乘车路线。可以坐到特列季亚科夫站，换乘橙线，坐到里加火车站，在那能坐上几乎空的电气火车。那样更好，地铁坐的时间短，电气火车坐的时间长，坐电气火车比坐地铁舒服得多。但不知为什么大家都这样乘车，或者说几乎都是，坐到与铁路站台相连的很远的地铁车站，到图希诺站，或维希诺

① 莫斯科有两个塔甘卡地铁站，分别位于环线和放射线上。——译者注

站，抑或华沙站，有些怪怪的。

图希诺地铁站，图希诺火车站。昏暗，黎明，微风，米基诺站的钢铁建筑和柏油路面。

一条轨道上停着一列十四节车厢的货车。

来自沃洛科洛姆斯克、新耶路撒冷、杰多夫斯克、纳哈比诺的电气火车将大量乘客运送到图希诺站。

几乎空车开到纳哈比诺、杰多夫斯克、新耶路撒冷、沃洛科洛姆斯克。

到沙霍夫斯克的电气火车几乎是空车。

"请留意，车门即将关闭，下一站帕夫希诺。"

"本次列车在针织站不停车。请大家留意。"

"请留意。"

"请留意。"

"请留意……"

应该睡一会儿，但已经不想睡了。在地铁里特别困，但现在已经不困了。

面对面坐着，车在开。

年长者几乎根本不困，他总是一动不动地看着什么，不是看窗外，不是看坐在对面的年少者，只是向旁边看着，他的视线落在座椅边上、窗框上、车体侧面上，余光可以看见透进窗户的光，窗外闪过的东西。

他们之间有过一次对话，其中大约百分之七十是感叹、叹气和沉默。如果仔细分析二人的谈话，可以推测出，年长者对年少者提出了一些要求，表达了一些抱怨；而年少者回绝了这些要求和抱怨，反过来也对年长者提出了一些要求，表达了一些抱怨，几乎是一样的。年长者发出了表达情绪的"哎"或"啊"声，并挥动着手；而年少者时不时地伸懒腰，打哈欠。年长者又向旁边看去，看窗框、车体侧面。虽然起初不想睡觉，年少者还是睡着了，他梦见自己坐电气火车从图希诺站到沙霍夫斯克站，梦见自己对面坐着年长者，看着旁边的某个地方。

从包里拿出保温瓶，拧开兼做杯子的瓶盖，动作和缓、从容、有序，没什么着急的。拉出瓶塞，从保温瓶中往水杯式瓶盖里倒些液体，看情况，很热，起码是温的；盖上瓶塞，慢慢地喝一口热乎的液体，散发着塑料和木塞气味的热乎的液体。喝液体，盖瓶盖，把保温瓶收进包里。

再次向旁边看去，可以看见窗框、对面座椅的边缘和一部分车体。

梦见电气火车开着开着，突然停了下来。

电气火车突然停了下来。醒了。火车又发动了。

过道斜对面坐着一个女孩。年少者这样的人倾向于用"可爱"这个词来形容这类女孩，说实话，很难说这个女孩的外表有什么好看的地方。

站越来越少，两站的区间越来越长，站名越来越拗口难念。

列索多尔戈卢科沃。杜博谢科沃。

打呵欠，眼神游移，干脆什么也不看了。

不动，看着窗框和部分车体侧面。

从图希诺到沙霍夫斯克走了差不多三个小时，很远，已到莫斯科州的边了。在沙霍夫斯克站会觉得莫斯科很远，在数千公里之外，或者它根本不存在，只有莫斯科的绿皮电气火车和莫斯科郊区的汽车牌照提示着莫斯科的存在。

车厢另一侧的尽头坐着一个弓着背的人，远处看像是个老头，也可能不是老头，或许是中年人，或许是年富力强的成年人，应该叫壮汉。或者可能是年轻人，生活还在前头，面前有一百条路，未来的生活可能有趣、丰富，也可能无趣、无聊、平静、单调、可怜，所谓人生百态。怎么就不能是一个年轻人？——正处在人生某个阶段，弓着背，甚至蜷缩着，坐在冰冷、明亮、空荡的电气火车上，火车呼啸着开往沙霍夫斯克站。

在沃洛科洛姆斯克站，姑娘和弓着背的人下了车。弓着背的人从窗旁走过，结果发现是个中年女士，非常文雅，于是年少者头脑中断断续续地闪过那个单一的词"可爱"。

打开保温瓶。喝一杯吧。不了。还是喝一杯吧，热的。不，不想喝。看着办吧。喝下散发着瓶塞和塑料味的热乎的深色液体。

133公里站。拧上保温瓶，把保温瓶装进网兜。149公里站。

沙霍夫斯克站。

网兜在手里，背包在肩上。昏昏欲睡，哈欠连天，在寒冷又新鲜的冷空气中不知不觉产生了醉意。一直心不在焉，沉默不语，手里攥着网兜的拎手。

站前广场上清雪的是两辆巨型K－701拖拉机，又叫"基洛夫人"。这些拖拉机是圣彼得堡基洛夫工厂制造的，正因为如此它们才被称为"基洛夫人"。

巨大的拖拉机完全压制了周围的景致、房屋、树木、棚屋。它们似乎高于这个村庄的任何物体、任何建筑物。当然，绝非如此，只不过是一种错觉。

不用买任何东西。

不用，稍后再买。

要不，去买。

说不用了，什么都有。

稍后再去。

广场，市场，道路；房屋之间的夹道，庭院；五层小楼，单元门；通往五楼的楼梯，门，公寓。

一股积累已久的困难、单调、痛苦、无聊生活的气息。窒息，喘息。悲伤抽泣的家具。炉子上的茶壶。象征着谦恭和顺从的冰箱。

在狭窄的走廊里同时脱衣服、脱鞋，试图将大衣和夹克挂在一个衣架上，夹克从衣架上掉落，再次尝试将夹克挂上衣架。

贴墙放的网兜已经没有了形状，失去了平衡，顺着墙滑下来。网兜里滚出一个没型的、随意包裹的东西。年长者捡起东西，拿到厨房，放在桌上。

如果这些人属于另外一个社会阶层，如果他们有些许不同的教育水平、另一种审美观和责任感，那么年少者会很积极主动地帮忙干活，说些类似于"我去泡茶，你先休息一下""别担心，我会做好的"的话;而年长者会躺在沙发上,双手放在头后,深吸一口气,说些类似于"唉,我太累了",或"唉,到这儿太累了",或"唉,实在太累了"的话。但这时的情形完全不同——年少者在沙发上躺下,转身侧卧,立刻睡着了;年长者把水倒进茶壶,点燃煤气,将茶壶放到炉子上,坐在靠窗的椅子上。

年少者入睡了,壶里的水渐渐沸腾;年长者坐在厨房里,一动不动地看着窗外的树木、房屋以及还亮着的天空。

2006 年 11 月 8 日至 10 日

(关秀娟 译)

永远的回家之路

德米特里·丹尼洛夫

工作做得够多了。无论你干多少，工作总是干不完的。工作不是狼，不会逃进林子里。工作就喜欢傻瓜。①

所以他们同时结束了工作。

因为尽力而为了。

保存尚未保存的文档。关闭已保存的文档。关闭打开的 Internet Explorer②、Microsoft Word③、Microsoft Excel④、Microsoft PowerPoint⑤、Microsoft Access⑥、Microsoft Outlook⑦、Microsoft Project⑧ 等程序窗口，但是，工作并不总局限于使用微软公司的程

---

① 这是融合在一起的两句俄语俗语，意思是不用着急干活，有的是时间，干不好也是白干。——译者注

② 微软操作系统自带的一款网页浏览器，简称 IE。——译者注

③ 美国微软公司的一款文字处理器应用程序。——译者注

④ 美国微软公司的一款电子表格软件。——译者注

⑤ 美国微软公司的一款演示文稿软件。——译者注

⑥ 美国微软公司的一款关联式数据库管理系统。——译者注

⑦ 美国微软公司的办公软件套装的组件之一，可用来收发电子邮件，管理联系人信息，安排日志，分配任务，记日记等。——译者注

⑧ 美国微软公司的一款项目管理软件。——译者注

序，经常会有人打开 Photoshop①、Corel②，或者 Adobe Illustrator③，或者 Dreamweaver④，总之，他们把所有程序都关闭，关闭。

使用位于屏幕左下角的"开始"按钮关闭电脑。或者不关闭，就那么放着。一些公司就是这样：他们根本不关电脑，所以电脑不停地工作，年复一年，直到永远。

这一点让人联想到关闭机床，收拾工具，或是将公交车停进车库；但这的情况不同，没有任何机床、公共汽车，他们只需要关闭电脑，或不关放在那，处于开机状态，没有什么机床、铲子、风镐和公交车。

这一阶段称为"下班"。他们都在下班。

去卫生间。光顾卫生间是下班的重要组成部分。一定要去卫生间。就像有些人说的，"先去放放水"。

如果冷，就穿上外衣；如果不冷，就不穿。拿上公文包、背包。这些公文包和背包里什么也没有，除了一些没用的零碎东西，如忘了拿出去的报纸。这些东西本来不用带到单位，上下班也不必带公文包和背包，但不行，不能那样，不能就那么两手空空地来上班，所以得照例带上公文包或背包。

用钥匙锁上办公室，或者不锁。可能有各种情况，例如，早

---

① 美国 Adobe（奥多比）系统公司的一款图像处理软件。——译者注

② 科立尔公司，总部设立于加拿大的设计软件公司。——译者注

③ 美国 Adobe（奥多比）系统公司的一款出版、多媒体和在线图像的工业标准矢量插画软件。——译者注

④ 美国 MACROMEDIA（宏媒体）公司开发的集网页制作和管理网站于一身的所见即所得网页编辑器。——译者注

晨很早，或者相反——晚上很晚时清扫房屋，所以办公室是要开着的。更常见的情况是，没有办公室，只有一个巨大的空间，几十个人都在一起，甚至几百人，大家都能看到彼此，可以说是个透明的集体。所有人都坐在一起，可控性提高，不好意思放下工作玩游戏或者浏览内容可疑的网站；也有人厚颜无耻、大胆公开，当着同事的面也不难为情，无所事事地成天挂在网上，甚至看色情片。当然，这是比较罕见的——做这些事情的只是非常有价值的员工，他们是公司中不可替代的人、高收入者、著名招聘机构费时费力猎取到的员工。这种机构叫猎头公司，业务是猎取高智商头脑。这就是他们猎取到的有价值的高薪人才，这个人才现在就肆无忌惮地坐着，不避讳任何人玩着荒谬可笑的游戏，或者像一些人说的那样，"挂在聊天室里"。聊天室里说的话太可怕了，简直是恐怖。其实，有很多公司掐掉了娱乐网站的接口，但是高薪者，特别有价值的员工，知道自己对公司的价值，会额外要求无限上网的权利，管理层会满足他的要求。换个角度讲，特别有价值的高薪员工从不待在这种公共透明的大厅里，他们有单独的办公室，所以他们坐在单独办公室里玩游戏，上网访问有色情内容的娱乐资源，忙些另类、可怕、低俗、出奇的事。

大家都离开了各自的独立办公室或公共大厅，纷纷穿过走廊，下楼梯，等电梯。电梯很亮，金属的，有防破坏涂层，以防万一。这种事情不少，总有员工由于某种原因，如与管理层冲突，心情不佳，忧伤，惆怅等等。这时他对公司的信心就会陡然下降，几乎为零，甚至对公司产生憎恨心理。于是就打碎电梯里的灯泡，往墙上粘口香糖；或在电梯光滑的表面贴纸条，写他对公司的信心所剩无几，接近于零，自己已毫无力气。电梯一般要等很久，先按下行键再等待；电梯会一直在各楼层之间运行，向上、向下，不过，最终会来的。但电梯里会有很多人，如果费力最终进了这样的电梯，电梯就会亮起红灯，提示超载，还是得走楼梯。

在公司大楼的出口处需要完成某种流程，比如在值班员的本子上登记，或在专门的电子记录仪上刷专门的塑料电子通行证，记录仪能记下离开单位的时间，以防员工提前离岗，或者直接向保安出示通行证。一定要做这些事情，否则下班的程序好像没有走完；如果只是起身就走了，那叫什么下班，不行，不能那样，一定要在值班员处登记，或刷通行证，或出示通行证，到此"下班"这一阶段才圆满结束。

开始了下一个阶段："离开单位"。当大家锁门或不锁离开办公室时，当他们穿过走廊，等电梯，下楼梯时，这是"下班"；当他们进入上帝创造的世界，出发，向某个方向（不是某个方向，而是向地铁站）进发时，这已经是"离开单位"，完全是另外一种状态，另外一种情形。

单位一般在地铁站附近。单位离地铁站很远，步行到不了地铁站，这种情况是不存在的，根本不可能。

他们都从工作地点走到地铁站，"离开单位"。"离开单位"是一个短暂的阶段，没什么内容，地铁站特别近，走就是了。问题是往哪儿看。一般来说，随便看点什么或什么也不看。可看的东西就在路两旁，楼房、栅栏，其他楼房、其他栅栏。各种各样的汽车。窗户。很多无法辨认的小东西。根本不想看这些东西，也没力气看，因为已经几百次或几千次地路过这一切。其实，如果问他们到底路过了什么，房子和树是什么样的，谁也说不准，因为他们从来没有看过周围的东西。从到单位上班的第一天起，从地铁站走到单位，再从单位返回地铁站，匆匆而过，不看房子、树木和窗户，从第一次起他们就立刻对从单位到地铁站路上的一切产生了厌恶感，不由自主。总之，不想向两边看，只看自己脚下，这在某种意义上讲意味着忧郁、自闭、压抑。为什么压抑？根本不需要压抑。向上看，有些荒凉，只有天空和电线，灰色，或白色，或浅蓝色，或黑色的天空，还有电线。如果天空是黑色的，电线是看不见的，有时却能看见星星。星星什么样呢？星星就是星星。当然，走路抬头向上看有点吃力，唯一可行的是向前看，这是最正确的选择。向前看，视线很容易分散，什么都看不见，只有向前的人行道或小路，还有遥远的前方。有些东西高高地耸立在那里，不知是什么，但不会令人特别讨厌。一切正常，向前走，向前看，于是地铁站就会出现在眼前。

可以立刻进地铁站，从而完成"离开单位"这一阶段，进入"乘车回家"阶段，也可以在地铁站附近停留一下，滞留在"离开单位"阶段，确切地说，这可称为过渡阶段，很短，也可叫"班后小酌"。在地铁入口附近的一个摊位或商店买一瓶或一罐啤酒，打开，喝掉这一瓶或一罐啤酒，将散焦的目光投向远方，落在物体之间的空档处，这样看见的只是模糊的空白空间。接着，可以再买一瓶或一罐啤酒，或两个，或三个，或四个，或买一大塑料瓶啤酒，或一大塑料瓶杜松子补品酒，或苹果酒；或者干脆放纵一下，买 250 克的小瓶白兰地，或者更吓人的，买一瓶一升装的伏特加，再次放纵一下，就在地铁站旁喝伏特加，摘下领带，就这样从喉咙直接倒下去，毫不避讳，因为已经彻底下班啦，彻底，彻底，明白吧，已经彻底下班啦。但最好不这么做，会荒唐到不可容忍，这已不是"班后小酌"的过渡阶段，而是完全独立的另一个阶段："喝酒"。这一阶段可能转变成另外几个疯狂的阶段，所以最好还是喝一瓶或一罐啤酒，或至多喝一瓶杜松子补品酒或苹果酒，就进地铁。

少喝点啤酒，就进地铁。就一点儿，正如一些人所说的"一点点"。喝一点点啤酒，然后进地铁。

开始漫长又乏味的阶段："乘车回家"。

现在大家都得坐地铁。从市中心到郊区。从普希金站或新库兹涅茨克站到郊区。或者从靠近三环的区域穿过市中心到郊区。或者从卡卢加，或季米里亚泽沃，或大学站穿过市中心到郊区。或者从一个郊区穿过市中心到另一个郊区。

于是他们坐上车，"乘车回家"。

（关于地铁有太多的书和文章，还有太多的歌曲、传说和神话，夸赞地铁是世界上最美的；介绍车厢和车站，描写人们坐在车厢里从一站到另一站，以及他们乘车的所思所感。还要跟着唠叨这些事吗？地铁还是地铁，乘车还是乘车，换乘一次，或是两次，或根本不换乘，直达，有什么可说的，自己从来就没坐过地铁吗？）

简而言之，他们都来到了图希诺站，因为他们都要到米基诺。到米基诺不仅可以从图希诺站转车，还可以从斯霍德尼亚站转，从滑翔机站转，但结果却是，大家都首选图希诺站，所以他们坐到了图希诺，从最后一节车厢下，在地下通道里向右或向左转，走向地球表面。但是"乘车回家"阶段没有就此结束，因为还得坐车从图希诺到米基诺。

公交车或专线车，2 路或 266 路公交车，17 路专线车。等专线车的队伍很长，专线车一辆接一辆，坐满就发车。坐公交车需要在人群中挤来挤去。一辆公交车进站，比如 266，一大群人就蜂拥而上。要正确选择位置，甩掉对手，脱颖而出，坐下。如果不会选择正确的位置，错过恰当的时机，面对竞争对手的冲击而退让，徘徊不前，没抢到座位，那就得站着，站着。

如果能找到座位，就马上睡着了。

如果站着，"睡觉"方案就泡汤了。如果站着，就得做点什么。

看窗外，看沃洛科洛姆斯克公路和上面来往的车辆。看远处发白的斯特罗吉诺区。看斯霍德尼亚河。看城市公共事业研究院长长的灰色建筑。看莫斯科环城公路。看米基诺第一小区的十七层楼群。看米基诺第二小区的十七层楼群。再次眺望远处依稀可见的米基诺第一小区的十七层楼群。看米基诺第五小区的十七层楼群。看米基诺的摊位和商店。看十字路口超市。看侧面立着的一个红色烟囱，看红色发电厂。看米基诺第六小区十七层和二十二层的楼群。看袋鼠超市（Ramstore）。看安格洛夫胡同，看胡同里行驶的小轿车和公交车。看终点站米基诺第四小区旁的十七层建筑群。看这一切，目不转睛。

他们坐着车，看着窗外。

或者阅读。看体育快报。读 *Smart Money* 杂志。读小开本的软皮书，作者姓名已很难辨认，因为经常看已经磨得模糊不清。有些书站在公交车里看很不方便，如 Д. 贝科夫写的关于 Б. 帕斯捷尔纳克的书就很不方便看，太厚，Д. 贝科夫关于 Б. 帕斯捷尔纳克的内容写得太多。Д. 贝科夫是一个多产的作者，他在很多方面都很成功，写书，写文章，还主持电视节目，因为他是一个工作能力和时间管理能力惊人的人。书厚得很，甚至很难拿在手里，而且这本书五百多卢布。而俄罗斯当代诗人的书读起来就很方便，又小又薄，有时还有袖珍版，从图希诺到终点站米基诺第四小区这段行程至少可以读完一本，甚至能读完两本。如果有能力读些诗文，就可以读更多的小型诗集，如 А. 拉季奥诺夫的、М. 格伊杰的、В. 努加托夫的、А. 杰尼索夫的，或其他作者的合集。主要取决于品位，正所谓各有各的品位与爱好，每个人喜欢的东西不同，如果喜欢体育快报之类的，乘车时就看体育快报、财经杂志、宣传画报，而 А. 拉季奥诺夫、М. 格伊杰、Вс. 叶梅林、Ш. 布梁斯基的就不看了。

或者思考。不思考是非常困难的，为了不思考，有必要花多年时间进行长期专门练习，所以还是得思考。他们就坐在车上思考着。

尼古拉·斯捷潘诺维奇想：哎，吃饭。

谢尔盖·鲍里索维奇想：哎，吃饭，看电视。

娜塔莉亚·弗拉基米罗夫娜想：哎，做饭，吃饭，看电视。

伊戈尔·阿纳托利耶维奇想：哎，过量饮酒有害健康。

阿列克谢·阿列克谢耶维奇想：哎，吸食软性毒品。

斯维特兰娜·鲍里索夫娜想：哎，家人间缺乏相互理解，家庭冲突，吃饭。

彼得·尼古拉耶维奇想：哎，喝到胡号乱叫，喝到毫无人样，喝到烂醉如泥，家人间缺乏相互理解。

安娜·谢尔盖耶夫娜想：哎，学习成绩问题，家人间缺乏相互理解，性生活方面问题，买食物，随后做饭。

尼古拉·谢尔盖耶维奇想：哎，吃饭，适度饮酒，两性关系。

亚历山大·彼得罗维奇想：哎，两性关系。

瓦西里·根纳季耶维奇想：哎，两性关系。

玛利亚·巴甫洛夫娜想：哎，两性关系。

谢尔盖·德米特里耶维奇想：哎，两性关系；但同时，饮酒和吃饭。

奥列格·巴甫洛维奇想：哎，世界杯足球赛；哎，小组赛；哎，西班牙对乌克兰；哎，你是我的巴西；哎，你是我的舍甫琴科，你是我们心目中的罗纳尔迪尼奥。

德米特里·谢尔盖耶维奇想：哎，终点站米基诺第四小区。

他们都在最后一站下了车，就此结束了"回家"这一阶段。

家已经很近了。那就是。就剩不远了。最后阶段"步行回家"。伊凡·彼得洛维奇想：快到家吧。艾拉·马特维耶夫娜想：快到家吧。伊凡·彼得洛维奇直接回家，而艾拉·马特维耶夫娜得去商店买几样商品，也就是"食物"，然后回家。回家，回家，将很容易散焦的眼神聚向前方，看两楼间的空档，盯住一个空白点。

本可以再描写打开设有密码锁和对讲机的单元门的过程，进入楼门的过程，叫电梯和等电梯的过程，乘电梯到自家楼层的过程，这些过程并不像乍看上去那么简单，有很多细小的令人头疼的细节，还有很多素材可以扩大篇幅。如果为了某种出版需要增加两三千字，这很简单，但完全没必要，为什么呀？一切都很清楚了，经过共同努力，他们基本上都已经到家了，坦率地说，已经有些厌倦了。天黑了，窗上亮起了灯，夜晚的米基诺非常舒适，到终点站米基诺第四小区的 266 路公交车空荡荡的，停了几分钟，两三个乘客坐在空荡明亮的车厢里，原来，也有人晚上不是去米基诺，而是从米基诺离开；司机驾驶室亮起了灯，驾驶员正在整理他的驾驶员记录本，或是叫行车记录卡，然后驾驶室的灯熄灭了，门关上了。在橙色柔和的路灯下，266 路公交车沿着皮亚特尼茨公路行驶了一段时间，然后转入米基诺街，开往图希诺方向。

2006 年 6 月 22 日

（关秀娟　译）

圣彼得堡－列宁格勒

光 囊

帕维尔·克鲁萨诺夫①

这是一封要求签收回执的挂号信。送走邮递员，尼科季莫夫拆开信封。信封里有张明信片，正面印有"叶甫盖尼·乌斯里斯特五十寿辰"的银色印记。明信片极引人注目，其打印质量是办公室彩色打印机无法企及的——精致美观，低调奢华；背景是彼得宫，球状的灌木丛点缀于小径的两侧，远景为大宫殿。尼科季莫夫有些左右为难。热尼亚·乌斯里斯特是莫斯科人，他们已近十年没有见过面了。十年，十年的时间能让人赚得盆满钵盈、堆金积玉，然后再损失惨重血本无归，正所谓三穷三富；十年内，一个人可以与教派信徒一道归隐山林后再重返滚滚红尘；甚至来得及改变性别，然后又后悔不迭……比起这些，为追赶时尚，从乌烟瘴气的莫斯科迁往水晶城圣彼得堡简直是小菜一碟了。有关

① 帕维尔·瓦西里耶维奇·克鲁萨诺夫（Павел Васильевич Крусанов，1961—　），当代俄罗斯小说家，作品有《天使的咬痕》（2000）、《蜡菊》（2000）、《砰＝碰》（2002）等小说。

乌斯里斯特境况的某些传闻经熟人辗转传入尼科季莫夫的耳中。世间确有这样一类人，他们就像嗡嗡叫的苍蝇，在信息传播领域颇有造诣。这类人物的特点是对小范围事件的了解具有绝对的实时性和权威性。但尼科季莫夫并非此道中人，正因如此，他是多么想在朋友的身上还一如从前那样为不完美留有一席之地，因为不完美才是使人像人的遗传特征。尼科季莫夫与乌斯里斯特相识于科克捷别利①，那时他们还是大学生，正如所有的年轻人一样，只活在当下，在很远的地方就能感觉到他们阳光般的性格和快乐的情绪。对他们来说，过去和未来根本就不存在。为什么？因为毫无意义。过去与未来的唯一区别就在于没有时间，据尚未得到证实的消息，过去是过去了的现在。（尼科季莫夫感到，生活恰似电光石火，变化无常，随着年龄的增长，人们会变得愈加冷漠，如同被人弃置在桌子上的面包，对人而言，安全而非自由才是最为重要的。于是他们不再活在当下，因为活在当下就要品尝生命的五味杂陈）

他们是在葡萄酒自动贩卖机前认识的。尼科季莫夫与两个朋友坐火车抵达费奥多西，火车车厢像毡靴一样满是尘土，而且闷热不堪。然后，他们改乘公交车抵达科克捷别利。乌斯里斯特作为早到此地三天的资深人士为新来乍到的尼科季莫夫和他的朋友

---

① 科克捷别利镇是克里米亚半岛南部一处海岸胜地。曾有许多俄罗斯和苏联作家、雕塑家、建筑学家和工程师在此生活和工作，如诗人和画家马克西米里安·沃洛申、玛丽娜·茨维塔耶娃和米哈伊尔·布尔加科夫等著名人士。——译者注

介绍了这个神奇但并不复杂的机器的使用方法。早晨洗海澡时，他的沙滩鞋被狗叼走了一只，因而他只穿了一只鞋。尼科季莫夫觉得自己有双凉鞋就足够了，便将自己的人字拖鞋送给了他。之后，他们就没再分开。他们偷偷将食堂的丸子揣在衣兜里，只支付配菜的钱；在被发光的浮游生物点亮的海水中游泳；沿着无人知晓的小路去观察守备森严的卡拉达格边境；泡妞；将二十戈比的硬币塞到葡萄酒贩卖机的肚子，换取克里米亚酸涩的葡萄酒，饶有兴趣地听葡萄酒入杯时发出的悦耳之音。就是在那里，乌斯里斯特结识了自己未来的妻子维卡。维卡是来自莫斯科的学生，是夏季自由的风将她带到了科克捷别利，尼科季莫夫无意中成为这场爱情神话的见证者，所以他们的友谊就变得更加牢固了。

每天早晨，他们一起去市场买水果，尼科季莫夫偷几颗杏都要大费周折，乌斯里斯特却有办法几次三番捧回西瓜，而且还都是小商贩们自愿送给他的，这完全有赖于他天生具有的语言天赋和说服别人的力量。以他这样的资质，法律系毕业后，他在俄罗斯极为混乱的环境中一路披荆斩棘，在首都拥有了一家非常体面的律师事务所，也就不足为奇了。

之后很多年，不论因公因私，每逢尼科季莫夫到莫斯科或乌斯里斯特到圣彼得堡，他们一定会见上一面。有一次，他们在莫斯科见面时，乌斯里斯特展示了自家的传家宝。传家宝令尼科季莫夫大为震惊。那是一把古老的库巴奇做工的短剑。在上上个世纪旷日持久的高加索战役中，山地居民做工精美的武器流传至俄罗斯并深受俄罗斯人追捧。莱蒙托夫在世时，乌斯里斯特的一位先祖曾参加过高加索的战役。短剑的柄和鞘是用银子打造的，镶有象骨，饰以华丽的嵌格珐琅彩釉，乌银雕刻的淡紫色和天蓝色的花儿十分雅致，但是精巧的手工花边下却隐隐透出凌厉的杀气，仿佛花朵中隐藏的蜂刺。剑锋的金属历经库巴奇铁匠的锤打、拉伸、修治、锻扁，宝剑上涡旋状的大马士革花纹清楚地证实了这一点。一句话，这是个将死亡与美丽融为一体，散发着冰冷气息却又迷人摄魄的东西。人人都渴望将其据为己有。

尼科季莫夫与乌斯里斯特从没有起过争执，更不曾有过仇怨，但随着时间的推移，他们渐渐疏远，几乎从彼此的视野中消失。打拼事业需要时间，客气点说，还需要渐渐确立自己的社交圈，可他们的兴趣相差实在太悬殊了：乌斯里斯特的事务所服务于首都的商业大佬；尼科季莫夫开了一家小公司，从事私人定制的糕点烘焙业务（公司主页上画着口含奶油欧芹的乳猪蛋糕，色彩艳丽的口号"人人都记得我，因为我独一无二！"跃然其上）。而如今——明信片就摆在眼前。

在打开的明信片内页上，尼科季莫夫看到了请他（称其为"亲爱的安德列！"）参加生日宴会的字样。再往下中间的位置是斜体字，语言很简洁，和寓言故事相似，列出了具体的计划。感觉有点儿荒诞，也有点儿矫情，还透着隐秘的粗俗，很像大学生的滑稽晚会，这些文字为明信片正面的图案做出了最合理的诠释——

16:00　　码头集合：大学沿岸街 13 号

16：50　　船解缆起航

19：00　　彼得宫码头

19：00—19：20　　经大宫殿赴上花园

19：20　　饕餮之宴

21：25—21：55　　"偷来的太阳"组合

22：00—22：30　　满天星秀

22：40　　宁录宫

22：40—23：30　　彼得·那里奇

23：30—00：00　　舞会、喧嚣、摇动

　　据尼科季莫夫所知，上花园、下花园与大宫殿一样，18 时就不对旅游者开放了。寿星佬一定得有把万能钥匙，才能打开上了锁的大门。"厉害了，哥们儿。"尼科季莫夫想，丝毫没有嫉妒老朋友的意思。

　　他们最后一次见面是在 2000 年的下半年。正值秋老虎时节，九月的首都，闷热难当。莫斯科周围乌烟瘴气，白雾蒙蒙的空气中散发着烟雾的味道。尼科季莫夫到莫斯科，计划给自己的美食公司开办个分支机构——首都市场的胃口可比圣彼得堡大多了，能消化上吨的定制蛋糕，可是从圣彼得堡往莫斯科运输这种保质期很短的商品却没有意义。尼科季莫夫是和三位同事一起去的，其中一位是他的妻子、持证糕点师柳霞。他们生产订制蛋糕，蛋糕样式有时由他们自己设计，有时由订制人提供设计方案。有手机形状的蒂罗尔烤饼、乳渣制成的"兰博基尼"、酒瓶子蛋糕

（蛋糕烤饼是糕点师慷慨地以罗姆酒加以浸渍）、核桃蛋白酥和白巧克力做的天鹅、精致的以奶油配上文字的肖像作品、圣瓦西里教堂……有一次，为个庆祝某人该死的生日，他们甚至制作了杏仁泥棺材，棺材上写着："您是我的坟墓"。在白石之城①，这么做的后果一定会被人痛揍一顿的。

热尼亚·乌斯里斯特亲自给尼科季莫夫打来电话，几经打听，知道他就在莫斯科。分公司的事情一直不见起色，尼科季莫夫巴不得赶快从这里消失。他们在"沃罗希洛夫"俱乐部共进晚餐，俱乐部有单独的室内靶场（乌斯里斯特是该俱乐部的股东之一），第二天清晨，将尼科季莫夫安排坐进"宝马"，莫斯科朋友将他送到南布托夫附近的奥斯塔菲耶沃机场。乌斯里斯特刚刚在飞行员驾驶学校毕业，不知何故在这个飞行俱乐部购买了一架双引擎的飞机，从工作人员的态度上来看，他在这里是"自己人"。他想让客人拥抱莫斯科天空，炫富的心情也可以理解。他们坐在"雅克 18T"教练机上，驾驶飞机在跑道上滑翔、起飞、升空、平稳飞行。耳机中不时传来"噼啪噼啪"的神秘声音——那是一种介于俄语和天使语言之间的语言，地面上漂浮着灰蓝色的煤烟。他们仿佛停滞在空气中，完全感觉不到自己在飞。然后乌斯里斯特叫尼科季莫夫握住第二个驾驶盘，让已经惊慌失措、屁滚尿流的客人驾驶飞机。驾驶飞机实际上并不复杂，只需将飞机保持在一定的高度，转弯时倾斜角度不要过大就可以。尼科季莫夫

---

① 古时莫斯科的别称。——译者注

一下子就爱上了飞行。遗憾的是，他却无法给予朋友等价的回报，比如他就没有短剑供朋友把玩。

从那之后，他们就再也没有见面，只是偶尔通过几次电话，生日时互发祝贺短信，仅此而已。但从信息传播者提供的消息中，尼科季莫夫还是了解到，近些年乌斯里斯特迷上了绘画，而且在某些特定的圈子里已小有名气，被公认为鉴赏家、收藏家和赞助商。一句话：昔日马蒙托夫①之再现。他对彼得堡的"80后"特别感兴趣，购买了不少人的作品（像诺维科夫、科捷利尼科夫），出资帮助了一些人出版画册（像亚什克、托博列卢特斯）。有一次，他慷慨解囊，与俄罗斯博物馆共同出资在大理石宫举办了大型"新画家"及死亡现实主义画家的画展，并集中购买了不少参展画家的个人精品。这次活动在圣彼得堡美术圈引起了巨大的轰动。可惜那时尼科季莫夫正在布拉格打探捷克美食秘方，错过了乌斯里斯特的辉煌时刻。过几天从布拉格回来时，他依然能感受到这场文化盛宴在艺术界的余波。

尼科季莫夫的御用肖像蛋糕制作师是个色胆包天沉迷肉欲、眼看油枯灯灭的家伙，不过在新经典派糖衣和奶油着色方面他是造诣极高的专家，这种魔法般的技术在20世纪90年代非常流行。他讲过很奇怪的话，说乌斯里斯特不仅是收藏家和赞助商，他还在寻找光囊。尼科季莫夫对光囊一无所知，只听说过这是彼得堡

---

① 马蒙托夫（Савва Иванович Мамонтов，1841—1918），实业家，文化事业资助人。——译者注

暗黑时代的神话，就像本地画家圈中的圣杯传说。奶油专家当然想不到，尼科季莫夫早就认识乌斯里斯特。他们通了电话，尼科季莫夫终于了解到了下面这些信息。

据不足为凭的伪经记载，首次将光囊当作神奇宝贝和神赐礼物载入俄罗斯传说（别的国家还真没有类似的传奇故事）的人是雅科夫·布留斯。而且记载也写得清清楚楚，证明布留斯确实曾拥有此物。对光囊这种奇幻物品的描述和目击者的记录，都没有以书面形式留存于世，没有，就像对仙丹妙药、炼丹石没有公认的记录一样。传说中的光囊具有操控一切的强大能量，它赋予拥有它的人在某一特定领域有无穷的创造力。他让学者顿悟，赐给庄稼人肥沃的农田，让疯人的呓语得以实现，将义人的祈祷传到上帝耳中，将工匠推上艺术的殿堂，扶起跌倒者，为艺术家的画笔赐予神奇的力量，让画布感受到力透纸背的喜悦。布留斯之后，我们众多的同胞在漫长的历史长河中曾悄悄拥有过光囊，所以，他们在某个时间段留下过深深的印痕。罗蒙诺索夫甚至以科学方法分析这妙不可言的宝贝，还试着从闪电中分离其中的成分，实验均以失败告终。光囊曾落到阿尔希普·伊万诺维奇·库因芝①手中，他是在费奥多西涂抹染料时从艾瓦佐夫斯基②那里得

---

① 阿尔希普·伊万诺维奇·库因芝（Архип Иванович Куинджи，1841—1910），俄国巡回展览派画家。——译者注

② 艾瓦佐夫斯基（Иван Константинович Айвазовский，1817—1900），俄罗斯画家。——译者注

到的。这是艾瓦佐夫斯基的学生、临摹画家阿道夫·费斯勒①说的，他的口气充满了无限的懊恼。后来，有段时间这个小东西为佳吉列夫所有。有人说，在八十年代，光囊落到了铁木儿·诺维科夫手中，这或多或少地可以解释他失明的原因……可蛋糕专家并不掌握传说的所有细节。这个到处留情的登徒子很快便从蛋糕公司辞职，此后去向不明，不知是找到了更高薪的工作，还是把全部身心投入到采花这项事业中了。

"胡说八道！"尼科季莫夫想。对这类荒诞的秘史，他历来是不屑一顾的，对他来说，瓦西里·瓦连京和古尔吉耶夫之间的区别，不比格林兄弟和乔安娜·罗琳间的区别小多少。他认为所谓的秘史不过是人处心积虑要取代上帝的托辞，而尼科季莫夫对上帝的信仰时时会产生不可思议的动摇。人的本性如此，像昆虫一样，趋光而动；当然，也像昆虫一样，奋不顾身地扑向陷阱。可难道飞蛾渴望的光是上帝吗？不，上帝是永恒的当下。它是一个常数，是不断变化的常量。他知道这是什么。就算尼科季莫夫对"道"这个问题突然产生兴趣，那么这个问题是不是看上去更应该是这样：如何完整、连贯地建立起自己与外部世界的关系。因为这需要运用各种不同的技能：与书本交往需要理解，与人交往需要忍耐，与处所交往需要居于其中。怎么能一概而论？类似关系确立的意义非为快感（虽然没有了它，我们又去向何处？），而

①　阿道夫·费斯勒（Адольф Фесслер，1826－1885），捷克画家，艾瓦佐夫斯基的学生。——译者注

在于战胜随意的讪笑与欣喜的热泪之间地狱般的虚空，使虚无主义和抒情诗不再是远岸和与世隔绝的荒僻之地。特求兔自体之苦痛，弃其以得存在之充实。在此充实中亦有古尔吉耶夫与罗琳之一席之地，就算已经离异，但他们之间却没有不可跨越的鸿沟。当然，距离依然存在，但却不是无尽的虚空，而是充满坚实的崎岖不平的小路、可爱的小东西、有趣的细节、萧瑟的回忆。在这些鲜明的琐碎中可以踏出一条条小径。

平静的河水微微荡漾，轻风不时掠过，河面微波起伏。严格说起来，河水算不上平静，它光滑的肌肤上波光粼粼，微微地颤抖，其下则是健硕的水之筋肉。快艇和小船仿佛身着一袭白衣的水生甲虫在水上游弋。在遥远的河对岸矗立着无边无际的宫殿，伊萨大教堂拔地倚天，晚照下的穹顶如篝火，显得绚丽又巍峨，砖红色的海军部大厦似燃烧的火焰，其尖顶上被已赶赴永恒地狱的大师、文豪们不露痕迹地串起彼得堡文本的诗篇，仿佛插在枪刺上的通行证……环绕着这锦绣乾坤的涅瓦河，以不可抵挡之势征服了尼科季莫夫。他的心中充满一种原始初民般自由放纵的幸福，尤其是在这五月，尤其有习习的微风掠过，尤其在阳光晴好的日子里。

在科学院附近，尼科季莫夫走下闷热的无轨电车，天气已如夏天般炎热，走在马路上，就像踩在有花岗岩质感的玉米穗上。他来到交通信号灯旁的人行通道。他本可以再坐一站下车的，但他决定散散步，一下车便立刻意识到，自己的决定何等英明正确。河堤护栏旁，空气清新，扑面而来，河水鳞波闪闪映入眼帘。戴上太阳镜，尼科季莫夫拽拽肩上的背包，就像陷进还未完全凝固的琥珀一样融入了这神奇的五月都市，不慌不忙地向码头走去。

不少人已经聚在码头。乌斯里斯特只是冷淡地握了握尼科季莫夫的手，年轻时他就是喜怒不形于色，不论与生人还是与朋友好像都一成不变地保持着相当的距离，一定要在自己周围建起神圣不可侵犯的私人空间，友好的拥抱对他来讲不亚于一场灾难。乌斯里斯特站在花岗岩护栏前，身旁是他很久以前在遥远的克里米亚追到的妻子维卡。

"怎么你一个人来？"维卡小心翼翼地在尼科季莫夫脸颊上亲吻了一下，唯恐在他脸上留下唇痕。

"有个非常急的订单，"尼科季莫夫边摘下太阳镜边说，"柳霞在烤盖世无双的蛋糕。"

"盖世无双的蛋糕？"维卡的惊讶看起来不是装的。

尼科季莫夫的妻子每次谈及自己制作的甜点都会这么说，小酒窝里隐藏着些许的矜持和自嘲，不论是说昨天仿照著名的勃鲁盖尔作品的巴比伦通天塔七公斤巨型奶油蛋糕，还是谈今天用巧克力软果糕做锚的海底水雷奶渣柠檬蛋糕。

"她这样称呼自己做的每一块蛋糕。"尼科季莫夫解释道。

他可以给维卡讲任何事情——话语本身没有意义。她的记忆力不同常人，或者说维卡有两种记忆。一种是长期记忆，负责生命之根本，在此记忆中保存着诸如洗衣粉及法国面膜的信息，以及什么东西能够食用及其制作工艺，谁是她的丈夫，哪里是商业区，谁是她的孩子及孩子们小时候都得过什么病，谁是朋友，谁是敌人，为什么世间会有卷发器及其使用方法……当然这个记忆库中还存储着不少其他珍宝，但考察其具体内容，对尼科季莫夫来说，却没有任何必要。维卡的第二种记忆负责那些与她生存信息库没有直接关联的信息，这种记忆为短时记忆，仅能维持三分钟左右，和鱼差不多。纵使维卡很神奇地记起尼科季莫夫是有家室之人，也可以放心大胆地赌她绝对记不起他妻子的名字。对维卡的这一本性，乌斯里斯特已不再放在心上。尼科季莫夫甚至怀疑，这样的性格反而使他更加放心，至少这为他们的关系不断地带来轻松愉快的音符，今天滑稽可笑的事件到了明天对维卡来说又成了新闻。

"现在还飞吗？"尼科季莫夫的思绪回到铭记于心的过去。

"不飞了。"乌斯里斯特回答，能感觉到他内心的挣扎（是遗憾？是懊恼？），"先是被人卡住了脖子，他计划在机场附近建高层豪华小区，后来奥斯塔夫耶沃被天然气工业股份公司拿下，我只好把飞机卖掉了。"

尼科季莫夫的背包里放着要送给寿星的礼物，本想现在送给他，但乌斯里斯特委婉地打消了他当场送礼物的念头："上船再送，"他说，"这儿哪有地方放礼物？"

言之有理。

乌斯里斯特已经对另一位新到的客人微笑致意了，于是尼科季莫夫从河堤拾级而下，走上木码头。

这里尽是不熟识的面孔，因为很多客人是从莫斯科过来的，但人群中有两张名人面孔：画家丘贡诺夫和摄影师卡柳金。他们倚着码头站着，轻声交谈，不时向那些因为华服在身而行动拘谨的人抛媚眼，他们自己穿的是普通服装。

盛装的客人中有一对青年特别扎眼：小伙子梳着淡黄色的拉斯塔法里脏辫，脑后束成一个发髻；姑娘鼻子上穿着金属环，头顶至少梳了上百个五颜六色的细辫子。很明显他们是一起来的，就连他们的服装也像提前串通好了一样，的确别出心裁，与他们的圆顶礼帽完全不搭……小伙子上身是白衬衫，下身是裤线笔挺的灰裤子，恐怕不是参加了耶和华见证人组织，就是拉斯塔法里教的信徒；姑娘一身雪白的针织长裙，多多少少有些暴露。纯洁无瑕的颜色、彩色的发型和鼻子上的金属环反差很大，这种不协调很吸引眼球，与奶油卷上面散乱的糖钉有同样的装饰效果。

与丘贡诺夫和卡柳金打完招呼后，穿着日常服装的尼科季莫夫朝淡黄色脏辫和小花母鸡点头致意。

"这是天堂鸟吗？"

"伊万·普斯托沃伊，"丘贡诺夫说，"少年天才，前途不可限量的画家。他旁边的就是他的马子。"

"莫斯科人？"尼科季莫夫问。

"见你的大头鬼。"卡柳金骄傲地抬了抬眉毛，"是我们的人。那个脸色苍白的年轻人是后浪，我们是被拍到沙滩上的前浪。我们来到这个世界，快乐而勇敢，而世界却以犬吠和蛙躁来迎接我们。总之吧，该轮到人家了。"

"你在说什么呢？"丘贡诺夫全身为之一颤，"你是不是觉得，只有他们在前进，我们却原地踏步？"

"算了吧，人家是旭日东升，我们是夕阳西下。"

"凭什么说我们是夕阳西下？"丘贡诺夫愤愤不平，"就我本人来说，我还在展翅翱翔。"

"翱翔得那么高，在地球上拿望远镜都看不到。"卡柳金哈哈大笑，摄影师恶语相怼。丘贡诺夫确实在飞，也确实令世人瞩目，而且非常瞩目。他飞得很高。根据尼科季莫夫得到的令人信服的观点来评判：丘贡诺夫是高产画家，他的画作非常吸睛，看过的人仿佛视网膜被灼伤，连眼睛都眨不了。观赏丘贡诺夫的画作时，尼科季莫夫本人就有这种感觉。每幅画都是跳跃挣扎的生命，有时是画作中寥寥数笔，有时是整幅风景，有时是全部人物的整体构图一下子就抓住了观众的心，给观众切肤的体验，就像唇齿间长存余味的佳肴。难怪就连乌斯里斯特去他工作室时都不禁眼睛发亮，探问价格。

卡柳金信口开河道："普斯托沃伊在绘画方面进步非凡，让人意想不到……"

"他在德国待了三年，"丘贡诺夫说，"在那儿可没人宠着他，只能拼命，拼命，再拼命。"

"真该把你也送到德国佬那儿去。学学遵守纪律。"卡柳金掏出香烟，点着了火，"到了那里，德国佬肯定能把你调教明白。"

"是的，"丘贡诺夫说，"德国佬没好东西。没他们，我们的日子不知道有多好……是他们让我们饱受冰湖战之苦①，两次世界大战，围困世界上最美的城市，如果有人忘了这些的话，我需要提醒一下。"

"你不懂语言，又懒得学习。直说算了。"

"学习语言？"丘贡诺夫瞪圆双眼看着摄影师，"你在开玩笑吗？光听俄语里的无稽之谈就已经让人受够了。还要让我听鸟语？想都别想。"

很快，在涅瓦河宽阔的水面上，一艘双甲板游船画了一个美丽的弧线便驶进码头。二十多名客人登上了船舷。16：50，正如计划上标明的那样，船解缆起航。

尼科季莫夫在下层甲板找到了乌斯里斯特。乌斯里斯特正在为机智伶俐的主持人面授机宜。主持人上蹿下跳，就像在行驶的公共汽车上读书时上下跳跃的字符，字符就在眼前，可就是那么难以捕捉。

"生日礼物。"尼科季莫夫拍了拍挂在肩上的背包，"我想亲自送给你。"

乌斯里斯特将尼科季莫夫带到与客人通行的主通道相反的舷梯下，那里堆放了一大堆盛放食品的袋子和装红酒的箱子。尼科季莫夫从背包里掏出一把日本武士用的小刀，刀是手工锻造的，

---

① 第二次世界大战期间，德军围困列宁格勒900天之久，苏军只能通过结冰的拉多加湖运送物资，卡车经常被炸，人员伤亡惨重。——译者注

装在胡桃木的刀鞘中。他亮出刀锋：稍稍弯曲的刃面末端呈现截断的锐角，胡桃木的手柄与刀锋长度相同，亦有同样微微弯曲的弧度，不是为了实用，而是出于艺术的考量。从侧面看，小刀像一艘小船，充满危险，英勇无畏……他是按自己的审美来挑选礼物的。他太爱做工精美的东西，而一般来讲，杀人的武器，都是良心之作。当然，这个东西与库巴奇短剑没法比，但其本质却是相近的。

乌斯里斯特手里把玩着刀，但他的眼睛没有发光，他甚至没有用手掌比试一下刀的长短，不知是对武器不感兴趣，还是已经在商务谈判中习惯了隐藏自己的情绪。他将刀插入鞘中，把礼物与其他东西放在了一起。尼科季莫夫并没有生气，但仍感觉到一股懊恼和阵阵寒意。

"按习俗，收到刀这样的礼物要给一些补偿的。"乌斯里斯特说，"这样刀就不会被主人的血诱惑。"

他从裤子口袋中掏出钱夹，当真从中抽出一张五百卢布的纸币。因为没有比这更小面额的钱了。尼科季莫夫伸手接过钱。风俗就是风俗。

"喜欢喝朗姆酒吗？"在镶着玻璃的下层甲板上，他们路过一张摆满瓶子和各种冷盘的桌子，乌斯里斯特饶有兴趣地问道。主持人和两个侍者正在桌旁忙碌，准备为聚集在上层甲板和宽敞船尾处的客人们送去饮品。

尼科季莫夫非常喜欢喝朗姆酒，尤其爱喝随处可见的"百加得"，黑"哈瓦纳俱乐部"，实在不行，"摩根船长"也能喝上两口。

"尝过这种没有？"乌斯里斯特拿起一瓶酒，商标名称是斜体，堪称书法艺术，辨识度极高。"玛杜莎兰，我们也称其为玛士撒拉，再没有比这更好的朗姆酒了。人们都是把'百加得'和'摩根船长'的酒瓶洗干净，然后往里倒'玛士撒拉'。"

乌斯里斯特往两个高脚杯里倒入琥珀色的酒水，一杯递给尼科季莫夫，另一杯自己拿在手中。他们碰了一下杯。确实是好酒，尼科季莫夫喝了一口，举起高脚杯，透过酒杯看太阳，朗姆酒的油光仿佛是酒本身散发出的高贵。

"光囊……"一秒钟前，尼科季莫夫的脑海里还没闪过这个单词，这一刻它却不知从哪里冒了出来，仿佛他体内有个赌徒掷骰子，在桌子上掷出了这个单词。

乌斯里斯特凝视着谈话对象，目光专注，就像要把铁锹打入到一锹深的土层里一样。

"这说明你是知道的。"

"知道。"

得，又来了……尼科季莫夫知道什么？什么是他该知道的？但说出"知道"两字真的很开心。说到底，他知道什么呢？比如知道瑜伽修行者只用右手吃饭，因为他们认为左手是不洁的；知道绿色凝胶老鼠药有种夹心糖的味道；知道切圆葱时如果不流眼泪，就预示着有灾难发生。还有，他会用桦树皮吹出夜莺般动听的口哨，睡觉时会发出犬吠般的鼾声；所有的记者和医生，有一个算一个，都被他视为招摇撞骗的混蛋；他会烘焙私人订制的蛋糕，却不喜欢甜食。他还不知道什么？

"看过吗？"乌斯里斯特像狗一样垂下头，眼光却没有从尼科季莫夫身上离开。

"什么？"尼科季莫夫不明白，但立刻猜到了是什么。

"还是你已经看到过……"

乌斯里斯特将手伸入裤子口袋——另一个口袋，不是那个放钱夹的口袋，从里面掏出一个软软的皮制荷包。荷包不大，只有半个眼镜盒大小，系在编织绳上。

"伸出手来。"他命令。

尼科季莫夫恭顺地伸出手掌。乌斯里斯特解开编织绳，将一个小橘子从荷包里倒入尼科季莫夫伸出的手掌中。换言之，这不是橘子，而是闪闪发光的橘黄色小球，像鹅卵石一样，很沉，勾人眼球。感觉这玩意应该很烫手才对，但它既不热也不凉，仿佛根本就没有温度。还有，它的光，即使在此刻，在灿烂的阳光下，都那么明显，虽耀眼，但光很柔和、淡雅、皎洁。尼科季莫夫攥了一下，感觉小球在他的手指下无声地活动，像硅胶，也像装满面粉的袋子，但刚一松开手，它又变回球形。尼科季莫夫满脸疑惑，他将其揉搓成鸡蛋形状，再一松手，小橘子又恢复原状。这可不是单纯的光，而是一种世上不同寻常的东西，是有可塑性的光。

"切不坏割不断，"乌斯里斯特说，"水火不侵。我试过了。"

"你不会说，也用锤子砸过了吧？"

"没砸过。但我把它拉成过香肠状，给它打上结，一松手，结就开，又恢复到球状。而且它到了夜里就会发光，连报纸上的字都能看清楚。只是在我手里它是绿色的。"

乌斯里斯特一把将球从尼科季莫夫手中拿走，伸出手让尼科季莫夫看，它真的发出了淡绿中含乳白的光。尼科季莫夫还想再把玩一会儿，但乌斯里斯特将这神奇的小东西藏到了荷包中，用绳子系好，放入裤兜。就像从前展示库巴奇短剑和驾驶飞机一样，乌斯里斯特所做的又是尼科季莫夫望尘莫及的。他将传说中虚构的宝贝漫不经心地放到他的掌心，甚至没做任何描述。看似平淡无奇，这反而让尼科季莫夫一头雾水。

"你从哪儿弄到的？"

"有个二傻子……你们彼得堡人，从他手里弄到的。"

"他又是从哪弄的？"

"那我就不知道了。也许是遗产吧。说不定把哪个老太婆砍死了，抢来的。"

"那……"

"这东西……"乌斯里斯特快速转动眼珠，"能给天才灵感，促其达到巅峰，也能加深罪恶。而他，那个二傻子，是个色鬼，虽有光囊却深陷贫困，就知道寻欢作乐。"

"是他自愿送给你的吗？"尼科季莫夫一下子就猜测到了谜底：那个奶油艺术家——是的，当然了！当然是那个骗子！

"送给我，怎么可能？"乌斯里斯特很吃惊，"是他卖给我的。他明白，趁还没有精尽人亡，赶紧出手。他迟疑了好久，把东西卖给我了。我赚大了。"

"还是你牛……"尼科季莫夫若有所思地说，心中暗想，换做是他，要是有这么好的东西，会卖掉吗？

"谈不上牛，"乌斯里斯特阴郁地呷了口高脚杯中的"玛士撒拉"，"我算是一手遮天的坏蛋吧。有人为了免灾就得破财，我就帮别人干这个。我才不会因此而不安，我内心安着呐。我就是个混蛋。"

维卡顺着船梯走到下层甲板，偎依在丈夫身边。

"你们躲起来了？我们上去吧，客人都在等你们。"目光投向尼科季莫夫时，她明亮的额头闪过一道阴影，"安德留沙，你为什么没把妻子带过来？"

乌斯里斯特微微一笑。

尼科季莫夫赶紧做了解释。

到了上层甲板，乌斯里斯特给尼科季莫夫介绍了一位来自莫斯科的名人，名人姓甚其名谁转瞬间就被尼科季莫夫忘记了。乌斯里斯特又介绍了几位女士，再然后，他指着离群独坐的一对——普斯托沃伊和小鸡雏，在他耳旁低语："这可是位前途不可限量的画家，记住我的话。"然后他就蒸发了。尼科季莫夫留在首都黑白绘画艺术家普利吉身边。普利吉蓄小胡子，光头，是各种电视综艺节目的常客，一张萎靡不振的脸给人似曾相识的感觉，他正跟一位白发老男人聊天。他们呷着红酒，正在展开一场彬彬有礼的争论——马克思和柏拉图两人，谁更重要一些。

尼科季莫夫并不想加入谈话，他内心充满了某些难以言说又无处安放的新感受，他不知该怎么办，理解它、忍耐它、感受它？当然，这深渊般的无形感受仅仅露出一部分，就像浮萍、睡莲和芦苇浮在平静的水面，下面是深不可测的根。只是不要让它消失……不，他才不会卖掉光囊。多少钱都不会卖。这种东西用钱可买不来……

一帮侍者在甲板上来回奔跑，为客人分送酒水、饮料、水果、生菜、蛋挞。尼科季莫夫手执朗姆酒高脚杯穿行在三五成群的客人之间，试图厘清刚才手握闪光小球时既忐忑又惬意的复杂心态。他无法确定自己真实的感受，只是有些慌乱和不安，有些神清气爽，同时又有些莫名其妙的开心。它，像心中一场平和的爱情，内化于心，外显于表，如此而已。

阳光刺眼，光线洒遍天空，照耀着荡漾的水波和圣母升天大教堂的圆顶，让女士包包上镀铬的扣环闪闪发光。船沿着流光溢彩的涅瓦河畔徐徐前行。系在码头上状如茶炊、大腹便便的"克拉辛"号破冰船、普里亚日卡河畔忧伤的房子、海军军部造船厂黑色的吊车……都已被抛在身后。前方，夕阳西下，天边出现一片宽阔清澈的海湾水域。

船尾，丘贡诺夫与卡柳金将胳膊肘支在护栏上，正对着两个快乐的女士口若悬河，高脚杯中的白兰地随船轻溅，女士们不时呷一口香槟酒。尼科季莫夫挨着他们坐下来。

"这么说来，他们就是光之子了！"其中的一名女士哈哈大笑回应丘贡诺夫的话，尼科季莫夫并未听到丘贡诺夫说了什么（听到有人说"光之子"时，他如遭雷击）。"水平面尽头是什么？"

"那里是好运之所在，"丘贡诺夫胸有成竹地说，"没有蚊虫，没有白丁，没有女人的唠叨和歇斯底里。甚至连白酒都是多余的。屁股坐在柔软的云中，卡柳金弹起竖琴，我们就飞起来了……"

"吹进梦乡的风像沉睡的火山。"卡柳金斜眼看了丘贡诺夫一眼，意味深长地说道。

他们已有浓浓的醉意。

"那么怎么区分光之子和暗黑之物？"另一位女士感兴趣地问。

"很简单。"卡柳金将杯中之物一饮而尽，"金钱不喜欢光之子。"

他用另一只手将空空的裤口袋拽了出来。空口袋下垂，像老太太干瘪的乳房。

到达彼得夏宫时，太阳还高高地挂在海湾上空。客人们兴高采烈地望着岸边，感觉有些亢奋。

船靠岸了。乘客下船。

下花园中的喷泉没有开放，这莫名其妙地让尼科季莫夫开心起来，这意味着，乌斯里斯特的万能钥匙并不能打开所有的门。这不是茨冈人的小酒馆，而是帝王的居所。就算仆人住在主人的家里，但主人还是时常要刮刮他们的鼻子，教训教训他们的。这个想法令尼科季莫夫开心地笑起来。

金色参孙雕像在"圆形港"中央撕开金狮的大口，口中却没有水喷发。他们沿着假山环绕的大瀑布拾级而上，来到大宫殿前栏杆围绕的小广场。除了他们，公园和大宫殿空无一人。花园荒凉的景致令尼科季莫夫心中升起一种奇异的沉醉感，仿佛他正在看一些他不该看也不配看的景致，就像臭名昭著的罪犯误入天堂，像自封为王的僭越者。也许，接触到光囊会引起人本能的恐慌，拥有奇珍异宝的那一刹唤醒尼科季莫夫内心美妙的犯罪感。说不清道不明。

走过宫殿，来到上花园。前厅里聚集着不少被香槟酒灌醉的女士，她们跑到这儿是寻找可以补妆的地方。神情严厉的白发看馆人为她们指了路。

上花园的宫殿前巨大的帐篷已经支好，帐篷里搭起舞台，摆好了乐器。舞台旁有六张圆桌，每个桌上七套餐具，餐具旁是菜单。菜单印在黄油纸般哗哗作响的半透明磨砂纸上。尼科季莫夫很好奇，看来这个菜单并不是为点菜之用，而多多少少具有展示功能，比如今天上什么菜，用什么食材制作。一切看上去都很给力。

渐渐地，逗留在宫殿中的客人都来到了上花园。音乐家——两个小提琴手和一个大提琴手——出现在舞台上，颇有开胃菜效果的乐曲响了起来，不知是圣桑①还是勃拉姆斯②，尼科季莫夫在

---

① 圣桑（1835—1921），法国作曲家，钢琴家，指挥家，音乐评论家。——译者注

② 勃拉姆斯（1833—1897），德国作曲家，钢琴家，指挥家。——译者注

古典音乐方面不是内行。受过专业训练的侍者戴着白手套转眼间就摆好了酒席。"饕餮之宴"开始了。

尼科季莫夫刻意和丘贡诺夫及卡柳金坐在一起，这两位在船上就喝醉了，因此，这个小团体的气氛显得既自由，又滑稽。除了他们，桌前还有几个女孩子，她们刚刚在船尾学会区分光之子和暗黑之物。还有一对上了年纪的夫妇，从一些小特征来看（行事沉稳、落落大方，目光坚毅果敢，拉长的"啊——"音就像睡梦中流出的口水），他们明显来自首都。

"俄罗斯人善于理解别人，这一点绝对让人赞叹。"丘贡诺夫醉醺醺、声音嘶哑地宣称，"譬如同情心，我们俄罗斯人，是世界上唯一懂得欣赏自己敌人的人。"

"我们也杀人，我们也流泪。"卡柳金附和道。

"法国人、德国人和英国人都对我们干了什么？"丘贡诺夫继续说，"他们给我留下的只有卑鄙、罪恶和损害。我们从他们身上看到了什么？委屈、侮辱、嫌恶和讥笑。我们在他们面前卑躬屈膝，又道歉又认错，还请他们当家教，做经理人，当将军，做舞蹈教师。在敌人身上我们都能看到优点，找到与众不同之处，且全盘照搬。高卢人的浪漫、绅士风格、精于算计、天才的阴郁、铁一般的纪律性……照单全收，亦步亦趋，尽效仿之。像他们那样穿衣打扮，将他们的艺术移植到我们自己的土地上，我们在科学领域也取得不少成就，也建起了重利盘剥的银行……而对他们所做的恶行我们却没有丝毫仇恨。完全相反，我们只有好奇、惊异，无须讳言，还有孩子般的狂喜。"

"这说的是什么话？"上了年纪的莫斯科人惊讶道，"这样下去，年轻人，可就离犯胃炎不远了。你们看看这些小体姆，还有馅饼和马林果汁配鸭胸，这绝对是我们的，不是舶来的。先生们，你们吃过羊鱼吗？很遗憾，我在今天的酒席上没有看到。那是一种粉红色的小鱼，长着普利吉那样的长胡须。太赞了，真是让人大饱口福，那才真是舌尖上的享受和味蕾的节日……"

"你说俄罗斯人生搬硬套……"卡柳金将空杯子放到桌子上，无视挑衅开口说道，侍者立刻拿来一瓶蒙着水汽的瓶子为其斟满酒，"我听到了，又思考了一下，瞧，就说明……就是说，我们对这些，怎么说呢，对这些阴郁天才的纪律性、小算计和高卢人的幻想做出了回应，进行了效仿，就是灵魂对它们的共情嘛。没听明白？这些东西在脑子里搅成一团，在我们的瓦罐坩埚中熔炼出新生命之光，这光芒已经在过去的黑暗中熄灭，如今，我们又重返黑暗。这才是辩证法，兄弟！"

听到"新生命之光"，尼科季莫夫又陷入沉思：是啊，人像昆虫一样注定要扑向自在之光，总要在其中找寻比烛光或手电更强的能照亮道路的光。就连他自己也是这样，光囊已深深刻在他的脑海中，挥之不去。他渴望得到它，就像热恋的人渴望爱恋的对象，渴望谈论它，渴望再次见到它……

"是的，"丘贡诺夫抓起酒杯，"你说得对。为避免时常陷入黑暗中，需立足于本土，秉持其精神，与之血脉相依、共同呼吸，倘不如此，我们就无法感受彼此、理解彼此，无法理解任何事。既无法了解自己，亦无法理解他人，更无法领悟生活……我们想要服从于人，想要服侍某人，却找不到该服侍的对象；我们想创造财富，却不断制造灾难和垃圾，因为通往善的路充满动荡和骚乱，已被封闭；我们的心听到神的召唤，而我们却找不到也看不到他，因为我们忘记了我们的根基，我们的世界就会充满误解、恐惧和怀疑。我们很盲目。所有的努力到头来是一场空，我们会悄无声息地死去。可我们该记得去服侍谁啊……甚至，也许，我们已做好了准备……但如果仆人找不到主人，不论他们吃什么美味佳肴，喝什么人间佳酿，不论怎样日日欢歌，都没有意义。"

"粉红色的羊鱼放在煎锅里煎，"上了年纪的莫斯科人固执地继续着烹调话题，"煎到鱼在油锅里滋滋作响、变得金黄，好吃极了，胡瓜鱼跟它根本就没法比。"

"你会替胡瓜鱼受到惩罚的。"卡柳金用略带谴责的口气说道，语气亲昵，不含恶意。

"噢！还有我们！"姑娘们拍着手说，"我们也想去服侍主人！"

与此同时，音乐静了下来，那个叫不上名字样子很萎靡的名人，就是那个与艺术家普利吉谈论俄罗斯革命神秘剧的男人，拿着麦克风出现在舞台上。他拿麦克风的形象让尼科季莫夫一下子认出了他。他就是经常在电视里主持各种搞笑访谈节目的演员。看来，是乌斯里斯特请他来充门面的。

萎靡不振的男人给客人讲了这个日子对寿星的重要意义，不时插科打诨地讲几个笑话，实际上三个笑话都是同一主题，读了三封大人物（尼科季莫夫觉得自己在哪里听到过这些姓氏）发来的贺电，期间插入几条诙谐的评论。然后，他请客人上台讲话。首先普利吉上台说了几句。第二位是来自莫斯科颇有点名气的先生（三个小时前，尼科季莫夫想起了他的名字，但随后又忘了），他长时间霸占了麦克风。第三位讲话的是一对老年夫妇，他们从桌前站起身，男主人正是那位丝毫不掩饰对羊鱼有崇拜之情的老者，夫妇两人异口同声、简明扼要、郑重其事地发了言。第四位轮到后现代艺术（俄罗斯博物馆）新流派科科长博罗夫斯基发言，他就主体自我身份认同中的美学作用阐述了自己的观点。之后又不断有人发言。发言间歇时间，萎靡不振的男人串场报幕。

　　每段发言都以祝酒词的形式出现，因而当尼科季莫夫终于也决定对寿星佬说上几句的时候，人已微醺，头昏脑沉。走上舞台，他讲起了克里米亚、人字拖鞋、卡拉达格之夜、荧光闪烁的海，说到了西瓜，还提及乌斯里斯特身上很早就苏醒的口才。尼科季莫夫担心自己会跑题，会因前言不搭后语而尴尬，但他没有，整个过程从容淡定，亦不乏机智幽默，他三次成功地引起人们哄堂大笑。任务完成，一座大山从肩上卸了下来。哎哟……

　　小体鲟鲜嫩美味，兔肉泥入口即化，熏鳗鱼令人陶醉地滑过食道，牛舌、鸭胸、鲑鱼和馅饼也毫不逊色。但尼科季莫夫却没有看出龙虾酱有什么非常之处，与加入了三种不同植物油的拌苦苣没有什么区别。

　　羊排上桌时，一群略带羞涩、显然还没有参加过太多公司派对的年轻人拿着电子乐器出现在了舞台上。一个火红色头发的小伙子唱起了《军官之歌》，唱得很好，不是演唱技巧有多高，而是感情真挚。"偷来的太阳"，尼科季莫夫想起节目单上的一行字，脑海里又浮现出光囊。顺便说一下，现在任何东西都能成为引发他想起光囊的弹簧起动器……

"光囊也在那里闪耀。"

与此同时，暗淡的暮色笼罩在上花园上空，帐篷里亮起灯光。

丘贡诺夫和卡柳金喝醉了，高声争论着什么，还一根接一根地吸烟。尼科季莫夫也有了微醺轻醉的惬意，但还没有失去自制力。

寿星佬拿着装着葡萄酒的高脚杯在桌子间穿梭，与客人们碰杯，接受众人的祝福。他在普斯托沃伊身边逗留了很久，后者似乎并不会喝酒，却像中学生一样不懂自律，将各种酒水混在一起。这样下去，他可能根本撑不到上甜点。

乌斯里斯特终于来到尼科季莫夫这桌，羊排已被人风卷残云，所剩无几。与岳父、岳母碰过杯，寿星佬与丘贡诺夫和卡柳金简短地开了几句玩笑，他们之间根本无法交流，那两位头脑已经不是很清醒，吵吵闹闹，轻狂狎昵；而乌斯里斯特呢，正好相反，清醒、机警地与人保持着距离。乌斯里斯特走到尼科季莫夫身边，感谢他的发言："你讲得真好，很有画面感，有些事我都忘了……"

维卡紧随乌斯里斯特身后来到桌旁，与父母叽叽喳喳地说起话来。

借着大家觥筹交错时的吵吵闹闹（在"偷来的太阳"震天响的鼓乐声中，众人不得不大声说话），尼科季莫夫从桌前站起身来，将乌斯里斯特领到一旁。

"请告诉我，"他说，"你要这个干什么？我是指光囊。想要赚更多的钱？还是想继续开发已经高不可攀的语言天赋？"

乌斯里斯特挽起尼科季莫夫的手臂，看着他的眼睛，那表情仿佛在说，他可以将天大的秘密告诉他。

"什么钱？呸。这种东西我已经拥有太多了。还要它作甚？积攒纸片不过是无聊的游戏。今天钱能使鬼推磨，明天就是一堆废纸。难道你不知道吗？那就让普利吉给你讲讲。他会喋喋不休讲烧炭党末日审判这类宗教神秘剧，肯定让你不胜其烦。说实话，所有积攒的财富都是恶的象征。要就要比钱更好的东西。"

"那是什么？"

"权力，或者艺术。我想要艺术，真正的、鲜活的艺术，而不是某些人用脚划拉出来的破烂。真正的艺术也是钱，甚至比钱还好。不论是通货膨胀，还是破产崩盘，抑或是末日审判——都难奈它何，永远不会贬值，只会增值。这才是真正的资产。"

"那与光囊又有何相干？"

"有了它，我亲爱的，我就可低价买到这些艺术品。你看到他了吗？"乌斯里斯特用眼睛示意了一下伊万·普斯托沃伊，后者正晃晃悠悠地将白兰地倒入白葡萄酒中，"他在德国求学，喜欢新的艺术形式，我供他学习三年。现在，我给他在这儿——彼得堡——租了间工作室，继续提供资助，以维持他的生计。相信我，他马上就要火了。试想，如果他拥有光囊，会怎么样？"

"他怎么能拥有光囊呢？"

"很简单，"乌斯里斯特说道，"我送给他。"

尼科季莫夫不自觉地看了眼乌斯里斯特放荷包的口袋。如果口袋里有东西，他的裤子口袋应该鼓起来才对，但是没有。光囊已经不在乌斯里斯特手里了。乌斯里斯特察觉到尼科季莫夫的目光，嘴角掠过一丝讥笑。

"那你有什么好处？"尼科季莫夫不太明白。

"你真是个傻瓜，安德留沙，德国、工作室、奖学金——这可不是无偿给他的。我和他之间是有合同的，像模像样的合同，任何一个吹毛求疵的讼棍都找不出哪怕一点儿漏洞，是我自己起草的。根据这个合同，十年之内他的所有画作都属于我，每一幅。"

尼科季莫夫情绪复杂地看着乌斯里斯特，有赞叹，也有恐惧。

"他居然同意了？"

"唉，你真是个怪人，"乌斯里斯特叹了口气，"何止同意，他反而觉得占了我多大的便宜，以为自己有多大能耐，让莫斯科的傻瓜甘心出资，为他过上好生活出钱。而我呢，我有自己的小九九。他的画儿现在每幅只能卖两三千美元，而且还不抢手。但他现在上升势头正猛，只需稍微提携提携，他便……有了光囊，他就是火箭上的宇宙，就是拜科努尔①的加加林。今天的两千美金十年后也许变成废纸一堆，一钱不值。可是普斯托沃伊的画作十年后就会值很大一笔钱了，而且越往后就越值钱。"

尼科季莫夫十分震惊，他突然沉默不语。这位大能人不论说什么，其动机都建立在金钱的基础上，始于金钱，终于金钱。在这方面，他可不行。乌斯里斯特很满意自己给人留下这样的印象，他承认："以前，我只是买画……买那些能刺痛我神经的画作。你到莫斯科，就会在我那里看到墙上挂的全是画。但这么买有时候会搞错……有了光囊就不会了，我的风险系数是零，这样低风险的卢布投资在哪里也不会有了。"

"那十年后怎么办？"

"什么？"乌斯里斯特不解地问。

"合同到期了，"尼科季莫夫解释道，"接下来怎么办？"

"高瞻远瞩，好样的，"乌斯里斯特对侍者点点头，举举空高脚杯示意添酒，侍者急忙跑过来，立刻往高脚杯里斟上乌斯里斯特点的葡萄酒，"那有什么？我会提议合同延期。如果他不同意，就得把光囊还给我，从工作室里滚出去，还得不到我的一分钱。他当然也不会就此完蛋，靠着积攒的名气，他还是能站起来的。我呢，我按这套模式再找个新的涂抹匠就行，我们的星球就不缺少天才。"

音乐声很大。红头发的人在唱歌。客人们在推杯换盏。

---

① 指的是俄罗斯租用的哈萨克斯坦拜科努尔航天中心。——译者注

"好吧，明人不说暗话……"尼科季莫夫起身离开，他看了眼闹哄哄畅饮的饭桌，"好吧——普利吉已经上了年纪，而且还是画黑白两色画的，感觉不太高端……但为什么你选的是普斯托沃伊，而不是丘贡诺夫呢？"

"丘贡诺夫也不年轻了，"乌斯里斯特秒懂尼科季莫夫的弦外之音，"况且他很有思想。有思想的人都太冲动，他们任性，太难以把握，总之，麻烦。"

赤裸裸的算计，除此之外，别无他物。这种水晶石般纯粹的富人思维使尼科季莫夫大为震惊——做事不犹豫，思考缜密，从不优柔寡断……钻石，简直就是眼泪般透明的天造之物。

这时，容光焕发的维卡步伐轻快地来到丈夫身边。

"太神奇了，太出乎我的意料了！大家都喜欢得不得了！安德柳沙，你怎么没带妻子来？"

当音乐停歇，萎靡不振的男人请客人们到下花园参加"满天星秀"。被吊足了胃口的客人喧闹着穿过宫殿，鱼贯而出，聚集在假山和大瀑布前被护栏围起的小广场前。萎靡不振的男人一挥手，所有的喷泉同时开启：二十米高的白色水柱从参孙撕开的狮子口中喷出，五彩的礼花同一时间也冲向高空。看来乌斯里斯特还是真的、真的、真的有打开所有城堡的钥匙……

"满天星秀"震耳欲聋、璀璨夺目，彩色的榴霰弹和喷泉在白夜中相得益彰。尼科季莫夫时而看看花园，时而望向天空，不知道哪里更好。而与此同时……真是见鬼，不，他居然愤愤不平。不仅仅如此，他是在强烈抗议。"不应该是这个样子。"他充满醉意的心中滋生出很多懊恼的虫子。这一切不应该发生在这里，伊甸园里怎么能有吸血鬼？一部分兴高采烈的客人走下瀑布旁边的阶梯，来到花园。他感觉这些人就是一群僭越者，他自己也是其中一员，但最大的僭越者是乌斯里斯特。冷冷的芒刺狠狠地叮咬着尼科季莫夫的思维："让他见他的大头鬼去吧，我不会让一切尽如他所愿的。——不，不会的。"

人们回到帐篷，餐桌又重新布置，餐具换成茶具，但酒水未撤。帐篷中央有个单独的小桌，上面立着高度惊人的大蛋糕。确切讲不像蛋糕，放在多层架上，蛋糕看上去简直就是一栋大楼。尼科季莫夫看了一眼，惊叫出声："宁录宫！"他眼前摆着根据老彼得·勃鲁盖尔①画作设计的巴比伦塔造型蛋糕，这个完美作品害得尼科季莫夫公司全体员工整整忙乎了两天，今天早晨才被人取走的。基层是浸渍百利甜酒和奶油的杏仁饼坯，蛋奶酥是用新鲜芒果、酸奶油和小草莓块制作的。游廊和拱门用翻糖膏和巧克力糖衣表现。建筑的顶部由核桃仁空心松饼、马林脆饼和奶油块完成，坍塌处以巧克力巧妙装饰——众所周知，巴比伦塔并未建成。

萎靡不振的男人不知在模仿谁，对使用"夹杂体"说话的人极尽讽刺挖苦之能事。女人们看着建筑造型的甜品，高兴得拍手叫好。

---

① 老彼得·勃鲁盖尔，16 世纪尼德兰画家。——译者注

尼科季莫夫环顾四周，欢乐气氛仍在持续，且不断升温：喧闹的客人们各就各位坐下；"偷来的太阳"乐队里，红发演员是主角，他们在小角落里开怀畅饮；丘贡诺夫和卡柳金拿着酒杯从一张桌子蹿到另一张桌子；普利吉在研究葡萄酒商标；维卡的父母来到寿星的桌旁坐下，开始和他愉快地聊天；舞台上，大胡子那里奇①的铜管乐队正在调音；普斯托沃伊不知道去了哪里。

尼科季莫夫走出帐篷，开始研究周围的环境。暮色笼罩花园。他往左右观察一番，果然不出所料：普斯托沃伊没能挺到吃甜点。距帐篷约五十米处的长椅在清朗的夜中清晰可见，画家伊万·普斯托沃伊趴在上面，脑袋冲着鹅卵石小路低垂着。他看起来糟透了，眉毛和鼻翼上的金属环不时闪烁，扎着无数条细辫子的女孩儿坐在普斯托沃伊的身旁，用手帕蘸着瓶子中的水为他擦脸，水已经不多。花园中，醉醺醺的人时而出现在这里，时而在那里。看来，喧嚣和混乱提早到来。

那里奇开始演唱。尼科季莫夫返回帐篷，找位子坐下，那里刚好能看到普斯托沃伊躺着的长椅和殷勤的女孩儿。侍者走过来问："您要茶还是咖啡？"尼科季莫夫要了一杯茶，又给自己斟满酒，转身向爆笑声传来的方向望去，原来乌斯里斯特站在蛋糕旁，正用手工锻造的武士小刀给"宁录宫"切块。

无需等待。侍者刚给他端来茶和一小碟蛋糕（他将蛋糕推到

---

① 彼得·那里奇，1981 年 4 月 30 日出生，俄罗斯音乐家，歌手。——译者注

一旁，因为不爱吃甜点），鼻子眉毛上装饰金属环的小母鸡从长椅上站起身，将空瓶子扔到了垃圾箱，她去帐篷取瓶装水了。那里奇还在唱"吉他，吉他……"，客人看着舞台。尼科季莫夫从桌前悄悄溜走，为避免与小母鸡相遇，他在草坪上弓着身急急忙忙向普斯托沃伊跑去。

画家趴着，头从椅子上耷拉下来，丝带系的淡黄色脏辫发髻指向暗中透白的夜空，编织绳从普斯托沃伊的裤兜中垂下来。尼科季莫夫没有偷过东西，他没想到，原来当小偷这么容易。

他拽了一下绳子，绳子立刻绷紧了。他又用力拽了一下，装"橘子"的沉甸甸的荷包克服了画家身体的阻力，从裤兜中掉了下来。

普斯托沃伊哼唧几声，抬起死人般毫无生气的脸。他的目光没看这里，而是看酒鬼汇聚的地狱，眼睛在看，却视而不见，连抬头的力气都没有。他摇了摇脏辫，又把脸垂下去。尼科季莫夫迅速将荷包揣入口袋，匆匆忙忙向帐篷走去："不，想要取代丘贡诺夫，就要靠自己的聪明，别用什么外援。想要当后浪拍前浪，那就直截了当。有仙女帮忙，谁在舞会上都能闪闪发光……"看来，花园里并没有人发现他。

接下来发生了什么，尼科季莫夫已经印象模糊了，因为他一下子就连干了三杯酒，与丘贡诺夫和卡柳金，与"偷来的太阳"组合中的红发歌手和维卡的父亲各干一杯，这也算替卡柳金为被侮辱的胡瓜鱼追究维卡父亲的责任。维卡的父亲依然在喋喋不休地讲述着他酷爱的羊鱼，出于爱国主义的思考，尼科季莫夫认可了羊鱼的崇高地位。后来，雾色渐起，舞会开始了。一位不知名的姑娘又开始折磨起尼科季莫夫：他是光之子还是暗黑之物？再后来，雾色渐浓，一辆公交车载着他从彼得夏宫开往市内。在公交车上，卡柳金还在教丘贡诺夫画油画，而丘贡诺夫教卡柳金摄影。再然后……

再然后天就亮了。这是一个美妙的清晨，充满了难以言传的喜悦，让人想起泛着快乐气泡的香槟酒。仿佛有一支阵容强大的乐队鼓乐齐鸣，刹那间就将尼科季莫夫生命中的疑虑和恐惧尽数驱离，就像被女巫用研钵塞子把草木灰和蛛网清除干净后的烟囱，炉子呼呼通风，火势旺盛。尼科季莫夫在梦中幸福地哼哼着，但却不记得这些。他觉得，自己又生活在一个长长的当下，这种感觉正合他意，痛快之至。

尼科季莫夫的头脑中不由自主地冒出新的计划，机智的、优雅的计划，如水晶般完美的计划。他知道如何能得到梦寐以求的乌斯里斯特的库巴奇短剑，就像得到花朵中的芒刺……办法就是偷走它。动作要优雅、快乐、漂亮。他知道该怎么干。策划精巧完美、无懈可击、独出心裁，也充满了灵感和变数，像"宁录宫"一样。实际上，这不是偷盗，而是一场芭蕾舞，是一场足尖上的飞行。尼科季莫夫身体腾空，俯瞰自己那藤蔓般复杂的思维器官，努力要对其做一个全面的评价。离其越远，它就越显得容量巨大，细节就更清楚，样子也更加宏伟。无人可以踏着他的足迹走过这个迷宫。贝壳叮当作响，回应着他的目光，空灵的回声在其躯体内响起，又碎成齑粉。他愚弄了所有人，欺骗了每个人，他……是的，是的，是的！总算是……你好，生活！

（郑永旺　宋红　译）

小公汽在行驶……

安德烈·阿斯特瓦查图罗夫[1]

　　在幅员辽阔的俄罗斯，圣彼得堡是一座最具欧洲风格的城市。在这座城市中，种类繁多的公共交通随处可见。即使是最最天马行空、吹毛求疵的乘客能够想到的交通工具，在我们这里都能找到：既有车身画满巨幅广告的宽体公交车，也有状如蒙古羚羊角的无轨电车，又有叮叮当当的有轨电车，还有撞击铁轨节奏感强烈的地铁，更有装饰着方格图案和顶灯的出租车。所有这些汽运工具均从邻国进口，行驶在我们的街道上，欧洲的奢华贵气尽显其中，最重要的是载客量大。

　　但常言道：家家有丑儿。在众多进口客运工具中，亦不乏令

---

　　① 俄罗斯作家、语文学者，曾获"圣彼得堡名人 TOP - 50"奖（2010）、"新文学"获（2012），作品入围"国家畅销书"奖和谢·多甫拉托夫奖决赛名单。著有长篇小说《赤裸的人们》（«Люди в голом»，2009）、《臭鼬狱》（«Скунскамера»，2011）、《口袋里的秋天》（«Осень в карманах»，2015）、《不只是塞林格》（«И не только Сэлинджер»，2015）。出版并发表三部专著及上百篇有关美国文学、英国文学和俄罗斯文学的文章。

人懊丧的例外，譬如中巴专线车。不知何故，圣彼得堡的中巴专线车既小又丑，拥挤不堪。这令人不免想问：为什么会这样？怎么可能会这样？我们又不是穷乡僻壤，我们可是北方之都，是"通往欧洲的窗口"，是"威尼斯"啊，从哪个方面讲，也不至这样啊。尤其是从文化方面来讲，就更不对了，太有失体面，太不成体统了。

您自己评判一下吧：你钻进专线车——"钻进"，听到了吗？知道该用什么动词了吧？！彼得堡人乘坐公共汽车、无轨电车和有轨电车时，是以最体面、最有教养的方式"走上"去的，既不耽搁时间，也不妨碍关门（"前方运行到站"，扬声器为你报站，"中心商场站"）。坐地铁时，人们会说："下地铁"（"各位公民，请保持地铁站内和车厢的环境卫生……"）。而专线车，却必须要"钻进"去。

好吧，你钻进专线车，从踩脚踏板那一刻起，就请忘记所谓的欧式礼仪、公民权利和最起码的尊重。不论是你如狗般伛偻着身体卑躬屈膝地背顶天花板站在车里，还是坐在座位上埋头玩手机，或是读书，抑或看电话簿（你的电话簿上都有谁啊？），都一定被人从不同方向用手、衣服、购物袋、皮包等各式物品推搡、挤撞、踢碰。当然，这在很大程度上取决于专线车的运行线路。如果你早晨离开市中心，晚上回去，一切还勉强可以承受；如果与此相反，那就只能怪你自己了，这种情况就会屡屡发生。最重要的，这甚至还不取决于每天的时间段，更多地取决于季节。

您有没有发现，搭车的乘客冬季时似乎总要多于春、夏、秋三季？如果没发现，请您在冬天，在十二月份时坐专线车试一试。哪怕是坐4＊＊号专线车，从"小黑溪"地铁站出发，驶过各岛，经彼得格勒地铁站，再向前，过要塞，到河对岸，然后绕行向左至战神广场，沿花园街，奔涅瓦大街……然后再往哪里去，我就不清楚了，大概是到科洛姆纳站，但我总在此前下车。

只要"钻进"专线车，你会秒懂，逼仄、拥挤、憋闷……你别想着躲开那个萎靡不振四十岁左右的男子，也别试图躲开那个枯瘦的女人。女人蜷曲着身体站在门口一动不动，一只手在手提包里摸索，大概是在找钱包，另一只手拉着五六岁的小男孩。这里如同刑讯室，既转不得身，又无法站直身体，也无法像在家里那样调整姿势让自己舒适。重要的是，虽然车厢里好像还空着一半的位置，但就是有一种挤满了人的感觉。为什么会这样？

这是因为冬天，我们比春天和夏天时占据更多的空间。人，特别是彼得堡人，总想贪得无厌地占据不属于自己的空间。冬天，各种因素都纵容了这种贪得无厌的本性，这都是冬季服装惹的祸，由于我们戴皮帽子，穿皮鞋，蹬着鞋跟和马蹄差不多高度的靴子，由于我们穿外衣，又套厚大衣、羽绒服和裘皮大衣……我们变得更为肥胖、壮硕和臃肿。顺便说一句，裘皮服装在专线车中倒是不多见，它们的主人不知为什么都不愿钻进这里，而是选用私人汽车作为交通工具。

的确，在冬季我们看上去更加重要，更为富态，更有分量。我们更容易被区分，更容易被人认出来。夏天，当你走在城市中，目光所及之处，不是人，鬼知道都是些什么！譬如那个胖子，不知为什么看上去又瘦又弱；或者这位肩宽背厚身材高大的汉子，看上去会显得又矮又瘦；或者那个大腹便便臀部肥大的男子，原来是个肚子和臀部都很小，小到和腿在一条水平线上。呸！简直是不忍直视……而冬天呢？冬天就另当别论了！他要身高有身高，要体态有体态，还有壮硕的双手和腰身，甚至，一定还有思想和灵魂……冬天，他变成了一个骄傲、自豪、掷地有声的人。这里人们甚至不介意你掏出手机，大声讲话。在我们彼得堡，人们往往会这么做。与医生的意见相反，冬天，洪亮的声音又回到了红红的发了炎的彼得堡喉咙里，就像喉咙的主人重新拾回自信。

于是像刚过暑假又长高一大块的半大孩子，人们新换了嗓音，新增了体重，我们不得不钻进专线车中。专线车既小又短，仅是普通公共汽车的三分之一。真不知道我们的市政府每天都在想什么？一点儿也搞不懂……

但既然我们已经钻进来，既然已经在年长的蓄着浓密小胡子大鼻子高加索乘务员那里买票，既然我们已经坐了下来，既然车已经开动，那么，就让我们放松下来，环顾四周，换另一种叙述风格。

沃瓦奇卡，把舌头缩回去！

车上乘客不多。一名男子穿着脏兮兮的、褪了色的外衣，神情专注地翻阅着厚厚的免费报纸，上面刊登了五颜六色的新年广告。过道对面是两个身穿绿色羽绒服、扣子扣得严严实实的年轻人。两人都低着头，埋头玩儿手机，不时还说上几句话。从他们的说话声音来看，这两个年轻人性别不同，虽然很难区分出谁是男生，哪个是女生。大概，耳朵上扎着耳钉的那一个是男孩。身着黄色大衣面黄肌瘦的女人坐在他们身后，孩子就坐在她的身边。

"沃瓦奇卡，把舌头缩回去！"她已是第四次说他了，声音之大，淹没了街道上的喧嚣和发动机的轰鸣。我将头转向窗口。虽正值中午，但已呈暮色。圣彼得堡的冬天总是很阴郁，从清早开始，就进入傍晚，刚过了中午，就仿佛不知不觉地入夜，无尽的、嘈杂的、霓虹闪烁的黑夜。

我们的小公汽全身颤抖，咯吱前行。我们驶出高架，向大桥攀去。

"沃瓦奇卡，我说的话你听不见吗？把舌头缩回去！"女人愤怒的声音再次传来。

专线车窗外是条结了冰的河，不知是小涅瓦河，还是大涅瓦河，我总是分不清楚。暗淡的雪在暮色中融化。如果长时间在远离河岸铺满雪的河床独自漫步，听着脚下松软的积雪发出吱吱声，你一定会觉得，身边有个人在与你并肩踏雪而行。当你转身看去，却发现什么人也没有……

"沃瓦奇卡，把舌头缩回去！"女人的声音又一次传来。

我的思绪突然转向卡佳。昨天，当我试图亲吻她，对她动手动脚的时候，她特别生气，对我大发雷霆之怒，我自己也情绪欠佳。我已经厌倦了我们之间这种宾馆式的露水姻缘，这种可耻、羞于见人、仓促的约会；厌倦了到处假装她的老同学、书呆子和焦虑的失败者；也厌倦了同制片人、公关和司机们的无聊谈话；更厌倦了听她和她那镶着大金牙有金光闪闪领扣的情夫推心置腹的聊天。

"沃瓦奇卡，把舌头缩回去！"女人还在强迫孩子屈服，"我跟你说的是俄语吧！把舌头缩回去！马上把舌头缩回去！"

年轻人友善地从自己的手机上抬起头来，愉快地对望了一眼。我们的小公汽已经攀上大桥，稍稍放慢了速度，向人行道停靠，然后停了下来。

蓄着小胡子、头发蓬乱的司机从座椅背后将头探入车厢。

"沃瓦，亲爱的！"他操着一口浓重的高加索口音说，"我可载（再）也听不下去了！我要是创（撞）了车，大家都得死……跟你说人话呢！马上把舌头缩回去！"

坐在我前面穿着旧外套的男人微微动了动肩膀，继续气定神闲地翻阅报纸。年轻人互望了一眼，大声笑起来。

"沃瓦奇卡……"女人凶巴巴地低声说道，"听到叔叔跟你说什么了吗？马上把舌头缩回去！"

我们的小公汽再次发动。关于卡佳的想法突然从我脑海里消失，我又考虑起城市和冬天的问题来了。

彼得大帝和秋天

我早就发现，冬天时，人们头脑中的想法就令人生疑地变得多起来。秋天，人们头脑中的想法会相对少一些，但这些想法一般都平直而正确。秋天，连彼得堡城本身都仿佛变得平直而且正确，就像彼得大帝一开始设计的那样。由于寒冷，这里的一切都尽量简化，即平直而正确：众多的桥梁、房屋、街道，一切都回到铅笔、圆规和直尺的枯燥计算和数学之源。当我还是个孩子时，列宁格勒马戏团还有小丑和狗表演。小丑名叫"铅笔"，而狗被称为"斑点"。铅笔和斑点……彼得大帝一定不会赞同这样的名字。小丑的名字，他还能勉强接受，但斑点，他是丝毫无法忍受的，立刻就会将大手伸向棍子。他痴迷于精确性和静止的几何学，而这些，常常在秋寒的城市得到最完美的呈现。

秋雨带着秋寒，单调枯燥，飘冷了十月，飘落在沉寂的花园、空荡荡的公园、喧嚣的林荫道上，将一切生物体涤荡干净，只留下树木和灌木丛的黑色修剪面对着苍穹、闪烁耀眼的塔尖和角楼尖顶的金针。

"皮大衣和皮大帽"

但是在冬天，城市改变了容颜，而且这种改变仿佛故意与秋季和死去的彼得大帝作对。人、建筑物、雕塑和树木都换了模样，"穿上了皮大衣和皮大帽"——二年级时，我曾在一篇作文里这样写道。这个"皮大帽"的梗，都过了半年，父母还会经常提起。从某一个方面来讲，这没什么不对的。既有"皮大衣"一说，那自然就该有"皮大帽"之讲，而不是其他说法，你不觉得有道理吗?

我把目光转到专线车的窗外。看来这个冬天，"皮大衣和皮大帽"确实不辱使命。因为下雪，窗外所有事物看上去都比实际形象要高大臃肿。河畔旁的房子、车站的塑料顶棚、塔楼、管道、女儿墙……眼看着变高，仿佛企图同不远处沙皇时期各种建筑物的针顶、塔尖甚至同电视塔竞相争高。房子上竖起的天线、像蜘蛛网分布于街道和广场上的电线似乎也发福长胖了。雕塑也变得肥硕起来。这些皇帝、革命者、统帅和诗人们不约而同地亮相，在众人视野中炫耀自己，看来，他们害怕被世人忘记，担心被人弃之于某个博物馆的后院。

就连阿尼齐科夫桥上的那些裸体饲马员也被大雪覆盖，穿上了医生的白大褂。说实话，这确实更正确更体面。你得承认，在一国之都，即便是前国都，赤身裸体立于众目睽睽之下，的确太不成体统，太丢人了……

街道也因发福、变宽、臃肿的雪堆而变得窄小。冬天，整个彼得堡都变得拥挤不堪，就像这辆我们正在乘坐的专线车。汽车、公交车、无轨电车、货车、摩托车、箱式货车、交通信号灯、路灯、广告牌……冬天使一切都更拥挤，更融合，更亲近，也许，其目的是为了将所有人从历史中揪出来，建立另一个崭新的秩序。之后，大家都糊涂了，究竟到底是谁在这里。那个在大雪中穿着"皮大衣"戴着"皮大帽"的雕塑到底是谁? 库图佐夫? 苏沃洛夫? 普希金? 也许是彼得大帝本人? 他的几何美学已惨遭破坏。甚至连城市的垂直度也已发生偏斜：行人、手推车、婴儿车因雪天路滑失去平衡，常常跌倒……

"请在交通灯旁停一下车！"那个带小男孩的女人说道。专线车来个急刹车，停在列宁格勒市人民代表苏维埃文化宫旁边。这是幢疯狂的建筑，每一个平面、边角和锥体都企图向各个方向扩张，撕裂……女人用力拽动门把手，从专线车中挣脱出去。小男孩紧随其后。

"沃瓦！把舌头缩回去，亲爱的！"司机在他身后喊道。

* * *

我外衣右侧的口袋中传来了电话的铃声和震动。

"喂！"我对着听筒说。

"喂什么喂？"电话里传来卡佳不耐烦的声音，"你到底什么时候过来？！"

专线车又停了下来，停在奥地利广场，广场之小正如奥地利国土本身。车门向两侧打开。穿羽绒服的年轻人先后钻出专线车，一位小姑娘探进头，她头上戴着七彩的毛线贝雷帽，鼻子短小像个小按钮，一双小眼睛，描着浓浓的眼线。她扯着烟熏嗓，大声豪气地问司机问题。司机摇摇头，几乎是在喊叫了："不！木（没）有钱不拉你！木（没）有钱，就走着去！"

"你……"我听到卡佳在电话里说了什么。究竟什么，我没听清，环境太嘈杂。司机和姑娘继续大声地相互喊叫着，到处都是交通工具的轰鸣声、汽笛的嗡嗡声、刹车声、人行道上的喊叫声、新年将至的爆竹炸裂声。

我觉得，自从卡佳到了此地，我的生活处处都是骇人听闻的混乱。但我还像从前那样爱她人造的凸出的嘴唇、她沼泽女巫般水汪汪的眼睛和她强健冰凉的双腿。

"卡佳，这里……这儿……什么都听不清。下了车，我给你拨过去，好不好？"我挂断了电话，将其放回上衣口袋中。

姑娘，这回已不是那个声音像男人的姑娘，而是另一位穿蓝色连帽外衣的姑娘钻进车里。她从我身旁挤过去，坐到后面的座位上。前排的男人依然镇静自若地翻阅着报纸。

"大家都桌（坐）好了吗？可以走了吗？"司机问道。

我将头转向窗外。窗户上，在晦暗的光线中，我看到了自己灰色透明的影像，透过影像能看到万家灯火、街灯、车灯和交通信号灯……霓虹闪烁飘雪的街在眼前疾驰掠过。也许，就在此刻，卡缅内岛的大街从空中看起来更像一道灰暗、宽广、点缀着绚丽灯光的湍流，车灯不断亮起、熄灭，又重新亮起……

* * *

我和卡佳两人在宾馆房间里时，她总是喜欢不停地开灯又关灯。烟、打火机和台灯总是被她放在手边。

"跟你说过多少次！不要动手动脚！"卡佳对我说，"我整形，是给人看的，不是给人碰的。明白吗？"

我们躺在宾馆房间的大床上，房间被设计成奇蠢无比的帝王风格。天花板上装饰着大量的雕塑装饰，巨大的水晶吊灯仿佛在颤动，穿衣镜镶在金色的框中，两个帝国风格的绸缎沙发，旁边是个巨大的电视屏幕，房间中最重要的装饰品就是苏格拉底的石膏像。

"卡佳，"我尽量漫不经心地说，"你自己……是你自己跟我说过，让我不要盯着你看……卡佳，我们还要做吗？"

卡佳瞪圆了眼睛，身体后仰，向天花板举起手。她美丽的脸庞黯淡起来。

"我——的——天——啊！你简直气死我了！当着大家的面不要盯着看，明白吗?! 在家里可以！但是不可以用手碰，在家也不行，在哪儿都不行！"卡佳转个身，用手掌撑着脸颊，水汪汪的大眼睛目不转睛地盯着我。

"我该拿你怎么办，我的宝贝，啊？"我报之以冷笑。

"也许该带你回我家，啊？你是怎么想的？"她边说边整理了一下自己漂染过的刘海，"你给我收拾房间。一二三……就永远成了丈夫了……"

我可不想再吵架，只是翻了下白眼，摇了摇头："如果我这么不堪，你还要我干什么？"

卡佳裸露的手臂越过我伸向小桌子。

"想要烟是吗？"我问。

"嗯，还有打火机……"

"这里不许吸烟。"

"我，亲爱的，我可以。这又不是伦敦，在这儿，我做什么都可以。"

"那我……那我还是没弄明白……你要我干什么？"

她点燃香烟，翻个身，将被子往上拉了拉。古铜色的脸上浮现出笑意。

"干什么？这是婆娘才提的问题。'你要我干什么'，"她模仿着我说，"只有婆娘才会提出这样的问题，而且还是个傻婆娘。"

我看着她的脸，恶狠狠地想，卡佳，她是世界上能以最快速度找到对方痛点并给予打击的女人，而这都归功于她以前上过开心机智俱乐部栏目的经历。她所有的幽默都源于那里，但同班同学却没有吸收我加入他们的团队。从那时起——也许是出于嫉妒——我极不喜欢这些俱乐部的成员，就是那些非常"开心"又特别"机智"的人。机智俱乐部……将人性中最荒谬的属性视为美德。亏他们想得出。突然一个想法钻进我的脑海，也许在世界的某个地方，还有更为凶狠更为机智的俱乐部。俱乐部由一些丰乳肥臀的漂亮婆娘组成，她们彼此憎恨，聚在一起闲扯，谈天说地。

我应当及时制止她的粗暴无礼……说到底，我才是男人。

"听我说，亲爱的……"

"好吧，我是在开玩笑……"她打断我，吐了一个烟圈，"过来，我亲你一下……对，就这样……"

我们接吻。她身上散发着好闻的香水味和昂贵的烟草味。

"卡佳，我们做吗？"

"重要的是：别被气出屎来，你可以想象，好像我真需要你似的……"

卡佳突然挪了挪，然后用胳膊肘微微撑起了些身子，熄灭了香烟。

"你想找份教书的工作，对吗？"

"我已经在工作了，特此通知你一下……"

"工作了?!"她变得开心起来，"也就是说，亲爱的，你已经不需要我的参与就能自立了。但我不会嫁给你，别担心。"

"卡佳，别说了!"

"卡佳，别说了!"她模仿我做了个鬼脸，"你该问问我为什么，哪怕仅仅出于礼貌。"

"为什么?"

"我靠，你不明白?"

"现在，卡佳，现在我终于明白了。那我们今天做吗?"

卡佳认真地看了看我，突然严肃起来。

"知道吗，我以前想过嫁人。非常想，但在巴沙之后，我明白了，婚姻就是一种奉献。"

"你的意思是……"

"我晕，对有些事情，我们会睁只眼闭只眼，但这只能维持一定的阶段，直到两个人第一次发生争吵。就是这样。"

她坐在床上，披上被子。

"比如一个小伙子要结婚。他会对自己说，我是这么好的人，可她呢，屁股那么小，但无所谓了，至少还算善良，又有胸。算了，娶了她吧。可是婚后，当他们吵起架来，他一定会对自己说，怎么会这样?!她是高攀我了，她屁股那么瘦，我都没介意，忍着她，她居然还敢跟我大喊大叫……可是女孩呢?女孩也这么想，也是一样的心思。我这么棒，超级棒，他在我面前就是蠢得不能再蠢的乡巴佬，居然还敢对我说三道四。"

"卡佳，可是这与我们有什么相干？"

"那就请你帮我个忙。"

"怎么这么讲？"我仰望着她，说话口气充满了指责的味道。

"怎么？你是学者，聪明又诚信，在工作单位简直是个俄罗斯英雄。你高傲自负。我虽然富有，但对你来说，不过是个炮友，为了钱跟人上过床，就是说，是个婊子。结了婚，你一辈子都会为自己骄傲，会对自己说，我是个好样的，屈尊迁就了她。而我呢？但凡一张嘴，你立刻就会想怎么会这样？！她居然还敢有自己的想法，这个婊子？！而我，亲爱的，我的想法和你的完全不一样。我会觉得自己是美女，又有钱，粉丝无数，而你不过是个超级乡巴佬。我是下嫁给你，赐你幸福，你就该幸福得直蹦，怎敢在我面前有话语权。"

我笑了，但卡佳依然一脸严肃。她又躺倒在床上，枕着自己的手臂。

"为什么我们要把一切搞成这样呢？不，亲爱的，还是让我们维持原状吧。"

我们沉默了。

"卡佳，"我停顿了一下问道，"我们还做吗？"

"我说，"她生气地晃了晃头，"你已经是第十次问这个问题了。你认为我们躺在这儿要干什么？"

桥

专线车驶近大桥。这是一片开阔地，视野很好，冬天的风没有遇到任何阻挡，长驱直入；游人站在此处，要塞、金顶教堂、壮阔的河岸以及河对岸数不胜数的宫殿尽收眼底。正是暮色沉沉时刻，若没有灯光，这些人类的建筑财富就会淹没于黑暗之中。灯光精确地勾勒出建筑物的外形和几何结构。

大桥也在路灯、装饰灯、闪耀的指示牌和警示标志的照耀下愈发流光溢彩。每天这个时段，桥中央的车流在静静地流淌，桥两侧不时闪过行人的身影。大桥仿佛安静下来，静静地睡去，硕大的身躯紧紧地依偎着涅瓦河，不向上折起，也不在众人面前展示不倒翁造型。但这仅仅是它施的小诡计，从前它可不是这样。曾经，戴着马车夫假胡须的恐怖分子小心翼翼地拎着包袱在此桥上徘徊，然后……"然后"什么？"然后"就难以猜测了。大桥并未入睡，它只是潜伏起来，沉浸在往昔岁月的甜蜜梦乡，梦中既有浅绿色的学院外墙，又有尼基塔·维萨里昂诺维奇，还有马克·伊里奇，有瓦利亚、卢金，和阿拉伯人哈利里……

＊　＊　＊

电话铃声再次响起，又有人找我。我看了眼屏幕，是个未知号码。

"喂！"听筒里传来尼基塔·维萨里昂诺维奇的声音。

他怎么？有特异功能吗？我心想：刚好在我路过学院时打来电话。

"听出来我是谁了吗？"

我沉默。学院的窗户灯光闪烁。也许，他正从窗口俯视，看着这辆专线车。

"别胡闹了，啊？听到了吗？"

"听到了，"我说，"但您已经签过字了。"

"签过字了又能怎么样，我是想给你这个傻瓜上一课。你完全没有必要离开。以后你会后悔的。"

"我已经后悔了。"

"那还走什么走？这儿所有的问题刚刚都已经解决了。"

"什么意思？"我问。

"什么意思，"他模仿我的口气，"意思是，你应该看看新闻。今天那个厉害的爹被抓了，要蹲班房了。所以他宝贝儿子就没戏了。"

"与我有什么相干？"

"你一走，校长就给我打电话，让我亲自过问这件事。我详细看了关于阿拉·里沃夫娜的资料，真是一团糟，违规情况严重，简直是花样百出。是啊，是啊。简而言之，辞职的事情，就让它过去吧。满意了吗？你可以给阿拉·里沃夫娜打个电话，让她开心一下。"

"您自己打吧……"

"瞧，你看看你……"

专线车在交通信号灯处停了下来。窗外，车灯炫目；人行道上，几个孤单的行人隐约可见，在黑暗中行走。

"好吧，我对你，事实上……简而言之，你自己想想，但不要想太久，明白吗？"

"明白……"

"好了，"他笑道，"那么向叶卡捷琳娜·费多罗夫娜问好。她记得我。"

有段时间，我坐在那里，中了魔一样，回味着电话里的内容。听筒里传来短促的嘟嘟声。我哆嗦了一下，仿佛被什么蜇了。他是怎么知道的？虽然……这些人对我们说了什么、吃了什么、喝了什么，跟谁睡觉都心知肚明……好吧，一切都会弄清楚的。

* * *

我感到，专线车里暖和了一些。大概是开了暖风。我并不知道，这专线车里也许根本就没有暖风装置，大概只是因为车内有太多的人穿了太多厚厚的衣物，才使车内变暖。车外是黑暗中静静融雪的战神广场。我突然全身心都能感觉到，堆满积雪的战神广场丝毫没有变冷，恰好相反，每一处花坛、每一丛灌木和大树的每根树枝都在温暖着广场。

事实上，在冬天，整个城市都在变暖，仿佛在筹备重大的事件和新生活。家里有中央空调，外出时人们则将所有取暖的衣物都套在了身上：羽绒服、毛衣、衬裤……裹得严严实实的人们汗流浃背、臃肿不堪，所有的意义、意念、意图也都汗流浃背、臃肿不堪，就连语言也变得汗流浃背，失去了本意。书也是这样，因夹杂大量的图片、字母和标点符号而满是水分。

这究竟是怎么了？怎么总是没完没了地来电话？我的耳朵都热了。啊，原来是娜塔莎！不，让她滚吧。我才不接呢。

我望向窗外。经历过恐怖分子的突袭、革命红霞的洗礼和两次更名的圣三一桥已被抛在身后。如果专线车继续沿花园街向涅瓦大街前方行驶，就会经过公共图书馆，那是书的圣地，九十年代，我曾藏身于此，以躲避自由主义变革。

电话依旧固执地锲而不舍地响个不停。然后，安静了片刻，又立刻响起来。算了……

"你有什么事？"

"你不觉得，不接别人电话是恶俗的事吗？"

她说话的语气与我那次嘲讽教授说话的样子一模一样。那一次，她也用了"恶俗"这个词。那天晚上我们就躺在一个被窝里了……

"你……有……什么事？"我很谨慎，一字一顿地问。

"请原谅我……"

"我不原谅……你还有什么事？"

"我已经道歉了。"她的声音里有种拿腔拿调的谦卑。

"你已经道歉了，但没人原谅你。好了，通话结束。"

"等一下。"

"还等什么呀？"

（我为什么不挂断电话呢？）

"那不是我的错，我真的是被你气坏了。告诉我，她把你打得很重吗？"

"见你的鬼！"

"请原谅。女人是应该被原谅的。听我说，我找你有事……"

我按了挂断按钮，然后关机。活该。

* * *

"听我说，我找你有事……"我在打扫厨房卫生时，娜塔莎又打来了电话。卡佳马上就要到了，我可不想让她看到我的屋子像个猪圈。

"出什么事了？"我拿出烟，不知出于什么原因看向窗外。楼下工学院大街上有台丑陋的除雪机，马达咆哮着，正在同一个巨大的雪堆做着斗争。

"我正好在你家附近，可以进去坐会儿吗？"

我按下打火机，点燃香烟。

"不，不可以。我现在正忙。"

"好吧，就一分钟。"

"见鬼！她脑壳里装的不是脑子，是雪，"我暗想，"来得真不是时候。"再过两个小时卡佳就要来了。

窗下传来了尖锐的口哨声。除雪机熄火，停了下来。

"娜塔莎，"我深深吸了一口烟，说，"你的这件事……可不可以稍微等等，等到明天可以吗？我这里马上有客人要来。"

"小猫咪，求你了……"

"娜塔莎，唉，见鬼，我跟你说了，不行，有客人要过来。"

我伸手去拿小碟子，往里面掸了掸烟灰。

"谁？"她温柔地问，"又是一个婆娘，是吗？"

"是的。关婆娘什么事？"

"猫猫，我都站在门口了……我尿急。"

"好吧……"我叹了口气，"请进吧……就请你别太久……"

我迅速吸了几口烟,然后把烟掐灭。

一分钟后,她就把自己的蓝大衣递给了我。

"给,挂上……外面太冷了,冷得无法想象!给我沏杯茶好吗?你家厕所在哪儿?"

娜塔莎锁上卫生间的门,不出片刻又出来,亲吻我的脸颊,我感觉像被啄了一下。她走进厨房,坐在桌前,没有任何开场白就说起自己有位上了年纪的亲戚,这亲戚的儿子好像要考我们学院,但还没决定选哪个系,但他当机电工程师的父亲表示反对,因为家中所有人都是学理工的;然后还说有一次她去商店买棉靴,棉靴是奥地利产的,似乎当场也试过了,当时还挺合适的,可是现在,突然感觉挤脚了。娜塔莎不时呷上一小口茶水,一根接一根地吸烟,喋喋不休地同时谈论着几个不同的话题。我彻底糊涂了,只是机械地频频点头表示同意,像个机器人一样重复说我会尽量帮忙。这些事情我怎么才能帮上她?说实话,我自己都不知道,但我太想让她快点儿离开了。

时间一点点过去,但她依然坐在那里喋喋不休。终于,我对她说她该走了。离卡佳到来大概仅仅剩下四十分钟。娜塔莎站起身,说她要用一下浴室,"一秒钟就好"。我为她打开浴室的灯,自己继续打扫厨房卫生。我仔细地将所有的盘子、杯子洗净,擦干,将它们放到干燥器上,然后拿了块毛巾擦桌子。可是娜塔莎仍然没有出来。

"你在里面没事吧?"过了五分钟,我问她。

"是的,是的!"她愉快地回应,"我马上就出来。"

我走进房间打开了电视。电视上正在上演《开心机智俱乐部》。

又过了十五分钟左右，娜塔莎依然在浴室里，没有出来。

"娜塔莎！"我又开始敲门。"你这到底是何居心?！已经在里面半个小时了！"

没有回音，只有"哗哗"的水声。我慌了手脚，在房间里转来转去，几次走到浴室门口拽门。我甚至想跑到外面，在那里迎接卡佳，劝她和我到别的地方，譬如说，到咖啡厅里坐一坐，或者到公园散散步。这时却正好传来门铃声。卡佳今天到早了。我知道，这种情况下，最好立刻开门，不可耽搁。

"你好！"

卡佳迈过门槛，将脸颊凑过来，让我吻她，然后一闪身，从裘皮大衣里钻了出来。她身着黑色的牛仔裤、褐绿色的短衫，脸上绽放着幸福的微笑。我早就发现，她的心情越好，她选择的衣服颜色就越暗淡；相反，如果她穿颜色鲜艳的衣服，就等着倒霉吧。

"请进……"我压低声音说。

"你怎么了？"

我还没来得及回话，浴室门一下子敞开了，门口现出娜塔莎的身影。她一丝不挂，一边用毛巾擦着头，一边倒退着走向我们。

我骂了一句粗话。

娜塔莎转过身，看到了卡佳，矫揉造作、故作腼腆地用毛巾遮住了自己："噢，请原谅……"

卡佳微微抬了抬眉毛，满脸疑惑地看着我。那一刻，我觉得她非常美。娜塔莎温柔地对卡佳笑了笑："噢，请原谅……我真不知道……能给我签个名吗？"

卡佳并没有转身向她，而是继续默默地看着我。

以防万一，我后退了一步，说："卡佳，我真不知道……是个老熟人……她来，说就待一分钟……可她，她，你看……"

卡佳同情地摇了摇头，转身向娜塔莎："您大概要赶时间吧？"然后去扯脚上的靴子。娜塔莎一下子窜进浴室，过了一分钟，她已经穿戴整齐跑出浴室，抓起大衣，快乐地对我们挤了挤眼，一下子溜到了大门口。

"拜拜，宝贝！"

卡佳拽下靴子，望着地板，搜寻着拖鞋。门"砰"的一声关上了。我俯下身，找到了衣架下的拖鞋，殷勤地放到了卡佳的面前。

"请吧。"

她默默地将脚伸进拖鞋，然后向前迈了一步，用劲全身力气给了我一个耳光。

"卡佳！"

"这是为了教你学聪明些……"

"卡佳，是她自己……"

"我明白是她自己。你以为我傻吗，年轻时，比这更下流的事情我都干过。"

"我真的……"

"够了!"她挥了一下手,"快把购物袋接过去,里面什么都有:食品、红酒。"

* * *

真的是又渴又饿。专线车靠向道边,停了下来,一个穿着脏兮兮皮上衣的男子钻进车。他摇摇晃晃,"咕咚"一声跌倒在我旁边的座位上,浓浓的酒气扑鼻而至。我把头转向窗外,看到路灯旁有位穿军装的人,嘴角的香烟发出微光。他是士兵?还是军官?很难看清。一个想法突然掠过我的脑海,去卡佳那儿之前,我该去趟药房。

路灯、桥上的红霞、黑夜、图书馆都与药房押同一个韵,这些词突然自然而然地组成一首愚蠢的打油诗,还曾被人二次写进诗里:

> 图书馆已开业
> 战士站在路灯旁
> 黑夜,街道,路灯,药房
> 血染的红霞挂在天边

我掏出手机,开机。

* * *

"我跟你说,你不认识廖哈!你要是认识他就好啦!"那个在战神广场坐在我旁边的男人苦苦地给我解释。我们俩都是在中心商场附近下车的，我们的专线车早就开走了，我们俩却站在街上聊天。更确切地说，是他在讲，而我不知为什么在听。他未刮过的瘦骨嶙峋的老脸上、额头上都是擦伤，肤色暗红，鼻子上长满了黑点的粉刺。他身穿苏联时期破旧的棕褐色皮上衣，戴了顶绿色针织帽，也是那个时期的产物。

我的谈话对象将手伸进口袋，掏出一个玻璃瓶，瓶中有金色的液体哗哗作响。

"来一口？为了廖哈？"

"不，"我说，"谢谢。"

"你怎么啦？"他茫然地说，"我可不是请每个人都喝酒……为廖哈还不喝吗？"

专线车里，他就开始给我讲跟他"一起当过工兵"的"廖哈"，这"廖哈"就是块"金子"，是个全才，"能上天能入地"，谁想到五年前说挂就挂了。

人们在我们身旁走过，踏着肮脏的雪，急匆匆不知奔向何处。雪在融化，在他们脚下发出暧昧的有韵律的啪啪声。男人重重地叹了口气，沉思片刻继续说："廖哈就是这样一个人，就是有时候，他默默地坐着，抽烟，想着见鬼的心事……在别人眼里，就没有比他更傻的大傻子了……就像你……我可受不了这种人！可是只要在他面前掏出酒瓶子，好了！他整个人都完美了！"

他响亮地吸着鼻子，稍微沉默了一下，试图继续说下去："廖哈没了……"

他眼中涌出泪水，我脸上每一块肌肉都努力做出同情的样子，但他看向一旁。感谢上帝，我们的谈话正在接近尾声。

"等一下，"他说，"我给你讲完。他老婆，是······是个不幸的婆娘。每年都来一次，坐一坐，喝点酒，回忆廖哈。然后，就是······那个······"

他不再作声，喝了口瓶子里的液体。

"这里不可以，"我说，"公共场合禁止喝酒······"

"可以······"他皱皱眉，嗅了嗅肮脏的酒味熏天的皮大衣袖口。

"您为什么······和他妻子······那个？"

"什么为什么，"他盯着自己的脚，嘟嘟囔囔地说，"我们啪啪啪······就是这样！她总求我，让我跟她······我又不方便拒绝，怎么说是个女人，你明白的······我需要这个吗？你怎么看？"

他看着我的眼睛，晃动着手指，果断地说：

"我才不需要这个！我有老婆，下班后还有个伊尔卡······但这个廖哈的······她的······胸可以当球踢······不想······你明白吗？但应该！应该这么做，为了纪念朋友······"

他在空中做个砍的手势。

在这精彩的时刻，我上衣口袋里传来了救命的电话铃。

"你到底在哪儿？！"卡佳生气地问，然后就没有了声音。

"这就来······"不知为什么，我对着已经掉线的电话说，"马上来······"

没有放下电话，我用另一只空闲的手对廖哈的朋友挥了挥，快速离开，留下茫然无措的他一个人伫立在人行道中央，孤孤单单地，手里拿着瓶子……

　　四周都是灯火和城市的喧嚣，汽车呼啸而过，城市忙忙碌碌，人们摩肩接踵，走在涅瓦大街、花园大街上，急匆匆地不知奔向何处。我沿着中心商场迈步前行，人群，还有众多橱窗和万家灯火扑面而来……世间万物如此之多，无论是理智还是眼睛，都无从把握……我融入这个臃肿的生活和感情的洪流中，我的双手、双脚，我的躯体都充满了新的、神奇的力量，头脑中则塞满令人欣喜的愚蠢的善良。

圣彼得堡—科马罗沃—巴勒莫，2015—2018

（宋红　郑永旺　译）

卡累利阿

战　狼

伊琳娜·马马耶娃[①]

早晨发现，格里沙跑了。

每天早晨大家起得都很早，五点就摆好餐桌，聚在阳台上吃早饭。傻乎乎的玛什卡起得最早，餐桌上摆上茶、奶、粥以及隔天烤一次的开口馅饼[②]。大家盛粥时，总会犯嘀咕，她是不是又把粥做咸了。玛什卡有时把粥做咸。也不是太咸，但能感觉到。

"呦，这玛什卡又陷入爱河了！"第一个品尝的人大声说，"这次爱的是谁，啊？玛舒特卡？"

玛什卡脸红了，转过身，不好意思地辩解道：

"瞎扯，别瞎说！"

其他人接起话茬，争先恐后地猜起来，从他们这几个人扯到

---

① 伊琳娜·马马耶娃（Ирина Мамаева，1978—　），俄国作家，作品有《盖伊大地》（2006）、《爱与怜》（2007）等。

② 开口馅饼，是一种开口的小馅饼，外皮是死面黑麦，有各种不同的馅儿。

公牛亚什卡。大家说笑一番。等战狼自己也笑够了，就会打断大家的谈话，认真地说：

"闲聊是好，可工作、娱乐各有定时。"

今天不同，女主人加莉娜·彼得罗夫娜·拉萨马辛娜①一上阳台，就发现大家都已聚齐，只等她一个了。看大家都绷着脸一言不发，觉得有点不对，于是狐疑地看着忠实的助手阿列克谢。

"格里沙跑了，"他摊开双手说道，"昨天晚上和我们一起睡的觉，早晨起来，他就不见了。"

"晚上没说点什么？"战狼说着坐到桌旁，眼神扫视着每一个人。

所有人都否定地摇摇头。

"那算了，这儿谁也留不住他，"她故意冷漠地说道，"我们吃早饭吧，工作不等人。"

勺子叮叮当当响了起来，牛奶也一杯杯倒上了。

"玛什卡今天没恋……爱……"有人以此开头，想就这个话头开个玩笑，但其他人没接茬，早饭就这样默默地吃完了。

大家的沉默最终被战狼一如既往的指令打破了：

"今天奶牛要赶到山沟以外，好好看着它们，别跑进田里。杰卡布丽娜今天得留下，它快生牛犊了，让它待在畜棚里。把远处草场的干草翻动翻动，再挪近一些。干草差不多干透了。奶油

---

① 加莉娜·彼得罗夫娜·拉萨马辛娜，其中姓氏"拉萨马辛娜"的俄语词根是"战狼"之意。——译者注

还得做点，昨天市场上卖得挺好，没准，今天就卖没了。栅栏应该修一修……"

工人不用问谁该干什么，工作早就分好了。负责挤奶、喂猪、养鸡的是柳西卡，她长得圆滚滚的，像面包一样，是个大嗓门的下流女人。她的长舌头不止一次引起自己人之间的小争执，有时则会导致大矛盾，需要上市场卖东西时，这舌头又会帮到所有的人。柳西卡是个奇才，能高价卖掉任何东西，她更容易让人掏钱买东西，而不是走掉。因此，大家不仅谦让她，而且对她充满了默默的敬意。卖牛奶、奶酪、酸奶油的钱保证了大家微薄的收入。

给她帮忙的是柯连卡，他长得瘦小，像女人一样爱整洁、有耐心。他总是戴着一个汗迹斑斑的旧棒球帽，没让战狼给他买顶新的。他奶挤得很好，对牛温和有礼，总挤出最后一滴奶，但很费时，很烦人。他似乎根本不是在挤奶，双手好像在用乳头搞创作，人却沉浸在一种缥缈的幻想中，面带微笑。棒球帽的帽檐歪向一侧，以免妨碍挤奶。柳西卡总是恶狠狠地骂他，但他听不到。

玛什卡害怕奶牛。她忙家务，负责给所有人做饭，饭菜一成不变，虽简单，但容易吃饱。她还一次接一次地仔细洗碗，扫除、擦地也非常用心，不放过每个角落。她从来没出过院子。玛什卡是从精神病院逃出来的，特别害怕陌生人，担心有人来找她，再把她带回去，那里不让她唱歌，不让她抠面包心，不让她撕床单做发带打扮自己。战狼给她买了真正的发带，所以，在这儿，在她的家，玛什卡非常幸福。

斯捷潘内奇负责放奶牛。他七十多岁，沉默寡言，害怕与人打交道，总是哼哼哧哧的，烟瘾很大，只有跟动物在一起时才感觉安稳、轻松。战狼救过他的命，发现他时，他在雪堆里已经快冻死了。她叫来救护车，果断地将他送往医院。随后，她带着新衣服和新裤子亲自去了医院，就像从产科医院接弃婴一样把他接到自己身边。五年来，斯捷潘内奇就住在她这，他从没对她说过谢谢，但很爱惜她的牛，像自己的一样，而且会默默地修栅栏，做长凳，安锹把。

萨文与斯捷潘内奇一样，曾经是一个无家可归的人。讨过饭，也在市场上偷过东西。战狼有时也自己去卖东西，有一次求他帮忙把袋子运回家。她把家里人介绍给他认识，也带他看了家里的条件。萨文自告奋勇帮忙修理了栅栏。在所有人中，他的磨合期最长，也最痛苦。与战狼吵过，跑过，酗酒过，流浪过，回来一周又离开过。这样持续了两年左右，最后还是彻底离开了。走后一个月，他心脏病发作，病得厉害，自己设法爬到医院，在那儿给战狼打了电话。

萨文一夏天都和万卡在割草场干活。万卡是所有人中唯一的"年轻人"：他还不到五十。他从一个不太远的地方被释放出来，没有住处，没有工作，没有朋友，没有钱，自然而然地又开始喝酒，偷窃，还准备干点更大、更可怕的事。他是柳西卡领来的，她自己以前也是酒鬼。他们曾在一个商店鬼混。战狼选中了柳西卡。柳西卡叫上了万卡。

来到战狼家里的第一个人是阿廖什卡①。

早饭后，柳西卡和柯连卡去挤奶了，萨文和万卡去割草了，玛什卡在给斯捷潘内奇做三明治，而阿廖什卡坐在房子旁的长椅上抽烟，阳光照耀下，他眯缝起视力微弱的眼睛。

战狼披上衣服，坐到旁边。夏天的北方，早上很凉爽，但夜②里很亮，早晨六点太阳已经高高挂在天空，一看就知道白天会很暖和。

"你去吗？"沉默片刻后阿廖什卡问道。

"去。"战狼回应。

"他总在列日尼奥夫那鬼混。"

"也去列日尼奥夫那。"

"用跟你一起去吗？"

"我自己行。"

阿廖什卡与她年龄相仿，是一个谨慎、强壮、节俭的男人。战狼非常信任他，听信他的建议，征求他的意见。阿廖什卡总是左思右想、反复掂量、仔细琢磨，他是那种几乎绝世的男人，能够用质朴的智慧应对大自然的变幻莫测，解决领导的烦心事，找到对待人和对待动物的方法，而且不会闹个徒劳无功。

阿廖什卡知道，战狼待他与众不同，但他从未利用这一点，

---

① 阿列克谢的爱称。——译者注
② 卡累利阿此时为白夜。——译者注

没为自己多争取过任何东西，相反，比其他人更加安静、小心，以免失去多年来努力工作赢得的信任。他从未忘记，她是主人，自己是工人。虽然其他人也像服从她一样听他的。

尽管是一大早，列日尼奥夫家却混乱不堪。主人给战狼开了门，马上恶毒地咧嘴笑了起来：

"你的格里什卡①跑了？干得好！哎，一七年你没被枪子打死啊！那你注意点，现在很动荡，街上溜达要小心！"于是粗野地哈哈大笑起来。

与列日尼奥夫同居的女人是卖酒的，所以当地酒鬼都把他家当庇护所，待在这，直到钱花完为止。

"彼得，放他出来。这不是他该待的地方。"战狼一只手挂着门框，皱着眉头看着他，一副誓不罢休的样子。

村里有很多人不喜欢她，觉得她靠自己家"黑户"的免费劳动发财。因为，战狼不给工人发工资：钱一到他们手，哪怕是揉烂了的十卢布，马上就换酒喝。所有必需品都是她亲自给他们买，但还是没用：除了万卡，他们都到了退休年龄，发退休金那一天对于每个人来说都是考验。

"别指望了！他没在这儿，"列日尼奥夫嬉皮笑脸地朝她的鼻子做了一个鄙视的手势，"他是自由人：领了退休金，就那样了！"

---

① 格里沙的爱称。——译者注

"我跟你说，放他出来！"战狼推开他，闯进屋。

墙角一张肮脏的床上，列日尼奥夫的同居女人在睡觉，只裹了件衣服。旁边躺着一个男人，战狼不认识，他仰着头，张着嘴，打着呼噜。小桌旁还剩下当地最厉害的酒鬼多利卡和沃夫卡：多利卡不停地打嗝儿，而沃夫卡想给自己再倒点酒，但够不着滑落到胳膊下面的酒瓶。瓶底的伏特加溅起酒花，如水一样清亮。格里什卡没在。

"或者，你还在物色谁当你的奴隶？怎么样？给一千美元，随便挑！"列日尼奥夫哈哈大笑起来。

"该挨枪子的是你这种人！"战狼控制不住了。

"那就快滚出去！"列日尼奥夫扑向她，使劲掐着脖子把她推出来。

一上午，战狼走遍了整个拉瓦斯－古巴村，打算再去梅德韦日耶戈尔斯克，到城里去。

她自己也不知道，该到城市的什么地方去找格里什卡，而且不知道为什么去。为什么她每次都要放下一切去找寻他们每一个人？找到后，又得听他们说出积攒已久想说给这个世界的话，到头来，她还得哀求他们回去，或是请求，要求，竭力拽走。

对于格里什卡，还可以再耐心地等一等，希望他喝光了退休金，自己能回来，但她觉得，他是一个唯命是从、轻信他人、放荡不羁的人，他身上可能会发生一些可怕的事。他没回来，她就睡不了觉、挤不了奶、算不了账。

"怜惜怜惜自己吧。"阿列克谢又插嘴了，不满意地看着她的行装，嫉妒这个格里什卡受到如此的关注。

尽管已65岁，但每次进城，战狼都穿上最漂亮的裙子，将灰白的头发梳得整整齐齐，认真化好妆。她想做一个女人，做一个漂亮的女人，而不是一个成天穿着劳动服的粗野老太婆。她为自己的这种想法感到非常难为情。那种渴望被喜欢的愿望偷偷藏在心底，她毫无防备。因此工人来到身边说的那句话使她惊慌失措。她喉咙发紧，两眼发烫。六年前她发誓不怜惜自己。于是开始重新生活。

那年她三十六岁，是个工长，在梅德韦日耶戈尔斯克建一所新学校。八月将尽，但还需把房子装上电，装修好，让这里九月一日响起上课铃声，空荡、冰冷的走廊里响起学生们的脚步声和喧哗声。所以，当时建筑队长就给她派来十个技校毕业生，都是十七岁的男孩，对他们来说，这是进入真正生活的第一步。

战狼这个外号就是在这，在学校，就是这群男孩叫开的，因为她总是死盯一切，直到事做完或话说透，对人对己要求都很高。她自己也没发现，一切是从什么时候开始的，怎么开始的。那时她已经有了自己的孩子，年龄跟他们差不多，15岁和17岁。真没想到发生了这样的事。

他叫米什卡。"米什卡，米什卡，你的笑容在哪里？充满热情和火气。"这首歌经常在电台滚动播放。所以她也经常毫无恶意地逗他，尽管年龄不大，但他却总是很严肃、认真。她的年龄是他的两倍。

秋天，他应征入伍了。她没有等他。当时她对生活已没有任何期待。大女儿考上了医学系，小女儿的理想是成为一名教师，丈夫早已成为别人的人，每天晚上默默地躺在沙发上。她将无尽的能量尽情挥洒在建筑工地上，因为她知道，家里没有人对她有任何期待和需求。

两年后，米什卡回来了，比以前更严肃。他从来没有说过军队的任何事情。他是一个真正的北方人，少言寡语，但坚持不懈地给她送花和糖果，且是他工资承受范围内最贵的那种。

"我是一个年老又可怕的阿姨。"她对他这样说，同时也盼望着对方能说两句恭维话。

"年老又可怕，那又怎样？"他耸了耸肩。

又过了一年，他们登记结婚了。

孩子们不理解她。他们把梅德韦日耶戈尔斯克的房子留给女儿们，搬到拉瓦斯－古巴的一个老房子。战狼的母亲以前在那出生，战狼也是从那进了城，嫁了人。母亲早已过世，但房子还一直在，终于等来了新主人。房子又高又长，因为生活区和生产区同在一个屋檐下。由于年久失修，房子有点倾斜，但框架很结实，是用约一抱厚的原木搭建的。房子的五个窗户冲着奥涅加湖湖湾。不管怎么变化，就像外奥涅加湖地区其他人种的花一样，母亲当年种的花在长满杂草的小花园里每年都会绽放，有不显眼的赤褐色百合花、密密麻麻的粉红色福禄考。

"真漂亮！"米什卡说。他们自己动手，一起修了房子，又接了一个宽敞的阳台。收拾出一块地，安上了新浴房。修建了一个码头和几座小桥。买了一艘小船，打算捕鱼为生，这里的人自古以来就这样生活。

他们什么都一起做：修房子、种土豆、摘苹果、捕鱼、看电视，甚至俩人看一本书。她拼命试孕，但没能把一个孩子怀到出生。他是她的丈夫、她的情人、她的爱人、她的孩子、她的兄弟，最终成了她从未有过的一切。

"先过几年新婚的日子，之后，他想走就让他走，我毫不犹豫地放他走。"起初她跟朋友这样笑着说。他们生活得越久，就越习惯彼此，她就越意识到，时时刻刻都离不开他，不能放他去任何地方。即使在睡梦中，他们都牵着手。

"我们去捕鱼吧？"有一天他建议说。

"我在做饭，"她回答，"你一个人去吧，你回来前我把饭做好：你爱吃的卡累利阿鱼。"

她洗好白鲑，在深煎锅锅底分层摆放土豆、洋葱圈、鱼，倒入水，加上盐，放到灶上……

他的尸体是一周后被潜水员找到的。

他们共同生活了二十年。

战狼硬撑了三个月。翻盖好了浴室的顶棚，那是之前他俩已经一起开始干的。起了土豆。黄瓜和西红柿装了罐。备好了冬天的柴火。冬天来了，湖面结了冰，整个世界都封冻了，她去了趟商店，买了伏特加。一切都显得那么简单：喝完酒，穿上他喜欢的裙子，越过薄冰去对岸。肯定能找到他，不是一周后潜水员找到的那个，而是真正的他：温暖的、亲近的、深爱的。

一切如此就好了。要不是有小偷从窗户爬了进来。

战狼没开灯，静静地坐着，所以小偷以为没人。醉酒的老妇人并没有吓到小偷，他已经看中了炉子上重重的铸铁锅。但战狼说：

"坐吧。倒上喝点。"

这就是阿廖什卡。

在梅德韦日耶戈尔斯克，战狼找遍了车站和市场，给警察局和医院打了电话，现在坐在城郊的汽车站里。途经拉瓦斯－古巴去往大古巴的郊线公交车已经过去了，她还在等着什么。

车站是露天的，雨水滴落，她那过时的薄裙子湿透了，廉价化妆品所画的妆容也花了。眼前的战狼像个失去理智的老醉妇，人们都离她远远的。

家里，大家可能已经坐下来吃饭了。每逢周末都会打扮自己的玛什卡现在已经把所有的发带都戴上了。她那又短又少的头发发带系不住，她就用发带把脑袋缠住，也缠住手，缠住腰。锅里烤好了肉和土豆，现在已盛盘了。她右边坐着柳西卡，柳西卡今天卖东西特别成功（战狼白天遇见她了），因此很为自己骄傲，可她有些过了，讨人厌了。旁边是柯连卡，他虽然很瘦，却总要求添饭。

另一侧坐着斯捷潘内奇、萨文、万卡，都光荣地工作了一整天。斯捷潘内奇总是沉默不语，而萨文和万卡聊着足球。但万卡所想的当然不是足球，而是幻想着去趟村里。战狼知道万卡的过往经历，虽说农村就是农村，但她并不反对。她想给万卡娶一个能照看他的好女人。那样，就可以放心地让他离开自己。

战狼直打冷战，她看了看表，意识到没什么可等的了。叹了口气，站起来，悄无声息地往家走。肚子饿得叫了起来，她想到了桌子上盛在锅里的肉。卡累利阿鱼她再也没做过，也永远不允许在自己家做鱼。

战狼被一辆宽敞漂亮的外国汽车超过。

四十年来这座城市已经发展壮大，几乎赶上了拉瓦斯－古巴。沿着这条路走，得走 15 公里左右，如果穿过森林沿着铁路直走，一共才 7 公里。战狼决定穿过森林，穿过她儿时的松树林，那里没有灌木丛，清亮透明，散发着蘑菇的气味，有一种神秘的气息。

"情况变得这么惨，买一只山羊吧。"当时阿廖什卡喝了口酒跟她说。

"为什么？"战狼不明白。

"你先为它伤尽脑筋，然后把它卖掉，你就会明白没有它时特别好，就像一则寓言。"他解释说。

战狼买了一只山羊。又买了一头奶牛。后来又买了一头奶牛。牛奶夏天卖给来别墅的人，全年供应村里人，后来到城里卖。她养了一些鸡，几头猪，三只猫，一只能把人舔死的公狗，还有一头公牛亚什卡，本来是养着吃肉的，却下不了刀。与住屋在同一屋檐下的畜棚不够大了，她又建了一个宽敞的新牛棚。后来，找到了阿廖什卡。选中了柳西卡、玛什卡、斯捷潘内奇、万卡、萨文、格里什卡。自然为所有人和所有动物操碎了心，但已经不能和他们任何一个分开了，无论是人，还是动物。

格里什卡是在一个简餐店附近找到的，靠近转盘路，那连着郊区小路，附近有铁路。他坐在塑料椅上，头向塑料桌耷拉着，桌上放着一个空瓶；一个脏兮兮的一次性盘子和几个杯子散落在地上。

"米什卡，米什卡！"战狼扑向他，没有察觉叫错了名字。

她摇晃着他，直到他抬起头来。口水从嘴角一直流到桌子上。左裤腿膝盖以下都吐上了东西。

"咱们回家觉觉吧。"

格里什卡有点抵抗，迷迷糊糊嘟囔着什么。

"谁来砍柴呀？谁也没有你砍得好！谁来讲笑话呢？玛什卡烙黄米馅儿开口馅饼给谁吃？你那么爱吃！"战狼冲着他的脸低声说着，差点哭了。

她终于扶起他，领他跟自己走，他不太明白是怎么回事，只是顺从地跟着。

"亲爱的，好样的，我没有你怎么行啊？没有你我就要死了，亲爱的，你是我的唯一……"

同样这些话，她可以说给她的每一个工人，虽然这些人是毫无用处、不可救药的外人，他们却是她最亲的人。

可以说，但没说过，也从未对米什卡说过这番话。

清风吹过湖湾，泛起微微波浪。码头左边的岸旁摇曳着朴实无华的小花朵——黄色睡莲。它们坚强而美丽。倘若将它们捞出水面，一切朴实的美丽将黯然失色，凋零、枯萎、死去。

斯捷潘内奇、萨文、柯连卡和阿廖什卡在遮阳板下躲避着淅淅沥沥的小雨，他们在台阶上抽着烟，看着水中的睡莲。四个面庞枯瘦的老人，穿着一样的中式上衣，肩并肩坐在那。豁牙漏齿，穿着漂亮的玛什卡却滑稽地将鼻子压在玻璃上，从厨房方向看着他们。

"你们跟她说谢谢了吗?"一贯默默做事的斯捷潘内奇突然问了一句。

谁也没回答。稍过了一会，阿廖什卡说:

"走啊……"

"去哪儿?"柯连卡没明白。

"去接她和格里什卡，帮帮忙。"

"你觉得找到了?"萨文质疑道。

"她肯定能找到。"阿廖什卡保证说。

（关秀娟　译）

纳里扬马尔①

与云齐飞

尤里·涅奇波连科②

飞往北极……为什么选择飞机呢？因为不是所有北极之地都有陆路交通。目前，没有道路通往我要去的地方。去纳里扬马尔，飞机是唯一的选择。当然，可以像古时候那样，在冰雪、冻土以及冰封的河面上行路。但是，为了到达我国的东北地区，必须在云层上方飞行。

每一片云彩都是神奇的，能够幻化为各种形状。可以根据云彩的形状占卜，就像根据咖啡渣占卜一样。甚至存在专门描绘云彩的爱好者协会，他们拍照，分类，研究层云、卷云、积云的形成条件和高度。总之，天空和云彩的美丽是我飞往北极的理由。

---

① 纳里扬马尔——涅涅茨自治区的首府，也是该区唯一的城市，位于北极圈内。——译者注

② 尤里·涅奇波连科（Юрий Нечипоренко，1956— ），俄罗斯作家，艺术评论家，画家，文化学家，果戈理、罗蒙诺索夫、戈兹丹诺夫创作研究者，生物物理学家，物理数学科学博士。著有：《集市的孩子：尼古拉·果戈理》（2009）、《通讯主管》（2010）、《普希金》（2017）等。

以前我经常飞往卡累利阿、摩尔曼斯克。我喜欢上了那里的晚霞和黎明，所以我不放过任何飞往北极的机会。

这次远行之所以成行有几个原因。首先，我当然要感谢米哈伊尔·瓦西里耶维奇·罗蒙诺索夫的邀请。当然不是罗蒙诺索夫本人亲自邀请我，而是 2011 年我受邀在莫斯科大学的科学节上做了一场关于罗蒙诺索夫的讲座。当时共有 13 名听众，包括奥莉加和她的学生们。奥莉加是纳里扬马尔的边区国情老师，带学生来莫斯科参加国情知识奥林匹克竞赛。在首都孩子们没有去寻开心，反而来老老实实听课。

他们很喜欢我的课，热情地邀请我去纳里扬马尔，我马上就答应了——我爱旅行。没想到的是，答应的行程一等就是三年。三年后的一天，电话响了，问我订几号的机票。我一时都没有反应过来，是谁打来的电话和飞去哪里。我从来都没有去过纳里扬马尔。这是我前往该地的第二个理由。去新地方看看总是很有意思，何况这是北极。我们经常去南方，我不止一次去过希腊和塞尔维亚，都在西南。所以对于东北更加向往。

飞机上的人并不多，我从一个舷窗移到另外一个舷窗，从飞机的一端跑到另一端——怎么也看不够大地的美，云彩的美。从飞机上看去，我觉得云彩非常安静，在小憩或休眠。应该是因为太惬意：几千平方公里之内一马平川，没有山，没有海，几乎没有人烟；一路上没有乌烟瘴气的大城市打扰云彩的清净。飞行在沃洛格达州上空时，我想起曾经住过的乡间别墅；飞行在阿尔汉格尔斯克州上方时，我想着心中的偶像米哈伊尔·瓦西里耶维奇·罗蒙诺索夫，多亏了他我才能够飞行在科米共和国的上空。我想着在这里出生，而后奔赴世界各地的朋友们。一边欣赏云彩，一边想着他们是件令人开心的事。不知不觉中飞行了两个小时，我们终于降落在了纳里扬马尔的机场。

奥莉加开了一辆配得上州长的豪车来接我。奥莉加精明强干，像只精力充沛的小松鼠一样从早忙到晚。她已经安排好了一切——规划了一天的行程：宾馆、午饭、学校、排练、晚饭。她不仅是老师，还有议员的身份。纳里扬马尔有两万人口，而她代表其中的 3000 人。这里所有人都彼此熟识，所以奥莉加认识她所有的选民，他们也认识她。我对居民的数量一直很惊讶，2.2 万人，在莫斯科的新小区里不过 10 栋楼而已。而纳里扬马尔市区沿着伯朝拉河自然分布，这里有私人住宅区的小洋楼，还有古老的木房子、学校的新教学楼、幼儿园、写字楼、博物馆、图书馆，一家很像样的四层酒店，有台球室和饭店。该有的都有！我对纳里扬马尔的好感随着认识的加深而不断增长。

午饭后，我们来到了学校。我现在就跟你们讲一下，学校特别棒。宽敞，崭新，现代，我好想亲身体会一下在这样的学校里当学生的感觉。第一天奥莉加并没有给我安排太多活动，我只是作了一名听众和观众：我听了教师合唱团的排练——全体教师集合在宽敞的大礼堂里面演唱校歌。这是给校庆准备的献礼。

出发前我问，应该从极地的首府城市带回什么礼物。朋友们都要雪……是的，在十一月中旬的莫斯科很难找到如此纯净的白雪。这里的积雪丰厚，却没有异常的寒冷。原来，位于极圈里的纳里扬马尔似乎也没有那么冷。可能是因为这里位于巴伦支海，在伯朝拉河的河口，受到墨西哥暖流的影响。这是著名的洋流，环抱整个地球，携带三大洋的水分，温暖着西欧板块，最后到达涅涅茨人的家园。

晚上我在城中闲逛，想拍雪景发给莫斯科的朋友们。警察叫住我，问我在干什么。我诚实地回答在拍雪，因为莫斯科暂时还没有雪，然后给他看《潘帕斯草原》杂志的名片。他们听说我是从莫斯科来的，而且还是儿童杂志社的，马上和善起来，没有抓我去警局调查：莫斯科的怪人当然多，跟他们有什么好说的……

钻木取火

第二天，我们要参观博物馆和旅游中心，还要给中学生们作报告。一大早，我们出发去地方志博物馆。在这里展示借助弓箭钻木取火的过程，陈列着涅涅茨人的智力玩具、居住的帐篷，展示他们哄孩子睡觉的方法。我亲自动手试了试搓动木棍，果然闻到了一股烧焦的味道。我玩了玩智力玩具，晃动摇篮和雪橇假装哄孩子状。

那里还有个地图，展示着边区地下的很多油田。在地图上有一个按钮，按下它灯就会亮，所有的矿区都闪闪发光，于是整个地图变成了一棵漂亮的新年圣诞树。

纳里扬马尔的自然财富

博物馆的所有东西我都非常喜欢。我们前往下一站——位于郊区的民俗文化旅游中心。在这里我走进了一间真正的帐篷。炉灶里烧着火，我们边吃鹿肉，边闲聊涅涅茨人自古以来的生活。他们喝的茶非常油腻，是鹿肉熬煮的。在这我看见了驯鹿，它走到帐篷边，真是个帅哥！个头不高，一身毛毡靴似的毛。它很友好地向我探过头来。我喂它吃面包。当然，从此以后我决不能吃鹿肉、喝鹿茶了——怎么可以和朋友交流之后就吃了它？

总之，中心太棒了。我送给经理一本我自己写的关于罗蒙诺索夫的书，然后赶去和学生们见面。

在奥莉加的学校里，参加见面会的算上老师总共50个人。在简短的开场白之后，我继续讲罗蒙诺索夫的生平。幻灯片事先已经准备好了，我像在莫斯科大学一样从罗蒙诺索夫用一生的时间探索的天空和北极光的奥秘开始讲起。他在诗篇、绘画、科学著作方面同样取得了不朽的成就。我讲述了他的结论——陆地实质上是相邻的，曾几何时纳里扬马尔属于阿尔汉格尔州的范围。不知不觉中半个小时过去了，孩子们和大人们都一动不动坐在那里。我问道："有问题吗？"没有人张嘴，也没有人举手，我只好继续讲罗蒙诺索夫的故事。第一次有人对我的讲座如此反应，教室里的人好像瘫痪了一样，所有人都愣在那里，没人能讲出话来。难道只有我一个聪明人吗？

一个小时以后，讲座就散场了。我们之间没有任何互动和交流。再过半个小时是面对来自各个学校的师生的演讲。我决定不再重复之前的失误，一开始就和他们交流而不是直接做报告。我宣布，谁能提出最棒的问题，我就奖励谁欧洲航天局的特制手镯（这是在那里工作的作家列娜·维内送给我的）。我开始谈起童年趣事，大家马上纷纷提问。我们一起聊了整整一个小时。只是在最后，我简单地讲了讲罗蒙诺索夫。

我给他们朗读了我的短篇小说。这是一篇童话故事，不是课本上那种应试的文章，而是可能发生在我们每一个人身上的故事。我回忆起童年时的一些外号。因为我的头顶有一块地方染上了绿色，我就得了"水妖"这个外号。事情是这样的：隔壁院子的男孩们拿着云杉树枝互相扔，结果有一枝砸在了我的脑袋上。于是大家更活跃了，纷纷说起自己的外号。人们互相叫着外号，互相调侃着，就这么聊嗨了。我还讲起院子里的朱雀撩得小猫喵喵叫。总之，气氛很活跃。大家给我提出了一大堆问题，孩子们得到了手镯——完美谢幕。

见面会之后

我还有一个任务，就是接受报纸和电视的采访。说实话，我很喜欢接受采访，尤其是如果记者非常幽默风趣的话。谈话若是很有趣，我自己也会有很多收获。第二天早上我有一个很重要的电视采访。为了避免迟到，我不得不早点起床。但是事与愿违，我偏偏睡得很差。看来，钻木取火、与鹿相识、童年往事等等一天的精彩赶走了睡意。除此之外，在观众面前演讲需要有奉献精神，这几乎像是演员的首秀。跟演员不同的是，我的每一次演讲都是首秀。我力求每一次说的都不一样，不复述之前说过的。你们会说，每次的孩子是不同的，可以给他们讲述同样的故事。第一，我本人也想知道，我会选择什么样的故事——我在最后一刻才决定；第二，如果记者们描写见面会的场景，而你总是重复相同的东西，那么读者们读起来也会味同嚼蜡，他们会说，这是个只会鹦鹉学舌的傻瓜！

早上，天气变冷了，寒风凛冽。这次我必须步行走到演播室。奥莉加在学校有事抽不出身，让她姐姐送我过去。虽然城市很小，但是在刺骨的寒风中我们竟然在十栋楼之间的方寸之地迷路了。幸好，我买了一顶帽子。在路上，有个好心人在卖帽子，我就买了一顶心仪已久的棉帽子。最后，历尽千辛万苦，终于在演播室完成了采访。我明白了，最好别在早晨接受什么采访，应该留在晚上，因为迷迷糊糊和邋邋遢遢的作家恐怕只能引来观众的嘲笑。

随后，我和一群成年读者在儿童博物馆见面。原来，"大小一起读"丛书和"10岁以上儿童读物"在这里也很有名。看到这里的图书管理员对儿童文学很在行，我甚是欣慰。

行程最后，我已经准备去机场的时候，著名女记者阿廖娜·路德维希来到了我的酒店。我们的谈话非常有趣，她问我的第一个问题是：

"您为什么来到这里？"

"我爱旅游，想看看这里的天空。"

"您是在哪里中了北极的'毒'？"

"我经常去极圈里的莫斯科大学白海生物站，因此爱上了这片洁净而美丽的土地。"

我们就这样谈了半个小时，分开的时候差不多已经是朋友了。

奥莉加的豪车又来了。她来为我送行。

透过飞机舷窗我再一次看见了云，不知道这些云彩是不是像鸟儿一样从北到南，从南向北这样迁徙。

我的北极之行就这样结束了。那里人烟稀少，所以每个人的价值相应地增加；那里人均拥有几百公里的冻土和原始森林、田野和海洋；那里每个人都觉得自己是大富翁，掌握着无尽的宝藏——虽然只是暂时的……

再见，北极！我一定会回来的！

（王玲　译）

弗拉基米尔，苏多格达

通往月亮的车票

达尼埃尔·奥尔洛夫①

十一月末，在小镇最重要的日子里，在隆重的"乡村节"庆典上，阿逢宁竟然在众目睽睽之下调戏了电锯场女老板柳德米拉·别连卡雅。主席台上的人都目睹了这一幕。镇长讲话的时候，又高又瘦的阿逢宁还远远地杵在人群后面；可是当讲话结束，掌声响起来的时候，他就像终于熬到下课的淘气包一样，一下子窜到别连卡雅身边，双臂猛地穿过她的腋下，饱经风霜的红褐色手指扣在柳德米拉·谢尔盖耶夫娜的胸脯上。

这之前，阿逢宁连续工作了两天两夜。他没有回家过夜，困了就蜷缩在货车驾驶室的座椅上，盖上厚厚的长皮夹克眯一会儿。皮夹克已经很旧了，满是机油点子，早就该扔掉了。但是它散发着一股机械的味道，让人心安。皮夹克是长款，稍微收腰，

---

① 达尼埃尔·奥尔洛夫（Даниэль Орлов，1969— ），作家，出版家。著有：《办公室》（2010）、《漫长的音符》（2012）、《萨沙听见飞机声》（2014）。

配有腰带和外贴口袋。这种皮夹克曾经风靡一时，他是在苏多戈达的市场买的。那时候集装箱卖货的批发市场刚刚出现，在弗拉基米尔也能买到一样的东西，但价钱却要贵一倍。夹克不是人造皮，是实打实的优质真皮，非常柔软，拉锁是隐形设计。衣服标签上写的是"made in London"，可卖货的非说是纯正的"中国制造"。

第一年，阿逢宁只在星期六去俱乐部跳舞时才穿这件皮夹克。俱乐部里没有供暖，可能是为了节约吧。所以可以不必脱下皮夹克。慢慢地，夹克从一件豪华外出服变成了日常着装，阿逢宁春秋季节穿着它去苏多戈达上班。十年之后，皮夹克已经满是油污，领子磨秃了，还有几处破洞。铆钉脱落了，腋窝处和口袋里的丝绸内衬磨破了。钥匙和零钱从破洞跑到背后，走路的时候叮当作响，找到它们要好好花上一些功夫。最后，皮夹克沦落到了车库，在报废的福特老爷车座椅上一躺就是十年，就如同阿逢宁本人一样。阿逢宁离开家具厂以后，进了广告公司工作。开始是安装工人，后来兼任司机。皮夹克当成工作服穿，毫不在乎。

公司不发工作服，大家穿什么的都有，阿逢宁常年穿的工装裤还是上一个工作单位发的。工装裤外面套上这件皮夹克，就是妥妥的工作服啦。深秋时，他会在里面穿件毛衣；冬天，再加上芬兰保暖内衣，那是他前大舅哥从外国带回来送他的。他虽然和前妻离婚了，但和她哥哥关系一直不错。在外贴口袋和内兜里装满了各种工具，几卷双面胶带、几块电钻的备用电池、几袋小螺丝钉、卷尺、尼龙扎带、备用鸡眼扣等等安装用的必需品。阿逢宁一个人高空作业时，这些东西必须随身携带。

公司的广告牌差不多三百块，很难找出三块一模一样的。大部分广告牌是 2008 年危机后从破产的小公司那里便宜买来的，还有就是招揽的空置广告牌，要给其主人赚钱的。说到赚钱，真是一言难尽啊。弗拉基米尔到苏多戈达、苏多戈达到水晶鹅市的地区级公路两边的广告牌经常是空置的，即使有张贴类广告，也已经褪色，做广告的公司早已不存在了。偶尔会出现移动通信公司或者银行的广告，这是通过大型连锁广告公司搞来的业务，工钱方面已经大打折扣。可是主人苦于保命，顾不上利润大小，只能同意如此苛刻的条件。近十年来，大部分公司都关门大吉了，剩下的都在"做黑工"，哪里还敢打广告。

但是，每隔两三年就会有馅饼从天而降，砸中阿逢宁工作的广告公司。这就是竞选。在这种稳定性中可以勉强生存，甚至可以计划一下未来。

地方议会的这次选举给阿逢宁带来了希望。就差一点点，他就可以从网上给自己的福特车买一个新马达，让它重新上路。到时候再看看剩下的钱够不够买墙板，老房子的墙壁早就该包一包了。这笔支出阿逢宁指望的是季度奖。这是对高强度劳动的辛劳、休息日工作的补偿，不可能没有。当然，大部分金额还得靠卖旧广告布的收入。

运气好的话，结实的乙烯材料广告布可以卖到 2500 卢布一块。阿逢宁不贪心，3 米 ×6 米的只要 1500 卢布，5 米 ×12 米的才卖 2500 卢布。遗憾的是，阿逢宁只负责 3 块使用这种好料子的广告牌，大家称之为"超级站点"。他的前大舅哥负责的区域内差不多有 10 块，而且他还通过免费广告中介出售旧广告布。他不像阿逢宁这么心急，他耐心地等待买家。买家就像冬眠的狗熊一样，开春的时候才会醒过来寻找猎物。

从阿纳帕到阿尔汉格尔斯克，从彼得罗扎沃茨克到符拉迪沃斯托克，所有乡村都用废旧广告布做房顶。行驶在俄罗斯的公路上，一路上都有牙齿雪白、生活阔绰的男男女女从房顶上微笑着看着你，还有俄罗斯国旗颜色的熊图案系列以及宠物狗系列。这样的屋顶就算不是免费的，也一点都不贵，而且经久耐用。在郊区盖临时房屋的人们也很喜欢乙烯材料，他们有时候会使用时下新流行的半透明塑料板材。但是这样的板材夏天会让室内像暖房里一样热，而且材质很脆，一旦有划痕，造成内部潮湿，冬天就会出现裂缝。

公司平时收揽最多的是短期广告，一个月而已，大多打印在纸上或者胶印，这样的广告大都很便宜。选举期间，候选人的宣传海报一直使用乙烯材料，通过金属扣眼固定在广告牌上。暮春时节就开始悬挂广告了，阿逢宁的工作内容之一是管理这些广告牌，就是定期清洗，更换照明灯泡。

法律规定，宣传活动必须在投票前一天结束，所以阿逢宁等四名安装工外出忙活了两天两夜。区里的领导要求，广告一直要悬挂到投票日前一天的半夜，然后要神奇地一下子全部消失。事实上，当天早晨的时候他们就已经开始拆除广告了，拆了整整一天和大半宿。午夜时，他们两人一组分别在苏多戈达和水晶鹅市汇合，就是为了在 11 点 59 分当着官员们的面拆除市政厅对面的广告牌。之后，也不能回家睡觉，要按照各自路线去各区偏僻地点继续工作。当最后一批广告带着光滑的脸庞和炯炯的目光从高处坠落在路边的草丛和尘土里的时候，已经是第二天的傍晚了。

有几回，密切关注广告牌的党派投诉，存在投票前继续进行宣传的违法现象。但是，当他们带着警察回到现场，准备采集证据的时候，却发现广告牌已经空空如也。安装工的工作总是让人质疑。

这次正式投票选举之前，阿逢宁需要及时拆除 53 处 6 米 × 3 米的广告和 2 处 5 米 × 12 米的，这是历史上最多的一次。阿逢宁特意安排工作路线经过契马寥沃镇。他需要把第一批拆下的广告布卸到自家车库里，以便装载剩下的。一开始，他把广告布缠绕在几根 6 米长的滚轴上；后来，滚轴过于沉重，无论是从车顶上滚下来，还是固定在铝制梯子上，都很不方便。其余广告布只能将金属扣向内折叠起来，装进车厢里。当阿逢宁在拉弗罗沃村旁的穆罗姆公路的十字路口拆除广告的时候，车厢已经装满了。表上显示时间是四点一刻，一切都在按计划进行。阿逢宁非常满意。他收了梯子，把它结结实实地捆在后货厢上。

离婚后，阿逢宁和母亲一起住在谢良吉诺村。村子不大，紧挨着契马寥沃镇。有三条路通向谢良吉诺村。一条在村子后面，沿着湖边伸展，这条路几乎荒废了，到处是臭水坑，大型卡斯车能勉强通过，但阿逢宁的小客货很可能会陷在坑里出不来。第二条路途经契马寥沃镇，过往车辆多一些，一段儿是土路，一段儿是柏油路，有几处 90 度的大拐弯；之后是一处巨型谷仓，是苏联集体农庄时期的产物；之后就是谢良吉诺村。这条路非常费时，得时不时地停下来和人打招呼，寒暄一下。这儿的人不是亲戚，就是哥们或者同学。如果只是唠唠家常倒也罢了，阿逢宁的前妻和新任丈夫就住在这里，在梅利奥拉托尔街上。他们的恩爱显而易见，他们家有一个大花房，一直到冬天都有花开。最让阿逢宁受不了的是，院子里有一辆永远洗刷得干干净净、白得不合时宜的德国高尔夫小轿车。他不是嫉妒，他只不过是因为自身的卑微而心酸，为无法回到过去、回到他的皮大衣还是崭新的时候而痛苦。他多么希望回到过去，再去一次舞会。这次他不会在黑暗中紧紧搂住主动邀请他跳舞的斯薇特卡，相反，只要一响起乐曲《通往月亮的车票》的前奏，他就拼命跑到外面去，点上一根烟，看着丝丝缕缕的烟雾在路灯的光影里飞舞，在秋日的绵绵细雨中消散。

所以，阿逢宁走的是第三条路，穿过电锯场。这也是最短的路，直通谢良吉诺村边的河岔子。从前各家没有水井的时候，全村人就从这个河岔挑水。

阿逢宁家的房子位于邮递员家和普霍夫家中间。他在这座房子里出生，一直生活到 21 岁。婚后他先是住在老婆家里，第二年他在北方赚了些钱，在契马寥沃镇盖了自己的房子。普霍夫是阿逢宁的远方亲戚。别连卡雅也是普霍夫的远方亲戚，她是普霍夫叔叔的女儿，但是血缘没有带来好感，别连卡雅本来就不招人喜欢。她丈夫去世后，她成了电锯场的女老板。

打谷场和作坊区之间没有围墙，只有低矮的隔断篱笆，围牧场的那种，去皮松木立桩，中间平行地面钉两块粗木板子。打谷场的这条路存在几百年了，牧民赶着牛群在这里走过，每个星期二汽车商铺从这条路进村。本世纪初，有人从他们手里买了打谷场和谷仓，安德留沙·别连基又从此人手中"抢"了这块地方。安德留沙是退伍军人，在阿富汗打过仗。他也是阿逢宁的同学，柳德米拉的丈夫。所幸没有发生枪战，安德留沙只是带了一群外地壮汉，西装革履，在管理处出示了文件，然后就与片区领导和镇长签署了启用谷仓的协议，制定了财物清单。第二天，别连基雇用村民开始用白铁皮直接钉在篱笆的木板上建成围墙。别连基做事很认真，一个月时间就清理出两间仓房。他亲自去德国购置了两台崭新的电锯，据说是走私运回国的。夏末的时候，机器安装就绪。可是刚刚收到订单，开始锯木头的时候，他突然遇袭，在救护车里就死了。柳德米拉成了寡妇。

电锯场停工了，工人们无薪休假，新建的围墙被秋风吹散了架子。在打谷场四处觅食的牛群时不时闯进来，踩踏着散落的铁皮。最后，这些备受踩踏的铁皮被人从草丛中拾起，从篱笆上扯下，运走了，交给收废品的了。几个月来，村民们一直抱怨圆锯的噪音大，还传言说整个农场和打谷场都要被铁皮围起来，出入凭证。看来，要和这条路告别了。

"这真是个不祥之地，"妇女们聊天时不免感慨，"是前农庄主席的诅咒。只剩下可怜的柳德米拉一个人，孩子怎么都能拉扯大。可她能拿这个大锯子怎么办？还是卖了算了，要不就再找个男人。"

但是，令大家意想不到的是，刚刚下过第一场雪，电锯场就重新开业了，经历了丧夫之痛的柳德米拉开始掌管工厂，没想到，她竟然是一个如此执着能干的女人。不仅如此，在她小小的身躯里还隐藏着钢铁般的坚毅个性——对于懒散的工人一次警告无效之后立即开除；对名义上检查工作、实际上是索贿的官员破口大骂，声音整个契马寥沃镇都听得见。

她行事也有一些怪异之处，电锯场只雇用本地人。柳德米拉坚决不招收谢良吉诺村人。阿逢宁被家具厂开除后，来找自己的女同学打听工作的事，结果对方简短地说："我不用谢良吉诺村人。对不起，逢尼亚①，这是我的原则。"

至于怎么会有这样的原则，只能猜测。阿逢宁怀疑，这是谢良吉诺村和契马寥沃镇长久以来的敌意的遗毒。附近的村庄都没有学校，大家都去契马寥沃镇的十年制学校上学。于是，打架的只有最近的邻居：契马寥沃镇人和谢良吉诺村人。他们课间打，放学打，稍大一些以后就在舞会上打。有一次甚至在征兵点，大家都剃了头，相互很难辨认的情况下居然还打了起来，退役回来时大家都成了好兄弟。最后一次打架是在婚礼上。两方面的人通婚，生孩子，孩子不到 5 岁就又开始了新的战争。

"要不你就回你的契马寥沃去吧！"阿逢宁气哼哼地嘟囔。

"没有人和我离婚。"柳德米拉硬邦邦地扔下一句，就坐上自

---

① 逢尼亚是阿逢宁的小名。——译者注

己的吉普车走了，只留下阿逢宁一人郁闷地站在院子中间。他突然想起来柳德米拉在学校的时候就是前妻的闺蜜。

"你就是贱人，柳德！"他朝着她的背影喊道，"以前就是，现在还是！"

柳德米拉当然听不见这些话。吉普车里音乐声震耳欲聋。

后来，进入广告公司以后，阿逢宁开始庆幸没到电锯场工作。电锯场的工资少不说，柳德米拉做他领导，他是一百个不愿意。

"她抄过我的数学作业，所有考试都是我替她答的，现在却想把我当奴隶，没门儿！"阿逢宁跟送报纸的邮递员说。邮递员习惯站在围墙边吸会儿烟，聊聊天。"她叫我来着，说你来吧。我没去。"

"做得对。去她的吧，不是个好娘们儿。一骂起工人来啊，嗓门比电锯声都大。有一次，我送邮件，她朝我大叫，说什么这是私人地盘，别在这儿瞎逛。怎么他妈就是私人地盘了？我父亲在这干了一辈子，我们都是走这条路上学的。现在出来个土豪，成私人地盘了。"

别连卡雅也驱赶穿过电锯场院子的牛群。其实，牛群里有三头牛是她妈妈养的，和其他牛一样习惯穿越原来的农场。和牧人说没有用，他只是双手一摊，指指牲畜："我有什么办法？它们习惯这么走。我领它们绕道走，它们自己就往这儿来。我说你们哪里去？可它们就这样。"

如果说牛群别连卡雅还可以忍受，那么对于汽车就是真正的阻击。一会儿禁止通行，说"掉头吧，这里是私人地盘"；一会儿对汽车商铺的司机大喊大叫，威胁扎轮胎。人家烦了，就不再来谢良吉诺村，离开契马寥沃镇之后在教堂处拐进树林，一直开往波多里耶村。谢良吉诺村人去波多里耶要穿过田野，经过电锯场的废料堆，距离和去商店一样。这条路去时下坡，回来时拿着东西却要上坡。即便如此，人们还是走这条路。虽说路远点儿，商品种类也不丰富，但价格便宜。设想一下，看到一个老太太拖着满满一袋子猪骨头走在湿漉漉的草地上，人们会怎样咒骂别连卡雅，指责她的肆意妄为。

公司裁员之后，阿逢宁兼任司机，开始开车回家。别连卡雅却下令修建新的围墙。这当然是巧合。每次开车路过别连卡雅的办公室时，阿逢宁不断回头，都看见女人隔着玻璃窗对他挥拳头。

"哼，吓唬吧，吓唬吧，你这个臭资本家！"阿逢宁哈哈大笑，开车拐过最后一个仓房，奔向居民区。

别连卡雅雇了普霍夫和另外一个谢良吉诺村人一起搭建围墙。

"你想想吧，"普霍夫对站在刚刚立好的柱子旁边的阿逢宁说，"简直就是法西斯，让我们在被枪毙前自己挖坟墓。建好围墙，立好大门，然后自己也得绕道走。我在亲手埋桩子。就是这双手！"普霍夫展示着自己干枯的红褐色手掌。

"你怎么能同意干这个呢？"

"我需要钱。谁会拒绝钱呢？我建围墙顶你在家具厂干两个月。这个贱人可是知道怎么使唤男人。还是亲戚呢，这样的亲戚应该扒皮抽筋。"

普霍夫和他连襟一起在桩子之间钉上一根 50 厘米的横梁，然后用螺丝钉死死地固定住一块两米长、一寸厚的木板，还要没有一点儿缝隙。大门柱子正好是在选举前运来的。

凌晨五点，阿逢宁开车出门工作的时候，正赶上电锯场下夜班。有大宗订单的时候，电锯场昼夜不停地工作。院子里大堆大堆新破的木头，用塑料带子捆绑得整整齐齐，准备装车运走。阿逢宁顺路捎上了一个熟人，契马寥沃镇的居民。

"完了，今天就装大门了。你以后怎么走？走梅利奥拉托尔街还是走湖边？"

"以前怎么走，以后还怎么走！"阿逢宁向窗外啐了一口。铁门柱上焊接了合页，崭新的切割痕迹闪闪发光。车轮咯吱咯吱地碾过地上的废旧电焊条，拐上水泥路，向商店方向驶去。"这条路我走了一辈子了。她自己堆放边角料，拖拉机把公共道路毁了。什么都卸在路上。现在只有开拖拉机才能走过去。她的私人地盘，你知道，裤衩里才是她的私人地盘。让她使唤那些傻瓜蛋吧，就她这性子把老公都弄死了。看她把谢村人当臭狗屎。哪天发火了，烧她个精光。"

"说得好。就这些？"同路人笑起来。

阿逢宁点点头。

"好吧，常来啊！"

阿逢宁握了握对方伸过来的手，把车停在商店前面最边上的房子前，等车门一关上，就狠狠地踩下油门。

下午，差一刻4点，阿逢宁开着满载广告布的小货车习惯性地驶向电锯场。不知道从哪里冒出来的乌兹别克人正在把左扇门框安装在门柱上。另外一扇门框已经安装就绪，铁皮已经包了一半。

"快完工了吧？"阿逢宁摇下车窗玻璃，弓着身子，看着乌兹别克人的脸问道。

"再有一个小时吧。出口那边的门已经完工了，门已经立在那里，说不定已经关上了。"乌兹别克人笑着说。他满嘴都是大金牙。

阿逢宁摇摇头，急速驶过打谷场，他瞄见别连卡雅站在休息室门口。她做了个手势，示意他摇下车窗。

"这是你最后一次从这里走。这里是私人地盘，是生产场地，高度危险区域。万一被木头砸着，我得负责。人人都从这儿走来走去，像自己家一样。如果我开车穿过你们的菜园子，你们会怎么说？"

"高度危险？"阿逢宁不知道为什么特别在意这一点。"想想看，她跟我说危险。"他对突然从休息室里出来的普霍夫说。普霍夫边走边数着手中5000卢布面值的一沓钱，一副心满意足的样子。

"我和她的死鬼老公一起开过装甲车护送车队，那才是高度危险；我和安德留沙上飞机时被机关枪扫射，那才是高度危险。这是我回家的路，这可不是高度危险和私人地盘。以前走，以后还走！如果你胆敢阻拦，"阿逢宁指着别连卡雅说，"我就写信检举你冬天在田野里焚烧大量木材，烟尘从阿加拉托沃都看得见。你以为你政府里的朋友能帮你？他们帮不了。我往自然保护部写信。"

"你最好给自己买件新夹克，"别连卡雅轻蔑地打量着阿逢宁，就像打量一个旧物件，盘算着还能用还是扔到垃圾堆去，"你在俱乐部调戏小姑娘时穿的就是这件皮衣。干你的老本行去吧。还要写信，大作家！"

别连卡雅摇摇头，转过身去，背对着阿逢宁，让他明白谈话已经结束。她走回休息室，关上了门。

"走着瞧！自然保护部就是要铲除你这样的败类！"阿逢宁大喊大叫，就是想让柳德米拉隔着门窗也听得见。他努力让自己声音非常肯定，"上边来人罚你一个亿！让你的生意见鬼去吧！"

"上车，我拉你 200 米。"他对普霍夫点点头，说道。普霍夫顺从地钻进车里。

"你干嘛发那么大火？"普霍夫不解地问。"对我们有啥影响？是，她会关上大门。一开始肯定是这样。然后就会嫌麻烦，跑前跑后，开门关门。锁头会坏，门闩会掉。你瞧着吧，又是白忙活一场。让我进我都不进。不会有保安的。用什么付保安工资啊？再说有啥可保护的？保护木头吗？还是机器？她在这里锯十年木头了，一个木头渣儿都没人偷。"

阿逢宁没吱声。普霍夫下车以后，他打开车库破破烂烂的铁网大门，把车倒着开进去，然后开始把沉甸甸的散发着塑料味的一坨坨广告布拖出来。母亲过来看了一眼，问他要不要吃饭。阿逢宁看看表，计算了一下，还有 20 分钟左右的吃饭时间，就说要吃饭。

"哎呀，现在有点酒就好了。"阿逢宁叹一口气，大口吞咽着妈妈做的红菜汤。

"你不能喝酒。你要开车的，再说还要工作呢。你这大个子摔倒了可怎么办？等你收工了，回家来，再好好喝一顿。这个拿上，路上吃吧。"母亲说着，递过来几根带刺的小黄瓜。

阿逢宁谢过母亲，从桌旁起身，把黄瓜塞进工装口袋，又接过母亲递过来的锡纸包裹的三明治，从后门走到院子里，来到货车前。得抓紧时间了，虽说他和大舅哥商定在苏多戈达市政府前见面的时间是夜里 11 点半，似乎时间还很漫长，但是收尾的工作量不小：从波别廖季克到斯梅科沃的路上有 5 块牌子，从斯梅科沃到米丘林路口还有 3 块，接下来在彩虹镇还有大约 10 块。这里的广告牌是一定要及时拆除的，这里住的都是较真的知识分子，一旦发现竞选宣传没有终止，就会搞得整个州都沸沸扬扬。

阿逢宁慢慢地把车从院子里开出来，停在路灯杆旁。他从车里钻出来，向母亲挥挥手，又重新上车，向电锯场方向驶去。还在自己家门口的时候，他就看到电锯场大门是关着的，但没想到是从里面闩上的。阿逢宁推了推门，又踹了两脚，骂了一句娘，啐了一口。看了一眼挂在灰突突的草丛上的吐沫，他决定走另外一条路，横穿契马寥沃镇。路上有深深的辙沟，是拖拉机运送电锯场边角料压出来的。为了不掉进沟里，阿逢宁三下五除二从草地上开了过去，虽然有些打滑，但是有惊无险。车一回到路面上，阿逢宁就加速前进。碎石粒噼噼啪啪打击着车底盘。只差一点距离就出村子了，在放垃圾箱的拐角处，阿逢宁却踩下了刹车。

一根粗壮的，刚刚被砍倒的树干横卧在道路中间。这是普霍夫连襟家门前的那一棵。普霍夫本人手持汽油锯正在锯树干底部的大枝子。

"邻居，你吸根烟，等会儿。我们还得起码40分钟才能完事儿。都怪我老丈母娘说什么挡住菜园子的阳光了。我说，菜园子可以挪走啊，她非说，把它锯了吧。我说，得让它顺着路倒下，不能横着。可它本身就长歪了，那你还能怎么办？"

阿逢宁气急败坏，猛打方向盘，极速退后，差点没撞到栅栏前面的长椅。车掉了个头，飞快地往回跑。一块大石粒从车轮下飞出来。阿逢宁最后的希望是通往波多里耶的路，这条路穿过田野，就是谢良吉诺村人现在去汽车商铺赶集走的路。但是一上坡，他就在村边牛棚的墙角停住了。电锯场的辙沟一直通到了这里，最近一周一直在下雨，所以路已经变成了大泥塘。

"哎，柳德卡！"阿逢宁扯着嗓子喊。手表显示已经差一刻5点了，这意味着利用自然光工作的时间越来越少了。阿逢宁倒着开车退回到普霍夫连襟家门口，然后又拐回电锯场去了。

电锯场通向契马寥沃镇的大门包着绿色的塑钢，通向谢良吉诺村的大门就是普通的铁皮，不过却有两米半之高。

"想跳都跳不了那么高。"阿逢宁嘀咕了一句。大门朝外的一面连个把手都没有，阿逢宁使出全身的力气用大头鞋尖儿踢左边的门扇，留下了明显的小坑。

"别连卡雅！开门，你个败类！快开门，你个混账东西！我上班晚了！"他吼叫起来。"柳德卡，你个贱人！我现在就把你这破门给拆了！让你的门见鬼去吧！"

他把门看了个遍，想找个眼儿，看看有没有人听到他的喊声走过来。新大门上一个眼儿都没有。于是他去旁边看围墙上有没有缝儿，木板上有没有洞。普霍夫的活干得真好，没有留下任何缝隙。

"肯定是听不见，"阿逢宁自言自语地猜想，"电锯声音这么大，哪能听得见呢？"

的确如此，电锯工作时的噪音足以淹没任何喊叫。阿逢宁从口袋里掏出手机，翻看通信录，希望找到柳德米拉的号码，但是他从来没有记过别连卡雅的电话号码，没有必要啊。他有前妻的号码，可是就算他掉进井里也没有人能帮忙，他也下不了决心打这个电话。阿逢宁突然一阵战栗，就像当年在阿富汗战场上一样——当时他们已经在装甲车里了，车队还没有出发，在等候头车的指令——惊慌失措的阿逢宁环顾四周，突然明白他应该怎么做了。他熄火，拔掉车钥匙后再塞进胸前的口袋里，打开车厢，拿出一根 50 米长的电线向路灯柱扯去。灯柱的开关上有两个小孔，用口香糖堵住了，检查人员根本看不出有孔。他接过一次电线，帮助离合器打火。修剪门前的草坪时，大家都这么干：公共场所干嘛用私人的电？阿逢宁抠掉粉红色的口香糖小球，把插销插进去，然后跑回车旁。他从车厢里取出角磨机，麻利地拆掉保护磨石，转了转切割刀片，接通了电源。他原来打算从中间切割大门、弄掉门闩，现在却改变主意了。他绝望地，同时幸灾乐祸地把飞速旋转的刀片塞进他觉得适合的地方。一时间，火花四溅，切割左边的门扇他只用了一分半钟，门扇没有倒下，门框还挂在门闩上。阿逢宁挤进门去，从另一边短短几秒就割断了门扇的合页。整个大门"轰隆"一声倒在泥土中。

"就这么，啪啦！"阿逢宁呵呵笑了。

他快速收起电线，扔进车厢，开动汽车，从躺在地上的大门旁边疾驰而过。在休息室附近他放慢速度，摇下车窗玻璃，想向别连卡雅做一个不雅的手势。可是，他发现窗口没有灯光，门上挂着锁。

"让她见鬼去吧！"阿逢宁向正门赶去。这回他没有破坏任何东西，他以一个大发慈悲的胜利者的姿态走到大门前，拽下门闩，远远地抛在乱草丛里。

"就这么，啪啦！"他又说了一遍，就像是画了一个圆满的句号。门大敞四开。

为了赶得及夜里的工作，他改变了原定路线：没去斯梅科沃和米丘林村，立刻上环路前往彩虹镇。他的决策非常正确，一个超级站点花了他一个小时。广告布不是他固定的，那人用完绳子没有撤下不说，还用尼龙扎带穿过每一个鸡眼扣把广告布固定在框架上。从来没人这么做，但应该是符合安装说明。阿逢宁一边使用一切想得出来的诅咒咒骂始作俑者，一边架好梯子爬上去，割断扎带，拽下绳索，然后爬下梯子，换个地方架好梯子。就这样直到整个广告布掉落下来。

之后，阿逢宁气呼呼地哼着，时不时地看看表，着急忙慌地拆除了彩虹镇沿途的其他广告牌。他把广告布随意一卷，扔进车厢里。之后沿着黑漆漆的穆罗姆公路以 130 公里的时速抵达苏多戈达，差点翻进路边壕沟里。然后，他和大舅哥一起在市政厅前表演一番，接下来他又沿着穆罗姆公路来到沃罗夫斯基农庄，一直干到夜里 2 点半，拆除了五块广告牌。最后，他实在挺不住了，决定在车里打个盹儿。他喝足了保温杯里的热茶，吃光了妈妈做的香肠三明治，盖上皮夹克，打开收音机，找到播放老歌的频道。收音机里正在播放《通往月亮的车票》，这是电光乐队的作品。别连基入伍前就特别迷恋这首歌。在俱乐部的舞会上，宣布女士邀请男士跳舞前，总是播放这首曲子。他年复一年地播放同一首歌，大家都习惯了。就算别连基装作忘记了宣布，姑娘们也是一听到这首曲子就会去邀请小伙子们跳舞。从军队复员回来，俱乐部的工作已经另有其人，但《通往月亮的车票》依然是女士邀请男士跳舞的象征。

"柳德卡根本不爱我。"别连基有一次突然对他说，一边把读完的家信重新装回信封里。当时，他们已经回到了塔什干，离复员还有不到半年时间。

"你怎么这么想？"阿逢宁有点惊讶。

"不怎么，就是感觉。你看吧，讲她自己的事，问你的事，就是对我却不闻不问。我给她写信，她表示感谢，然后来句，逢宁卡①怎么样。你是不是和她有过什么啊？"

"别连基，你个傻瓜。朋友妻，不可欺。我怎么，全世界就剩她一个女人啦？"

"我就是，"别连基摆摆手，"一时着急。"

复员后，别连基去军校上学，阿逢宁去弗拉基米尔航空技术学校学电工。他们是同一年结婚的，阿逢宁娶的妻子如今成了前妻。别连基娶的是柳德米拉·普霍娃，柳德米拉应该是一直在等他，等他从军队复员，等他军校毕业。这期间没有和任何人传出过绯闻。

阿逢宁通知别连基自己结婚的消息时，别连基很高兴："真行啊，你！我觉得我也不能再拖了。"

在接下来的舞会上，别连基向柳德米拉求婚。柳德米拉同意了。

"她可真是见火就着啊，"别连基说，"这性子！你别生气啊，她说不想在婚礼上看见你和你的斯薇特卡在一起。也许是和闺蜜吵架了吧。疯婆娘，能拿她们怎么办。你不会生气吧？"

阿逢宁没有生气，奇怪的是婚后朋友们就不怎么来往了，别连基夫妇去了很远的地方，中苏边境；阿逢宁夫妇住在契马寥沃镇，盖了自己的房子。后来，邻居们眼看着小两口慢慢疏远，最后阿逢宁收拾东西离开了。那时候柳德米拉已经做了十年电锯场老板。

---

① 逢宁卡是阿逢宁的小名。——译者注

《通往月亮的车票》结束了，接下来播放的歌曲阿逢宁不熟悉，他就关掉了收音机。

"哼，这个贱女人，安德留哈怎么能和她过日子啊，不懂。"阿逢宁想了想，心中的怒火已经消了，睡意渐浓。

清晨5点半，他醒了。接下来的一天他一直不间断工作，午饭都没吃。晚上9点多，满载而归。不仅车厢里装满了广告布，连驾驶室的座椅上都放满了。天已经全黑了，明亮的月光洒在村头的十字架上。

他决定不再刺激柳德米拉，就拐下公路，走梅利奥拉托尔街。在打谷场边的一个大谷仓前左转，进入谢良吉诺村。月光下电锯场的绿大门看得清清楚楚。

"去他妈的通往月亮的票，"阿逢宁骂了一句，"去是去了，回来一看，地球没了，围起来了。"

第二天早上，阿逢宁刮了胡子，穿上西装，吃完早饭和母亲一起出门投票。

"应该走走路，这对心脏有好处。一公里而已，还坐什么车。"阿逢宁提议开车时，母亲如此回答他。"这些天坐车还没坐够啊？小心得痔疮。别懒，说走路，就走路。要是你突然想喝一口，开车怎么办？"

阿逢宁不是很想喝酒，但也不想完全排除喝一杯的可能性。俱乐部门前挤满了人，这些人已经投完票了。小孩子们看到这么多人聚在一起，都很兴奋，不停地跑来跑去。还没有投票的人都急忙向学校赶去，那里设有投票室。投完票后，大家都原路返回俱乐部。这里将举行"乡村节"的隆重庆典。阿逢宁一家走进学校体育室，领取选票，在一些名字后面画勾。之后，母亲去和亲戚们唠家常。普霍夫坐在商店后身的长椅上，招呼阿逢宁过去。

"我看你打扮得挺隆重啊，"他问候阿逢宁之后说道，"别连卡雅昨天一天都眼睛红红的。你何必非得把大门这么着呢？你等一下，我们二十分钟就会解决问题，抬走树干，就可以通行了。你发什么疯？"

阿逢宁耸耸肩，不置可否。

"就是这么回事，连你自己都不知道哪来的邪火。现在必须道歉。她脾气不好，但人不坏，工钱给得比说好的多。昨天她去找你妈哭诉了。你妈没跟你说吗？"

阿逢宁很惊讶，母亲竟然没提这事儿。

"你可干了大事儿了，昨天大家都在议论你干的好事。我老婆说，阿逢宁该结婚了，朝老婆发发邪火，要不精力无处发泄。她从来不会说什么好话。我可挺羡慕你的，自由人。来点不？"普霍夫说着，打开肩上的包，露出了瓶颈。

阿逢宁拒绝了。

"这是因为你随时可以喝，没人限制你。我要想喝上一口，就得搞得像特工一样。"

庆典开始了，学校的乐队开始奏乐。女主持人走上舞台，宣布庆典开始。又奏起了音乐，镇长手里拿着几张纸走到麦克风前面。

"你去吧，现在要发奖状。区里给你发奖。"

"什么奖？"阿逢宁很意外。

"还能有什么奖？当然是选举准备工作奖。这些宣传海报都是你挂的，然后，还要管理什么的，我不清楚，最后还要摘下来，所以你就遭到表扬了。可能是你的领导出力了。去吧，说你呢！我老婆昨天写的奖状，肯定有你。她还说，这个终结者阿逢宁还受到表扬了。你就去吧！"

普霍夫推了阿逢宁一把，阿逢宁就急忙往前走，尽量不碰触旁边的人。

"安德列耶夫·阿列克谢·伊戈列维奇，契马寥沃镇小海员俱乐部组织奖。"镇长庄严地宣读着获奖者名单。

"我们这儿哪有海，"阿逢宁杵在观众群中，小声嘀咕着，"难道是村头的沼泽吗？"

获奖者在热烈的掌声中走上舞台。镇长和每个人握手，颁发镶着亮晶晶相框的奖状。

"阿利斯塔尔霍夫·伊利亚·谢尔盖耶维奇，他不懈努力，造福人民，自力更生完善儿童活动场所。"

"下一个就是我了。"阿逢宁有点着急了，双肘更加活跃起来。

他马上就要到目的地了，已经来到最后一排观众席座椅后面了，却突然绊在一颗凸起的松树根上，一时没站稳，张着双臂向前扑去。他还没意识到自己在坠落，就抱住了一个人的身体，一秒钟之后才意识到自己抓住了柳德米拉·别连卡雅的胸。她惊叫着转过身体，尝试着挣脱阿逢宁的怀抱。阿逢宁这时候已经恢复了平衡，只是皱皱眉，并没有放手。

"阿逢宁·杰尼斯·米哈伊洛维奇，"镇长对着麦克风宣布。他看了阿逢宁一眼，不知是因为意外，还是出于好奇，"为弗拉基米尔州选举准备工作做出了杰出贡献。"

"我在这儿。"阿逢宁尖叫着，声音都已经不像他本人了。他终于松开手，把女人小心翼翼地放到一边，走上舞台。

"你嚎得真带劲。"镇长颁发奖状的时候，趴在他耳朵上说道。

"谢谢。"也不知道阿逢宁谢的是奖状，还是"嚎"这个词。

他六神无主地走下舞台，不知怎的又回到别连卡雅身边。别连卡雅挽起他的手，狠狠地捏他的肱二头肌。

"逢尼亚，你玩完了。如果不娶我，我就告上法庭。还有大门的事也没完。成交？"

阿逢宁点了一下头，同时有点心虚地看看周围。他觉得大家都意味深长地看着他笑。他立刻看见了普霍夫站在商店旁边的白桦树下，脚踩在长椅上，手里举着一瓶伏特加，直勾勾地看着阿逢宁，好像在向他做手势。阿逢宁眯起眼睛仔细辨认，突然明白了——"你是狗熊！"

普霍夫一会儿指指酒瓶子，一会儿指指阿逢宁，一会儿做一个"你是狗熊"的手势。阿逢宁开始后悔刚才拒绝了喝酒。应该趁着单身喝上一杯，现在已经晚了。

（王玲　译）

伏尔加格勒－斯大林格勒

往事之沙

谢尔盖·基巴利契奇[1]

往事如漏沙

细沙从指间泛白漏过

往事却只在梦中出现……

生活之沙总是在我们指间漏过，几乎不留下任何痕迹，假如不作记录，那就几乎什么都留不下来。

大部分书都是回忆，应当被称作日记。电脑被发明出来，不记录下那些回忆，犯罪感就更加深重了。谁曾说过，人类的记忆正在筛选出最重要的值得保存下来的东西？

事后，也就是当你几乎什么都已经不记得的时候，这时候写出来的书，它的唯一优势就是——书很浓缩。不过，在我们这个

---

① 谢尔盖·基巴利契奇（Сергей Кибальчич, 1957—　），真实姓氏基巴利尼克（Кибальник），苏联、俄罗斯文学研究家，文学史专家。著有多部文学作品。

非铁器非铜器时代，在已经是邮船时代甚至电脑☺的时代里，这几乎可以算作是最重要的东西了。

比如，关于我的出身，我现在只能写出为数不多的文字。母亲那边我所有的根都来自莫斯科，叶戈里耶夫斯克区的米哈伊洛夫斯克村和费杜洛夫斯克村。现在这座城市为人所知的只有一个红肠加工厂，从前这里的商人可是远近闻名的，骗起顾客来那叫一个机灵。

不过，我的曾祖父正好和这个厂子有关。我不知道这是个什么样的厂子，妈妈总是用一个已经被人遗忘的模糊的词语来称呼我的曾祖父——"推销员"。照片上是一张令人尊敬的面孔，眉毛、胡子非常浓密，脸上也有一层浓毛，所以脸颊和下巴跟神话故事里人物的线条☺相似。

一次我和妈妈去米哈伊洛夫斯克村的一个亲戚家串门，神秘的谢廖沙叔叔住在那里（妈妈经常跟我说起他）。第二天妈妈去了费杜洛大斯克村，我留在米哈伊洛夫斯克骑自行车玩儿。傍晚时分妈妈回来了，对看到的美景赞不绝口，可我那天骑车的时候连同车子一起滑进了村子的排水沟。我没跟妈妈说这件事，心里还暗自庆幸——感激村里没用水泥砌排水沟。

米哈伊洛夫斯克村之所以能给我留下难以磨灭的印象，还因为可以在当地的书市（我们家通常把书店叫做"卡吉兹"，因为书店的门上方一般都写着"科吉兹"①）预定新书，就是作家文集，那时候作家文集在斯大林格勒绝对短缺，斯大林格勒在这方面就是一座处女城☺。

我叫一座城市的名字和在全世界，比如在巴黎、在纽约，叫这座城市的方式一样（当然了，主要是按照街道、地铁站的名字来称呼），但还有一种方式，那就是按照我小时候奶奶甚至妈妈的习惯来称呼一座城市。

不过，等我长大一些后，妈妈已经改用了现在这个不太为人所知的名字（或许，这要感谢上帝！☺），可有时她不知为啥要把重音放到第一个音节上，说成"沃尔加格勒"②。就好像她不同意把早已习惯的名称改成一个新叫法一样，必须得加上一个附加条件：城市的名称里要突出这条河的发音。

"在遥远的地方，长久地流淌着伏尔加河……"给这首诗配乐的格里高利·波诺马连科曾在下村住过，下村就位于拖拉机村和斯帕塔诺夫卡村中间（在斯帕塔诺夫卡村的后面就是国家水电站的大坝）。格里高利·波诺马连科常去一个距离河岸很近的商店买烟，有一次我在那里遇到了他，当时刚好我们也去那个商店买东西。我和同班同学以及我们院儿的几个孩子坐船过伏尔加河去拖拉机村，然后在那儿自由自在地闲逛半天（简直就是学校全

---

① 国家合作出版社（Кооперативное государственное издательство）首字母（КОГИЗ）缩写的音译。——译者注

② 这座城市坐落在伏尔加河两岸。伏尔加河在俄语中逐个音节转写是"沃尔加"。——译者注

班旷课☺）。

萨什卡·波波夫会一个绝技：把一个装着水、不盖盖子的白铁桶从地面到天棚360度旋转，让我惊奇的是里面的水一点儿都不洒出来。

尤尔卡·热列谢恩科更酷，有一次我给他来了一句意义深刻的话"尤拉饿了"①，他竟给我回了一句"你来自印度！"我总是想炫耀一下自己英语学得早（好像尤尔卡比我小一岁）。或许他英语学得不怎么样。

但不知道为什么突然我脑袋里灵光一闪，他，正相反，误解了我说话的内容。他把我的话理解成了，比如"尤拉来自匈牙利"这样的话，他的答复就完全符合逻辑，而且，或许，还显着他反应机敏。

只是当时我没问他这个，后来，在小二十年之后我来到了曾经住过的院子，毫不费力地得知他去那个世界已经十来年了。再没有别的人了，那些人都已经远去，而且一些人走得更早。尽管有些人相信他们走得并不遥远。就算是不远，又有什么区别吗？

所以现在已经不可能和他说说话了：很难相信存在幽冥世界②。再者说，如果那里所有人都是那种生意人，就像现在甚至

---

① 俄罗斯人的名字有大名、小名之分。尤尔卡和尤拉是一个人的名字。这里给出的是英语形式"Юра is hungry"。作者猜想或许是尤拉没听懂或者没听清楚，以为他说的是"Юра is from Hungary"，因为"hungry"和"Hungary"发音相似。——译者注

② 作者在这里给出的是英语：after life。——译者注

教堂里都有生意人，那么，或许，最好还是不要说了吧……⊗

（吴丽坤　译）

沃夫卡兄弟

基巴利契齐兄弟

在撒丁岛的东北部，只有奥利维亚区还能看见非常简陋的沙滩，游泳区只是用小浮标围了一下。岸上，在大海和被栅栏围起的别墅区（这片别墅区应该像我们那一样，不包括沙滩的地块）之间形成了一条狭长的沙带。在沙带的后身，生长着一片最普通的芦苇。这片芦苇让我想起了一件事。

在卢奇诺·维斯康蒂①一部著名影片中，阿兰·德龙主演的洛克是三兄弟中最小的一个。我想给你们讲述的这一家人里沃夫卡是老大。

我是最小的孩子。

当然了，我们家里没有人争来争去。我们也不是卡拉马佐夫

---

① 卢齐诺·维斯康蒂（1906—1976），意大利电影导演。1960 年，凭借电影《洛克兄弟》获得第 25 届威尼斯国际电影节特别奖。——译者注

兄弟①，而且也从来都没用大桶运过橘子②（原来如此！☺）。

瓦洛佳没有当着我的面强奸我热恋的玛丽娜·弗拉基。而且我对她的热恋——就像我从来没有热恋过任何人一样，说实话，也不能说是热恋。那时候我比她小 11 岁呢。

但是有一次，有人从热尼卡那儿偷走了给我们几个人买的一辆崭新的山地自行车，沃夫卡就揍了热尼卡。

或许，真就应该有个人好好收拾他一顿，但不应该是因为自行车。他干的事儿有比这还坏的，但绝对不是针对沃夫卡干的。

有一次，在郊外木屋，热尼卡装出追我的样子，我信了就开始跑，我转身想看他是不是正在追我，结果一下掉进了一个敞着盖的地窖里。万幸的是，地窖口那儿竖了一个梯子，挡了我一下，没让我直接头朝下地栽下去。

还有一次，我们一起在厨房喝茶，我站起来够桌子上装着开水的茶壶，然后坐回椅子上。可是我没感受到椅子的存在，一下坐到了地上，把一点开水洒到了身上，但万幸的是我依然紧紧握着茶壶。后来，为了不挨收拾，只得藏到小储藏室里。就在小储藏室里，热尼卡给我烫伤的大腿抹上了鱼石脂软膏。但有一次沃

---

① 卡拉马佐夫兄弟是俄国著名作家陀思妥耶夫斯基同名长篇小说《卡拉马佐夫兄弟》中的人物。故事结局悲惨：贪婪、好色的父亲被谋杀；四个兄弟中有无辜被判刑的，有畏罪自杀的，有因内疚自责而精神错乱的，最后一个搬家逃离。整个家庭崩溃。——译者注

② 用大桶运橘子这个情节与伊利夫和彼得罗夫合著的长篇小说《金牛犊》有关。那里有蒙骗主人公的情节。作者这里想说的是他们家是一个普通家庭，几个兄弟和睦相处，不互相欺骗。——译者注

夫卡还是找到了我们，刨根问底弄明白是怎么回事之后，有生以来，第二次揍了热尼卡一顿。

我们之间几乎再没有什么其他的误会了。

大体上来说，我们都能和平地在草丛里玩印第安人的游戏。那片草丛就在伏尔加格勒水电站前面的伏尔加河三角洲里，把离我们郊外别墅不远的河岸都遮挡住了。河水在这里漫出河岸好几公里，可却几乎没有水流。岸上、水里大部分地方都是石块和卵石，所以我们总是把这个地方叫作海。暑假里"去干什么"就被说成了：

"去海边还是去伏尔加对岸？"

当时市里的所有沙滩几乎都在对面的左岸。

大大的牛蒡叶子适合做头盔或者更准确地说是做钢盔，甚至沃夫卡戴着都合适。我们用芦苇秆做长长的矛，弓和箭我们自己做，但用的也是脚下几乎贴近岸边的石碴子周围长的材料，用不着问任何人是否允许这样做。

我们的任务是好好藏在芦苇荡里，突然从里面蹦出来吓唬对手，给他来个措手不及——让他顾不上用木头盾牌护住自己。

沃夫卡总能藏好并且突然蹦出来。但是热尼卡却能机灵地躲过矛，用盾牌把飞向他的几支箭挡住。

不过，他的女儿27岁得了癌症之后，他就不能转身，也不能遮挡了。又过了几年，在距离马马耶夫岗后面几公里远的公墓里出现了她的照片，可爱、年轻的面庞现出吃惊的表情。

沃夫卡也不似从前那样会藏身了，而且当他需要做肝脏手术的时候，因为心脏承受不了所以没做，芦苇矛又一次击中了目标，但那已经是最后一次了。

于是在阿赫图巴河的河滩地别墅区公墓里，出现了他的照片，镶嵌在大六角十字架的中央。照片上他些许不满地微笑着，几乎就是有一次我用自制柳条弓拉白桦树枝箭射中他时的那个样子。

（吴丽坤　译）

顿河畔罗斯托夫

畜　生

丹尼斯·古茨科弟①

周围突如其来的一阵混乱使他回过神儿来。大家开始走动，衣服沙沙作响，一个个影子在眼前滑过。他抬起头来：围着火堆聚会的人们向不同方向散去。

"起来吧，咱们去捡点柴火，"贝乔克轻轻踢他的鞋底，"上冻了。"

齐巴站起来，选了一个没有嘈杂声的方向，漫不经心地看着脚下，朝着黑暗走去。

"兄弟们，多架点柴火！"维佳喊道，"让角落里也能烤到。"

他精明能干，极具亲和力，这次把交警也摆平了，他警察局有人。就是在太平间他都能一个顶十个地忙活。

交警打电话时，科瓦里喝醉了，坐在维佳的酒吧里。维佳自

---

① 丹尼斯·古茨科弟（Денис Гуцко，1969—　），俄罗斯作家，布克奖获得者，作品有《阿尔玛格东的小屋》（2009）、《讲俄语者》（2012）等。

愿帮忙，开车拉着科瓦里到处跑。后来又帮忙办了葬礼，是他自己硬要去的。总之，死死地粘着，甚至有些狂热，好像半辈子就坐在那等着他的某个常客妻子死亡，能作为一个主事的人介入别人的痛苦之中。现在就是，成了聚会这伙人的灵魂，篝火趴的指挥者。葬礼酬客宴接近尾声时，维佳逐个找这伙人，低声说："我们去左岸，自己圈里人坐一坐，小范围为索尼娅祈祷。"

他小声在齐巴耳边说时，齐巴控制着自己强烈的情绪——"怪物……"他想揪住他的脖子，用手指掐喉咙，像在军队里收拾新兵蛋子那样教训教训他……曾经很犹豫：该不该拒绝。然而，想想家里等待着他的空虚，第二天无事可做的无聊，太可怕了，只好乖乖地点头，跟大家一起走了。

走到一处非常黑暗的地方，篝火变成了橙色的小亮点，齐巴停住了脚步。"得捡些柴火。"他发现，自己一直漫无目的地走，没捡一个树枝。他头顶上方闪耀着另一些亮点，冷冷的、蓝色的，盯着他仔细地看。一群看不见的黑猫，藏在那，只能看见眼睛。"哪怕把米拉从科瓦里那带走也好。"齐巴想起了索尼娅的猫。"反正他无所谓……"他突然蹲了下来，用手捂住嘴，抽泣着，无助地大哭起来。

这些天最难的事情是隐藏情绪，假装是一个局外人，注意做事得体。别人的妻子——别人的妻子，天哪！别人的。

他侧身倒下，枯枝被他压得噼啪作响。齐巴躺在那，看着长满芦苇的顿河闪着银色的光芒，他的头脑中再次浮现出那个消失的甜蜜世界，旋转木马似的转动起来。在那个世界里，索尼娅是他的情人，生活的唯一意义——

　　她把手指先放在自己的嘴唇上，然后又放在他的嘴唇上，微笑着说："我去散散步。"她全身赤裸走进花园，走到苹果树下。她走得很慢，每当风袭来时，都会冷得眯起眼睛，微笑着，肩膀向后缩，脸迎着冷风，穿过整个房间、阳台和花园。齐巴似乎看到了她的皮肤上起满了鸡皮疙瘩，不知为什么，他和她一起笑了。她用手从下向上捋了一下后脑勺新理的头发，又捋了一下。她还不习惯这个男孩式的新发型。她回头对他微笑着，看着自己变得粉红的肚子和双腿，停顿了几秒钟。

　　"齐巴，看，我全身变得粉红。漂亮吧？"

　　她都明白，肯定明白。她在他的心灵深处，他的心是完全敞开的，甚至到了最末端的毛孔。她明白，所以站在那儿并不害怕。也许，她是为此而微笑，为了他的爱，他出乎意料的痛苦的爱。她站在苹果树下，向上看着，一步一步地走着，最后摊开双手，表示没有。

　　"齐巴，苹果在哪儿？怎么回事啊？"

　　"索尼娅，五月会有什么苹果？"

　　"嗯，就是……绿色的，很小的那种。什么样的都行，刚坐果的也行。"

　　她不说话了，又在树枝间寻找苹果。

　　"本想去找你，黎明时分，带着一个苹果……可你这树上只有一些叶子，齐巴。"

　　"是没有，别找了。"他试图装出咆哮的样子。

"什么时候会有？"

他耸了耸肩，好像索尼娅从远处能看到似的。

"齐巴，我说，一般什么时候坐果？"

"我怎么知道？我是谁啊？园丁？"

索尼娅往回走了。进阳台门时，他发现她的皮肤上确实全是鸡皮疙瘩，乳房冻得发硬，走路时都不颤动。

"我天生就是园丁，不会因为玩笑而生气。"她挑逗着说着，靠近床边，逐渐蜷缩起来，最终还是抵不住寒冷。

"所有的花我都腻烦了……除了……"于是，她双手搭到床上，钻进他的被窝，像温柔的冰块紧贴过去。

"索尼娅！"他幸福地把她的身体整个抱入怀中，用双手和双腿把她夹住。

"齐巴，齐巴，"她对着他的腋窝叹了口气，"你从哪儿突然来的？"

……

右边有人说话，是科瓦里和贝乔克。他们在谈着什么，好像是柴油费用的事，就是这个话题："你们那冬天多少钱？你车得花多少钱？"科瓦里很快恢复了平静，至少不痛苦了。这种关于车的谈话都不会让他思路停顿，不会因为想起"死了，她死了"而一句话说半截。

可是，这算什么，齐巴默默地咧嘴笑了，犹如九十公斤的胚胎蜷缩在黑暗中。随着时间一分一分过去，聚集在这里的所有人都注定要原封不动、更深入地回归过去，回到日常生活中。有人容易，有人难。他本人就要找人谈谈，说些肯定生命的话题，空虚需要用一些东西来填补。

要是喝醉就好了。伏特加不管用，只会引起胃痛。

"谢廖沙，"是贝乔克的声音，"我这就给篝火添柴。我最好再捡一次。"

"好的，好的。"

齐巴悄无声息，等着脚步声消失。

葬礼期间，他们不约而同地开始叫科瓦里的名字：谢廖沙。齐巴心想，等从谢廖沙改回科瓦里就意味着纪念活动结束，小圈子内也一样。在他们的圈子里一般用姓称呼他和科瓦里。这还是在健身房得的名，那里个个是好斗青年，说话态度轻蔑，爱抡胳膊。姓氏短且声音响亮的人不可避免地失去了他们的名字，于是就变成了齐巴和科瓦里。贝乔克这个名字另有来历，他喜欢约女友在大厅前碰面：从健身室出来，面前站着长腿女神。他的女友几乎每月一换，因此得名"种牛"①。后来这个绰号被缩减为"贝乔克"。贝乔克很瘦弱，就是那种锻炼不起任何作用的人。

"我在这干什么？"齐巴很痛苦，尽力让自己平稳、均匀地呼吸，"也帮不上忙。"

"你还好吧，谢廖沙？"

"嗯，马上走了，你注意点，别伤着自己！"

---

① 贝乔克，俄语为 Бычок，由词 бык 而来，意为"公牛"。——译者注

他周围有很多垃圾。人们来到郊区丢下一堆垃圾，像劳动后的老茧一样：有那么多来野餐的人，在这大吃二喝的。后面不远处，扔在地上的木头嘎嘎作响，接着又听到潺潺的流水声。

完事之后，科瓦里拉上裤链，叹了口气，站在原地没有离开。

"喂，"齐巴听到自己头上方有人说，"还活着吗？"

心里骂了一句，齐巴翻身仰卧着。他喃喃地说道：

"活着，好像。"

"齐巴？"科瓦里很惊奇。

他停顿了一下，补充说：

"怎么这么躺着，四脚朝天的？"

"这不喝多了吗，"齐巴抖落着衣服，站起来，非常冷静地回答，"不好意思。就这么躺下了。晕了。"

对科瓦里撒谎已习以为常。当时也确实很黑：不需要掩人耳目，戴上面罩。突然想起自己哭过，可能有痕迹留了下来，齐巴用力揉了揉脸，似乎想让自己振作起来。

"常有的事。"科瓦里说，齐巴感觉科瓦里根本没喝多，头脑十分清晰，虽然他很拼命，一杯接一杯地喝。

两人单独对话时，他的声音突然变得有些陌生。

"清醒过来了吗？"科瓦里问道，侧身朝他站着，"走吗？"

"走，这不是捡点柴火吗，"齐巴踹断了一个枯枝，"这就走。"

科瓦里消失在黑暗中。树枝噼噼啪啪响起来，齐巴弯下腰，把枯枝抱起来，弄得从头到脚脏兮兮。

"小伙子们，你们在哪儿?"卡佳喊他们，声音像多肉水果一样多汁、饱满。

"她放弃唱歌可惜了。我们去听听该多好啊。"

垃圾想法。很多垃圾想法。大家产生一种厌恶的感觉，像撕破的纸袋，像脏塑料和压扁的啤酒罐，有些明晃晃地暴露在草丛中，有些已隐藏在灌木丛下，甚至到了最深处。

他抬起头来：月亮那忧郁残缺的模样印在他的脸上。

"小伙子们！喂！"

听到她说话的声音，门口把门的狗汪汪叫个不停。保安呵斥了一声狗，但声音不大，那些狗并不理会。

"科瓦里真该提醒卡佳一下，她不能再喝了。"

……

那天，索尼娅来他家，紧跟在他后面。他还没来得及关房门，她就开车进了院子。他们刚进客厅，科瓦里就给她打来电话。看到手机屏幕上跳出丈夫的照片，她眼中显现出为难的神情。应该问问她，当时她在想什么。接通电话，科瓦里说，晚上不回家住，因为商店丢了东西，他和售货员都留下不走，让他们当着他的面清点货物，不清点完，谁都不能离开。

跟丈夫打完电话，索尼娅坐到椅子上，像穿着雨衣一样。齐巴明白：现在不要碰她。他坐到房间另一侧的沙发上。他们就这样静静地坐了很长一会儿，仿佛要出远门似的。后来索尼娅拍了一下自己的膝盖，要走。

"你去哪儿？"他很惊讶，求她留下。

她只是皱起眉头作为回应，出门下楼梯。转过身说：

"商店的事是他在撒谎，查岗呢……对不起，齐布柳什卡①，毁掉了你的夜晚。"

索尼娅请求永远不要送她，说："家门口分手让我受不了。"看着她离去，齐巴解开衣服，从脖子上解下领带。她又回来了，迅速穿过房间，搂过他的头，吻了他的嘴唇。

"我想让你知道，"她放开他说，"我不再跟他睡了。"

齐巴把她拉向自己，但她溜走了。

后来还有很多次令人陶醉的偷来的幸福，很多次，足够余生回味。品味细节，她的笑、她的步态。她纤细的小手是他特别爱看的——拉到自己眼前，看着，小心翼翼地抚摸着，用手指一一滑过，不漏掉每一个细节，从隆起的地方到凹陷的地方，从手掌到手腕……直到索尼娅把自己的手从他那拿开，傻傻地诉苦："齐巴，手都肿了，快还给我……"

从幻想中捕捉到的、拯救出来的这双手的每一个姿势都会记起，而且历历在目……还有光线、阴影、她炙热身体的味道、说出的每一个词……她话很少，他特别喜欢她这种少言寡语，这种矜持，如同爵士乐中的停顿……

---

① 齐巴的爱称。——译者注

"你为什么不当场抓住我们，科瓦里？为什么不突然出现？那样一切就会不同。"

……

卡佳去游泳了。显然，她觉得她被隔离了。走到河边，脱下裤子和内裤，只留下 T 恤。蠢货，她觉得从篝火这边看不到她。喝下一口伏特加，齐巴看着她 T 恤下面被月光照得闪闪发亮的白白的臀部，就当是开胃小菜了。

一切都是当着卡佳的面发生的，可以说，是起于她。在保龄球馆，一群庆祝新年的愚蠢伙伴，卡佳建议打一局。她看中了一个小伙儿，不知是谁请来的，或许是自己来的，也可能是谁的朋友，比她小五岁，谁会在乎……不知叫萨尼亚，还是叫万尼亚。她瞄准他了。科瓦里打了几个球，很执着，想连续两次打满贯。有人叫他，他就把所有人打发到了一边。大家决定帮助卡佳。齐巴打倒一个瓶子，马上离开了桌子，他不想玩诱惑游戏。瓶子停了下来，瓶颈对着索尼娅。卡佳叫了起来，说他有义务，拒绝索尼娅就是侮辱。

"我保护您。"她整理了一下围巾，轻声地说。

齐巴抱歉地看了看索尼娅。她绝望地笑着，张开双臂。他的脸靠近了索尼娅的脸，在卡佳安排这一幕之前，齐巴从没盯着看过索尼娅，没对她有过那样的想法。可以说，几乎没有注意她：忌讳，老朋友的妻子……他打算亲一下她的脸颊，但他们的嘴唇自己相遇了，一下子贴在了一起。似乎无法摆脱命运的安排，情不自禁跨过禁忌的距离，已不能用亲吻脸颊敷衍。

忙着达到满贯，科瓦里什么也没发现，而且其他人也未必。大家没有注意到，刚刚这一切是如何开始的，而且不会就这么简单结束。卡佳和那个小伙子，萨尼亚或万尼亚，什么也没发生，都很正常，甚至没打完一局他就立刻溜走了，不知去向。

贝乔克的新妻子玛丽娜要吃东西，贝乔克点头说："很快，很快就能吃东西。"篝火着起来了，火苗很高，噼啪作响，火光在天空中晃动着。维佳很卖力，安排所有人坐下后才自己坐下。远处放着最后一批肉串，大约有五大串。

"兄弟们，这就是我们的生活，我们也不知道，拐弯处等待我们的是什么，"维佳发出自己的论断，"好像，永恒就在前方。可事实上，最后一天降临了。安稳地睡一觉，洗洗脸，吃个早饭。殊不知，你已经开始倒计时了。"

贝乔克接过话：

"行了，别说了。倒计时。她那天起得早吗，科瓦里？车祸是 21 点 10 分，是吗？最后一天她过了多少个小时？"

科瓦里什么都没说，勉强朝着贝乔克挥手说："唉，打住吧！"

土耳其式盘腿打坐的齐巴闭上了眼睛，似乎这样可以让他远离他们的谈话。

"应该离开，"他不断默念，"站起来离开。叫辆出租车，马上去大门口。他们就在桥附近等活儿，很快就到。"

分发了盛着伏特加的杯子，齐巴跟大家一起干了。维佳本想继续他多愁善感的谈话，但被回来的卡佳打断了，她唱着"黑乌鸦"。齐巴哆嗦了一下：这是他喜欢的歌。和卡佳交换了一下眼神，他意识到，她什么都知道，关于他和索尼娅。现在这歌是唱给他的。她换上了一件反光背心，可能是从维佳的车里拿来的，映着篝火发出刺眼的柠檬黄。齐巴没有跟着唱：他明白，会失控。嗓子里塞了一团东西，咽不下去。

卡佳唱歌的时候，大家又喝了一轮。跟她一起唱的只有玛丽娜。这首歌女声唱出来会击碎人的灵魂，使人四分五裂。没有听到最后的副歌部分，齐巴站了起来。卡佳不唱了，沉默了。

"我走了。"他突然说。

"睡觉，是吗？"贝乔克好奇地问道。"这些小房子是我们的。"手指向两个黑黑的轮廓，离其他的远一些。

"不，我回家，"齐巴说，"坐车回家。"

大家都没说话，只有贝乔克惊讶地骂了几句。卡佳和玛丽娜从黑暗中警觉地看着。科瓦里拨弄着篝火中的一个树枝，从中勾出了一束火花。月亮盯着他们，像石头一样冷漠无情。

"结束了。"

"你怎么回事？"维佳突然不安起来，"为什么回家？夜里三点。房子都租了，特别好的。干净。"

齐巴走到科瓦里跟前，浑身发抖，上下牙直打架。科瓦里继续用树枝拨动篝火。

"我爱过你的妻子，"他抑制着不断的颤抖，挤出一句话，"现在也爱。"

一切都静了下来，只有顿河浅滩处溅起水花，远处的狗不停地叫。

"我不知道，我会……那么……爱，"齐巴继续说，"我和她都不知道，一切是从什么时候开始的。没意识到。"

他和卡佳交换了个眼神。

"说完了，科瓦里。现在你知道了。"

顿河溅起水花。狗叫着。

"这就是事件的转折点。"维佳非常满意地说。

"说完了？"科瓦里站起来确认道。

他冲着他的下巴来了个左勾拳，又马上打了个右直拳。他瞄准喉结，无疑要打断。齐巴本能地弯下腰，抬起一边的肩膀。拳擦着肩打到了耳朵上，齐巴摇晃了几下，但站住了。

"对不起。"齐巴说。

这声音好像从远处飘来，从河对岸。他用能听到的声音又重复了一遍：

"对不起。"

科瓦里向右挥臂，不假思索地打向齐巴的下巴右侧。齐巴再一次本能地抬肩一挡，力量减弱的一拳打在了鼻子上。他没有倒下，但流血了，流得很多。本能还是能抵挡一下，没有让科瓦里的拳头命中目标。由于下一拳正好打在额头，他跌倒了，当时感到内心中让他窒息的东西松开了。"轻松多了。"他舔着撕裂嘴唇中流出的血和泥土想着。

他又想到，十年前，他俩走进训练大厅，科瓦里总想着和他在拳击台上进行一次真正的搏斗，不保留，不退让，检验一下谁更强。科瓦里特别喜欢真正的搏斗，少年时期就喜欢打坏新学员的鼻子，现在变得平和了一些，温和了一些。然而，齐巴从他的眼神中还是看出：他想，特别想，他想知道他俩谁更强。自己也想，但是弃权：毕竟是老朋友。

"对不起，亲爱的，"齐巴想了想，起身转头找科瓦里，"现在不让你检验。你就这么打吧。"自己血液的味道、骨头的嘎吱声和头部的嗡嗡声有治疗效果，打中他的每一拳都会使他轻松。他不再躲避，直面他打来的一拳又一拳，就像前不久索尼娅迎着冷风赤裸着走入他的花园。

他一动不动，直挺挺地躺着，科瓦里也不再碰他了。科瓦里根本没在旁边。

"咱们来不及了。来不及了，索尼娅。"齐巴往起爬时小声嘟囔着。

大家向他跑去，大声喊着，不让他爬起来，把他推向边——行了，去他的吧，你这样就够了。一个个受惊的、愤怒的面孔不断变换着，他竭力锁定了维佳的脸，真想揍他。但是，他们把他推到了一边，使他找不到平衡。齐巴顶住了，把他们从身边推开。

他走到科瓦里跟前，科瓦里面朝顿河站着，对着远处罗斯托夫夜晚暗淡的灯火。

"对不起。"齐巴口齿不清地说。

这次科瓦里一拳打到他胸部，将他击倒。打得很凶残，拳打脚踢，发出呼哧呼哧的声音。大家也拦着他，想抓住他的手，控制住，把他拖走。他们俩都被拦着。

听到打闹声跑来的狗四处乱窜，叫得喘不过气来，它们爪子触地的瞬间扬起一阵阵灰尘。

……

"不相信吧，灰尘是我童年最清楚的回忆之一。"索尼娅离开刚刚打开一条缝的窗户说。旁边那块地上，师傅们开始打磨抹灰的墙壁，灰尘在整个街道上飞扬。

索尼娅端着杯，橙汁在晃动着；她从窗前走开时，她的臀部也在晃动着。他的灵魂晃动着。这是索尼娅有兴致说话的极少数情况之一。

"在我们军事小城中，窗户都对着小山坡，那种长长的、缓缓的坡，一直通到路上。夏天放假的时候我很少能被带出去度假。我很快看完了所有的书。我画画不怎么好，所以，我一连几个小时坐在窗边，看路上经过的一辆辆车。车后面灰尘飞扬，太阳光的角度刚好时特别漂亮。那时，尘土像钻石一样闪闪发光。"

"真是那样吗？"他笑了，"有多少克拉呀，索尼娅？"

"不知道，齐巴奇卡①。一百万，我觉得，一百万。"

……

当世界不再混乱，慢慢平稳下来，齐巴睁开了眼睛。他躺在一条长凳上，是贝乔克和维佳把他送过来的，在很远的小房前。

---

① 齐巴的爱称。——译者注

他试着站起来，没有成功，因为全身剧痛。凝结的一个个血块让他特别恶心，有人上前轻轻把着他的头，女人的手。大口吐过之后，齐巴碰了碰那只帮助过他的手，表示感谢，再用肘弯把脸擦净。

"你这个混蛋，"卡佳坐到长椅前的秋千上，叹了口气说，"混蛋，傻瓜。"

齐巴很赞同，沉默不语，不想说话，也不能说话。

疼痛有些缓和，不太剧烈了，心中莫名有些害怕。他开始倾听内心的声音：有什么部位折了，情况有多糟糕。科瓦里打的部位很全，毕竟打到了鼻子，可能还不止一下。两只眼睛都肿了起来。肋骨，在右边，这地方好像是肾脏，不知为什么双手像篱笆一样摇晃。

"为什么要跟他说？为什么是现在？"

秋千轻轻地吱吱作响。荡起秋千，卡佳两腿前蹬，齐巴看到了她沾满黑泥的鞋底。

"你轻松点了吗？"她停下来，向前俯身问道，"轻松一些，我看得出……你们这些男人，都自私，都是混蛋。"

卡佳又成功地荡起秋千。她人很好，只是有些唠叨，长着母狗一般顺从的眼睛。她用这双眼睛看着男人，祈求得到极大的快乐，但收获很少。索尼娅说起过她："卡佳就像是没有人能够感受到喜庆气氛的节日。"齐巴吸了一口气，想告诉卡佳别再喝了，但她已经离开，朝着顿河，向人们围坐着的跳动的篝火走去。

脊柱让齐巴担忧。他想从长椅上站起来，但站不起来。"太棒了，"他苦涩地对自己说，"我开始担心自己宝贵的身体了。数数骨头。来，生命复苏。向后，齐布廖纳克①，到堆满垃圾的地方。活着，齐巴，活着。"

来的下一个人是贝乔克。当然是醉醺醺的。

他带了一瓶矿泉水，不知为什么猛劲地灌齐巴，齐巴又吐了。贝乔克坐到卡佳刚才离开的秋千上。他的话绕来绕去，分崩离析，钻进了荒无人烟的死胡同。

"你知道吗，齐巴？"贝乔克抬高嗓门。

这确实使他注意力有所集中，尽量想说一些连贯的话。

"我也是，你知道……也对索尼娅有想法。哎，有想法。但犹豫了，该死的，犹豫了。"

齐巴的脸颊上流下了无助的泪水。

"她，在我们中间……对，太好了。以前可以看出来。但我不像你那样。是的，我犹豫了。你可能说我是懦夫，"贝乔克摇了摇头，"好吧。但不是老鼠。"

想离开长椅，怎么也不行。头挪开了，但后背像钉在上面似的动不了。齐巴尝试了各种方式，没有任何效果。

"唉，混蛋，怎么回事，脊柱呢？"他问自己。现在他吓坏了。

"她跳舞怎么样……嗯……是个活泼好动的女孩。是的。科瓦里很幸运。嗯……你也有点……"

---

① 齐巴的爱称。——译者注

"就这样吧，一直是这个样子。"齐巴透过红肿眼睛的缝隙看着贝乔克，贝乔克正充满幻想地望着夜空。"有人会过来坐在你身边，不断地说话，说话，而你却什么也不能做。"

"唉，齐巴，我想问你，说点真的……她在床上怎么样？嗯？如果是五分制。"

"天哪，难道一切就这样结束了？难道，真结束了？"

虽然眼冒金星，但他终于把自己从椅子上掀了下来，跪在地上，两肘支着。

"你怎么了？要起来？"贝乔克亲自走上前帮忙。

他卑鄙的嘴脸在靠近，齐巴手有些发痒，忍不住要打人。他站了起来，好像要比他想的容易。"脊柱完整。"一个念头闪过，贝乔克站的位置正好。

"嘿，齐巴，她在床上怎么样，嗯？"

他从侧面抢起左手，没打中，紧接着又挥起右手，他感觉，甚至听到后背"咔嚓"一声响，就像之前他脚下响动的枯枝。仍然没打中。贝乔克惊恐的眼神在齐巴面前飘过，之后他就从齐巴的视野中消失了。

双臂、后背涌动着一股热流。"看来，身体还完整。"齐巴想。

"混蛋，你在那干什么？"他听到科瓦里走近的声音，"你嫌不够吗？还要再来？"

齐巴站着，无精打采地低下头。

科瓦里给了他肚子一拳，没太用力，但虚弱的齐巴猛地哈腰坐到草地上。科瓦里在他上方站了一会儿，坐到旁边。

"还活着吗？"他问道，朝自己脚下吐了一口唾沫。

"你已经问过了。"

他们沉默了。齐巴再次想快点离开。去哪儿都行，远点。

"给我叫辆出租车。"他请求。

"没门儿，"科瓦里断然拒绝，"你熬着吧。"

又沉默了一会儿。

"我知道，"最后，科瓦里说，"就是那天知道的，"他耸了耸肩，"我特别难过。当她……当事情发生了，我决定……原谅。忘掉。决定对你这个畜生什么也不说。"

黑暗中走来了维佳和保安。通过他们看科瓦里和齐巴的表情可知：维佳跑去找保安商量，说好不找警察。

"看，一切正常。"维佳对保安说。

科瓦里冷冷地、迅速地把他俩送走了。他们走远了。

"你觉得，为什么会出事？我在她车里找到了一封信，拿导航仪时发现的。她也没想藏着。看得出，她打算交到你本人手里。我看了……看了……不知为什么她写给你，而不是我。正常情况下会相反，基本上……"

黑暗中马达启动了，低声响了一下：保安们开动了水泵，把水注入用来浇水的贮水槽中。

支着科瓦里的一侧肩膀，齐巴跪着爬起来。

"那写着什么？信中？"

"闭嘴，齐巴，"科瓦里发出嘘声，"闭嘴，听着。当时我和她认真地谈了……我说，如果她离开，我会把你俩从地缝中找出来……并排埋了，谁也找不到，永远找不到……她跳上车离开了。她情绪特别不好时，总是开车出去。当时上了道，就向什么地方疾驰而去。据说，速度让人消气……"

齐巴张开完全变形的嘴笑了。

"就是说，她打算去我那？"

科瓦里蔑视地看了看他。

"我现在想杀了你。打你的时候，"他若有所思地说，捡起路上的石头开始在自己面前扔，"我不知道，为什么没把你打死。看来，你命不该绝。现在心情不同了。活着吧，畜生。我们错误各半。所以，活着吧。"

齐巴跪着挪到科瓦里面前。

"嗯，谢廖沙，你要是这么想会好些。对咱们俩都好……那写着什么，信中？"

"滚，你个畜生！"科瓦里厌烦地推开他，站了起来。

"科瓦里！"齐巴喊着。

科瓦里没有回头。

"她是我的，科瓦里，"齐巴对着他宽厚有型、肌肉发达的后背说道；又小声重复了一遍，对着自己，"我的。"

科瓦里站了一会儿，吐了口唾沫，沿小路向篝火走去，维佳和贝乔克正从那不安地向他这边张望。卡佳头枕在玛丽娜的膝盖上，好像在打盹。科瓦里走到篝火跟前，有人给他递来一个杯子。

口袋里没有电话，没法叫出租，也没找到钱包。科瓦里把东西一样一样地都打掉了。回到篝火旁也没什么意义，怎么可能越过这道墙？虽然疼得直哼哼，齐巴还是轻轻地笑着鼓励自己，他站起来了。

大门口处几只狗扑过来狂叫。一个忧郁、困倦的保安没有马上叫住它们，以防万一，让它们对着一瘸一拐、浑身是血的白痴叫了一会儿。已经是基地外面了，网状栅栏后面是一片草坪，齐巴被浇了一身水：喷水器开着。

起初走路很吃力。他想着，在一个特殊停车场的一辆失事汽车里有等待着他的信，他开始猜测起来——索尼娅会写些什么，会怎么称呼他：齐布里卡①，齐巴奇卡？他想得越深入，走得越轻松。

"我的，"太阳穴嗡嗡响，"我的。"

天已经见亮了。被他沙沙脚步声惊醒的鸟慌乱地从一个树枝飞向另一个树枝。一个小屋里传来美妙的音乐。有人还没爱够，还没想与新的一天和解。眼前的高速路上，他刚靠近时，一辆汽车疾驰而过。上了柏油马路，齐巴有劲了，跑了起来。他身体各部分好像仍是完整的，没有一处骨折。骨头疼，每走一步都会使耳朵嗡嗡响，但没什么大不了的。至少，他可以跑。

交警不在：去换岗了。

罗斯托夫就在前边，桥的后面，那里灰色的高楼大厦重重叠

---

① 齐巴的爱称。——译者注

叠。一大早上路的车疾驰向前，司机还不忘好奇地向他看一眼。其中有一个甚至放慢速度，拉下车窗，但仅此而已，像所有的司机一样，从身边开过去了。

桥慢慢向山后闪过，如果不跑快点儿，会精疲力尽的。那样的话就需要费更大的力气。他大吼一声，加快了速度。

"加油，畜生，加油！"他鼓励自己。

在某一时刻，齐巴觉得，他能，能跑到。现在他一切都能做到。如果他早点知道这一切，她就会留在他身边。活生生的，真的，活生生的。

知觉突然消失，只剩了个窄缝。他知道，有她的信。知道信是给他的。再没有任何东西，也不需要任何东西。

"加油，畜生，快跑！"

顿河上空，一轮崭新的、粉红的太阳艰难地挣脱了被城市割裂地平线，爬了上来。

"齐巴，你看，我全身粉红。很漂亮，是吧？"

畜生矫健地、匀速地跑着。

（关秀娟　译）

别尔哥罗德

导　师

瓦列里·艾拉佩强[①]

"快点！快点！"阿尔曼跳到地面的另一侧，着急地说："我准备好了。"

我抡起球棒击退了阿特姆扔过来的球，他是阿尔曼的亲弟弟，也是我的堂兄弟。球发出一声低鸣，划出一条弧线，飞了出去。我扔掉球棒，奔向球场另一边。阿特姆目瞪口呆，像溺水者一样挥舞着手臂，计算着球的落地点，想截断防线。

在观看了一档电视节目之后，今年夏天我们更享受俄罗斯棒球了。节目里主持人激昂地说："美式棒球只不过是被美国人无耻地偷走的俄式棒球。"

我们在山丘上的菜园里快乐地奔跑着，因为这里有一片别尔哥罗德—哈尔科夫战役期间被坦克碾平的林间旷地。我们在这里

---

① 瓦列里·艾拉佩强（Валерий Айрапетян, 1980—　　），俄罗斯小说家，著有《自由降落中》（2013）。

玩作战游戏，躲在爬满常春藤的战壕里，互相扔杂草做的手榴弹。晚上，厌倦了日间菜园的劳作，我们躺在沾满露水的草地上，嗅着泥土的清新和芬芳。我们躺着，凝视着昏暗的天空，讨论着学校里的女孩和广告里亭亭玉立的女神。我们把女同学视为潜在的新娘，我们的心不是被广告里的女神所吸引，而是不受控制的荷尔蒙在作祟。除了我们之外，这片草地上还有一匹想要挣脱束缚的花马，它的名字叫"谢瓦"。它在村子里很有名气，因为去年夏天，多姆娜的侄女从市里来做客的时候，它一下子咬掉了她的头皮。事情的经过是这样的：在山丘上散步的侄女发现饮马的水桶歪了，便想摆正它。当一个女人俯身在水桶上的时候，她干黄的马尾辫对于一匹马来说就像一捆成熟的干草——谢瓦突然嘶叫起来，一下子咬住她的头发，使劲儿撕扯。

住在隔壁的医护人员柳波夫·伊万诺夫娜创造了一个奇迹：她把扯掉的头皮弄平放回侄女的头上（像骄傲的父母抚摸自己优秀的孩子一样），然后用绷带包扎起来。伤口不再流血后，可怜的姑娘被送往医院，一位年轻的外科医生缝合包扎了伤口。几天后，伤口愈合，头皮与旁边的皮肤就长在一起了。后来多姆娜的侄女告诉我，一切都恢复得很好，只是在冬天，无论戴什么，头都会冷，梳头或洗头的时候，觉得不是自己的头发，而是假发。

我们记住了这个故事，所以对谢瓦是又敬又怕。如果球偶然落到谢瓦的活动范围，我们就会用长长的棍子把它拨到安全的位置。

"你要哪个？"初夏时，阿尔曼问道。他手里拿着两个木制棒槌，那棒子就像日本武士的刀。

因为紧张，阿尔曼的额头直冒汗，脖子上白癜风白斑下的动脉也鼓起来了。向前突出的方下巴，丰满的嘴唇和宽阔扁平的鼻子，这更像是墨西哥人而不是亚美尼亚人。相比之下，阿尔特姆的脸就显得又瘦又长，苍白的唇线，有着贵族那样的鹰钩儿鼻子——细长的鼻子。有这种鼻子的人诡计多端，善于筹谋，想法奇特，专横任性。

"随便哪个都行，"我一边用对于一个半大孩子来说有些过大的手掌揉压着一个网球，一边问道，"你不是喜欢带花纹的吗？拿着好了。"

阿尔曼的父亲，油漆工人萨沙叔叔给我们削了两个球棒，刷好油漆，一个雕了图案，一个没雕。

萨沙叔叔把球棒递给我们的时候，说："除了球之外，什么都别打。"

我们是这么玩的：一个人投球，另一个人用球棒击球，如果击中了，就扔掉球棒跑到指定地点，第三个人要试图抓到球并进入前两个人的追逐游戏。我们轮流交换位置，虽然只有我们三个人，但是游戏一直进行着。

"孩子们，"阿姨（这对兄弟的妈妈）喊道，"快点，舅舅来了。"

我们立刻停止游戏跑了过去。

我们要等他，我们的舅舅。

有关格兰特舅舅的能力和男子气概的传说，对我们这些十几岁的少年有很大的影响。舅舅在"茜草贝雷帽"服完役之后就去了莫斯科，以优异的成绩从莫斯科大学毕业，然后就成了有钱人。之后他把钱花在了一个美女身上，但不幸的是她后来被绑匪杀害了，舅舅伤心了很久，而当他恢复常态后，他娶了一个世间少有的漂亮女人。

格兰特舅舅住在莫斯科，总是喜欢看望全国各地的亲戚，每隔三四年就来一次。虽然我们从未见过茜草贝雷帽、文凭、舅舅的财富、被杀的还是新得到的美人，但舅舅的威望是如此之高，以至于所有人散播这一消息时，都仿佛确有其事，不需要质疑也不用证据。虽然舅舅是我妈妈的远房表亲，但他散发出的个人魅力是极具吸引力的，加上他送给年长女性的昂贵礼物，可以拉近他们的关系：即使是远房亲戚也会把格兰特当成自己亲生的孩子。这一次，格兰特舅舅给妈妈们买了礼物：给姑姑一个金手镯，给我妈妈一条大珍珠项链。

我们穿过花园，跳过栅栏进到院子里。亲戚们聚集在门前迎接舅舅。我们家的家庭聚会总是这样的：每个人都知道亲爱的亲戚什么时候会来，并为此做好准备，摆桌子、点火盆、擦杯子和拖地板。当客人走进院子时，我们中的一个人会大声通知其他人。被等待折磨得疲惫不堪的家人们像被开水烫伤了似的，从屋里一下子涌出来。他们脸上写满了惊奇和意外的惊喜，仿佛客人的到来是一个惊喜，又好像他的到来阻止了一场战争！眼睛直直地盯着，然后大声喊一声："啊！"再给客人一个大大的拥抱。

舅舅站在迎宾人群的前面，我们当中最高的一个人拥抱他，额头也只到他的胸骨。在亲戚中，舅舅身材高大，长着绿色的眼睛、棕色的头发和浅红褐色的胡子，脸庞瘦削，颧骨很高，肌肉发达。

我们三个人站的稍远一点，等着所有人与舅舅亲吻后，再和他热烈拥抱。

他发现了我们，匆忙地亲吻了他的阿姨们、外甥女们、外甥女婿们、爷爷和吃奶的孩子们，然后朝我们走来。人群退后了，这些人的脸上凝结着傻傻的微笑，舅舅沿着因他的到来而被燃烧起来的人们形成的走廊来到我们面前。

舅舅比我们高两头，我们仿佛站在漂浮的云前。

"你们在玩什么？"像巨人一样的舅舅问道，他把手指向上方，他的手指上仿佛漂浮着一朵云。

他带着疑惑不解的表情看了看我们笨拙的工具。

环视了一下兄弟们，我说："打俄罗斯棒球。"

"棒球是师范生玩的无用之物，"舅舅编出一句诗，"寻常的小男孩踢足球，这才是我理解的游戏。你们的棒球是什么？你们的棒球什么东西也不是。"舅舅又押了一次韵。①

我们一言不发，低头看着自己的脚，就像一群胡闹完了的孩子突然安静了。羞愧笼罩着我们。羞愧各有不同，但各种羞耻感接踵而来。比如说：突然羞愧于阴部生长的毛发和对姑娘们的想

---

① 此处"棒球"（лапта），"无用之物"（ботва）和"什么东西也不是"（Херота ваша лапта）在俄语中的发音尾音相同，因此说是"编出一句诗"和"押了一次韵"。——译者注

入非非。这个念头可耻地漫延到全身，这是非常痛苦的，你必须寻求隐私的环境来缓解压力，让你的器官恢复到以前比较平静的状态。

"好的，现在我们去吃饭吧，然后再聊聊。"

舅舅转过身，对满脸无比幸福和微笑的亲戚们说：

"我怎么也没弄明白，家里到底管不管饭？"

像所有魁梧强壮的人一样，他大声地笑着。

吃饭的声音也很大。

你可以闭上眼睛，通过声音就能判断出谁在吃东西，在吃什么。在餐具的碰撞声中，可以听到谢尔盖爷爷喝着浓汤、喘着粗气，仿佛他不是在吃东西，而是拖着一桶泥浆上山。玛丽埃塔姨妈吮吸着骨头里的骨髓，高兴地咂嘴，如同即将开始一场狂欢。被姑姑放进盘子里的空心骨头可以像木笛一样被吹奏。萨沙叔叔的小指上长着细长的指甲，清理桌子时发出"咔嗒咔嗒"的声音，等着下一道菜的到来。即使父亲在另一个房间吃饭，也能听见他咀嚼的声音。而娜佳姐姐，或者是读了太多法国小说，或者是看了太多苏联电影，此时回放着穷苦孩子模仿贵族进餐的画面——她正在把一小块肉切成几十块，结果使盘子不停地滑动、刀叉碰撞叮当作响，还有餐具敲打着盘子的声音；最令人惊讶的是，她吃下这些小块肉之后就被噎住了，一直在咳嗽。

喝了三杯伏特加后，谢尔盖爷爷突然高声唱了一首由十二个亚美尼亚词组成的歌，又急速地停止了歌唱，他要哭一会儿。这首歌的开头就预示着一个戏剧性的结局：为了赚钱远赴他乡的儿子，离开了父亲的家，离开了母亲，一笔带过旅途即将遇到的艰难险阻，只是倾诉着对母亲的爱，他相信，这份爱能保佑他回家。我们无法得知，儿子和母亲之间发生了什么事：爷爷的哭声总是在离别时响起，因此歌里的主人公甚至还没来得及走出屋子。爷爷泣不成声，过一会儿擤了擤鼻子，感谢大家的掌声（你试试不给这个唱歌和哭泣的爷爷鼓掌会是什么样！）。爷爷走到床边，还没来得及躺平就已经睡着了。

食客们弯腰驼背、大快朵颐，只有格兰特舅舅细嚼慢咽，慢条斯理地吃着大块的肉、土豆、面包和烤茄子。他简单地回答着大家的问题。有个人想让他讲一些小故事，舅舅于是先用餐巾擦干净嘴唇，轻松愉悦地谈论细节、对话、路线、街道名称和其他一些小事，这些小事可以把任何谎话装饰成像真事一样，然后把它们散播到城市和乡村。格兰特舅舅兴高采烈地聊着，时不时发出哈哈大笑声，在房子里震荡，他的笑声仿佛释放出一种神秘力量，缓解了人们的紧张情绪。

饭后阿姨派我们去打水。

水井在离房子大约一百米的苹果园旁边。我们用橡皮绳在两辆两轮手推车上各自绑上五十升的铁桶，然后提起水桶就走了。

"嘿，小伙子们，我想加入你们。"

格兰特舅舅站在门廊上，用火柴棍剔着牙，然后吐了出来。他轻轻地跳到地上，左摇右晃地向我们走来。

"嗯？还站着干什么？走吧！"

通向水井的路弯弯曲曲、长满各种杂草，有一段儿像指针一

样分岔，有一段儿坑坑洼洼。为了不让推车翻倒，我不得不随机
应变，迂回前进。左边是一个美丽的花园，右边是一片茂盛的紫
花苜蓿田。这条田间小路就像一个赤裸、瘦弱的老妇人，身处生
机盎然、绿意葱葱的大自然中。

阿特姆跪坐在水井边，打满一桶水，然后把它递给了我。我
把水桶里的水倒进铁皮桶里，然后拿回来给阿特姆。当我们中有
人累了（通常是舀水的人），另一个就会代替他。格兰特舅舅站
在那棵老白杨树的树干旁看着我们。舅舅的权威是不容置疑的，
在他的注视下，我们假装不累，事实是更累，我们哭丧着脸，气
喘吁吁地打水，而不是像往常一样互相嬉闹。

当我们打满两个铁桶，用橡胶绳把铝盖绑好，扣上锁头时，
格兰特舅舅灵活地从白杨树上跳下来，看都没看，就朝我们扑过
来；紧接着就像抖掉袖子上恶心的虫子一样，推开我们。

"你们先闪开。"

我们小心而又困惑地移到一边。舅舅走到铁桶前，试抬了一
下，抓住水桶的把手，一下子就把它扛上了肩。我们还没来得及
欢呼，舅舅已经把第二个铁桶扛上了另一侧肩。我们既兴奋（舅
舅抬起了一百多斤的东西），又害怕（天呀，他不会现在就死掉
吧！）：我们呆若木鸡，大瞪着眼睛看着舅舅。

"怎么了，还走不走了？"舅舅打趣的声音将我们从发呆拉回
现实。

我们抓住手推车，跟着舅舅走，困惑不解地看着他。阿尔曼
一直摇着头，嘴角一直挂着腼腆的微笑，他的整个表情都在说：

"本应如此，那个巨人是我的舅舅！我的！"

回去的路是上坡路。我们推着空车跟着舅舅，车子发出"咕噜咕噜"的声音。有着牛的毅力和猫的谨慎的舅舅扛着两桶水，他走得很稳，尽量不跨越障碍，而是巧妙而平稳地绕过障碍。

舅舅在门口停下来，把铁桶放在地上，转身对我们说：

"有点不方便了，接下来你们自己来吧。"

他轻轻推开门，走向那些因他的到来而兴奋的声音。

"生活就像足球，但也并不完全是，将来你们会看到的。现在我们去打扫院子，不，不是院子，是一个猪圈！"

舅舅站在我们面前，身材魁梧，肌肉发达，与浸满青草和泥土清香的早晨格格不入。强健有力的躯干，布满了深红色体毛的棕色皮肤，鹰钩儿鼻棱角分明，突出的喉结与周围这柔和的景观有些不和谐，仿佛嘶嘶作响的烤肉串被放进了牛奶里。他似乎没有看到或感觉到周围的大自然，可能是因为他自己本身就充满了不可磨灭的特质——美、力量和平静。

在舅舅的严格指导下，我们开始打扫院子：收集鸡舍里陈旧的埋在草里的砖头，把快要腐烂的油毡捆成捆，收集石棉瓦片，然后把所有东西都搬到篱笆后面。我们用铲子给长满杂草的绿地除草，用耙子把它们弄成一堆，然后一把一把地扔到羊圈里。绵羊一直透过木板间的宽大空隙看我们热火朝天地干活，然后不情愿地把注意力从劳动场面中移开，挤到杂草堆里，开始吃草。当得知有望成为格兰特舅舅组织的星期六义务劳动的参与者，亲戚们都不走了。只有谢尔盖爷爷因为年龄和关节的原因，拄着拐杖若有所思地跟在我们身后观察，但是两分钟后，爷爷在门口抬起疲惫的手一挥，祝福我们的创举，他更愿意回去。

　　环视院子时，舅舅突然注意到了庭院中心高高的树桩，开始思考将树桩连根拔起的方法和随后放置的地方。但阿特姆影响了他，阿特姆用拳头捂着嘴咳嗽，他提醒说，树桩是后院唯——一个不动的高于地面的平台，对劈柴和杀禽来说都很重要。舅舅什么都没说，只见他跳到树桩上，双手抱头，深吸一口气，抬起头，然后屏住呼吸，开始快速蹲下。每次下蹲，他头上的静脉都会膨胀，涨得满脸通红，好像他身体里的瞌睡虫醒了，现在正在努力冲出来。震惊于舅舅不可预测的快速动作，我们僵住了。三个满身是汗的年轻人，一动不动地站在院子里，害怕因某个无意的举动暴露出羞愧和不自在，而之所以有这种感觉是因为愚蠢地蹲在那的舅舅，因为他的脸变得越来越红，就像得了甲沟炎而肿胀的手指趾骨一样，也害怕因此而流露出不敬之情。就连羊也离开了干草堆，又回到自己的观众席，把头伸出来，表现出一种傲慢的"蔑视"之情。舅舅似乎打算永远就这样蹲着：我们认为这种缺氧的锻炼不会超过一分钟，但舅舅像被屠宰的羊一样呼哧呼哧地喘息，声音嘶哑地吸气，然后他再次闭上了嘴巴，鼓起腮帮子，于是我们清楚地意识到，表演才刚刚开始。

　　与此同时，晨间的微风吹掉了汗水，明显开始变冷。就在此时，舅舅就像一下子跳上树桩一样，又从树桩上一跃而下，站到我们面前，浑身散发着热气，散发着仿佛猛禽因捕食而发热的肌肉的味道。

"院子井然有序——头脑井井有条！"显而易见，与其说舅舅的押韵是想赞美我们，倒不如说是因为他喜欢押韵。

傍晚时分，舅舅把我们叫到院子里，那里有桌子和长凳，它们被苹果树和李子树包围着。他摘了两个苹果，放在桌子上说：

"有两件事你们必须明白：首先，你们是男人；其次，你们已经长大了。"

舅舅停顿了一下，我们都点了点头。我们心悦诚服，开始聚精会神地倾听。

"但即使你是大人物，也不足以成为人，成为真正的人。只有男人能成为真正的人，女人不能。在女性中，只有母亲应该被尊重，其余的女人必须为男人服务。就是服务！"——舅舅几乎喊出了最后一句话，希望和痛苦都在这一声中消失了。牛虻在他的头顶上盘旋着，袖口盖住了手，但露出红色的体毛，在夕阳的映照下，仿佛是燃烧的火苗，随着他每一次的挥手，火苗冲向天空。

"如果你们能看到我妻子，如何为我服务……啊，这是教养……"

舅舅向远处望去，望着那座山，望着谢瓦，望着那凝结在蓝色云层中的山丘。或许是因为想象着什么画面，舅舅的脸显得温柔又祥和，但过了一会儿，就像被记忆刺穿一样，他的眉毛变黑了。他转过头，目光落在了我们身上：

"你们为什么这么穷？你为什么骑在你父母的脖子上啃老？你两腿之间是鸡蛋还是棉花？是该做生意的时候了！"

我们茫然地望着对方，或是在寻求对方的支持，抑或是在彼此害羞的眼神中寻找答案。但是后来，心中清晰起来，我说：

"但是我们在学校学习，我们有课……"

舅舅笑得很开心，好像他事先就知道这个答案，只是在等待合适的时机把我们的回答扔进羞愧和耻辱的深渊。

"嘿，这是小丑的回答，不是男人的！你们已经十四岁了，我在这个年龄已经和已婚女人上床了！你们的同龄人已经参军，并且获得了奖章和勋章，你们已经不是孩子了！"

我又一次感到羞愧，因为我从来没有和一个女人在一起过，我一直自己睡。阿尔曼紧张地用手指在桌子上擦来擦去，就像他能把粘在桌子上的羞愧擦掉一样。我的兄弟像我一样感觉到了侮辱，不是因为我们的同龄人是战斗英雄（如果出现战争，我们也会去参军，那是我们应该承担的，但现在能让我们表现出英雄气概的地方在哪儿?），而是我们的舅舅在我们这个年纪，就已经与经验丰富的女性建立了关系，而我们却没有，这辜负了我们平静的生活，从另一方面也证明了我们的微不足道和作为男性的失败。舅舅也有可能在撒谎，但这种情况下我们压根就没有考虑过——他神秘的权威性实在是让人生畏。

"我们该怎么办? 我们怎么发财?"阿特姆勇敢地问。他比我和阿尔曼小两岁，还没有青春期的一些反应。

"很简单，首先，别再玩那该死的棍子了，去踢足球！接下来，请环顾四周，会发现你的脚下有很多钱。"

我们环顾四周，看看我们的脚。

"我只是打个比方！听下去！你们住在乡下，村里有什么？对，有庄稼、牛奶、肉、面包……你们周围都是果园，几英亩的黑麦，最重要的是——从前的集体农庄，也就是没有人看管的农庄！看呀，那儿有成千上万棵苹果树，苹果从树上掉下来腐烂掉，这是……多么可怕、可耻！摘苹果去，整个夏天都在市场上卖，存钱。你们三兄弟团结在一起，谁也不能把你们打垮。去市场了解肉的最低价格，在最低价格的基础上再减价一卢布，谁要是有疑问就把他推到柏油马路上去。你们用挣来的钱买小猪崽，当然，首先，你要建一个猪圈。我今天看到隔壁的房子满是砖头，而且没有主人。晚上把砖头搬到你们住的地方，用油毡盖住，主人来了，你们就说什么都不知道。去拿木材，你有亲戚在那里工作，对吧？这儿，瞧见没，你可以在两周内建一个猪圈。猪什么都吃——苹果、食物残渣、谷物、饲料等等。如果不喂它们，它们甚至会吃人。呸——呸！你们说过，去年夏天曾在托库谷物公司工作过，对吧？"

我们点了点头："是的。"

"晚上把谷物和饲料弄出来，白天喂猪。猪吃谷物和饲料长得很快。猪长到一百公斤就拉到市场上去卖，知道市面上肉的最低价格，定价低一卢布，切成块儿卖掉。或者更好的是，甚至不需要去任何地方，把猪整个卖出去，让别人干吧。你们用这笔钱买更多的猪，养大，卖掉。都很简单，你一定会问'怎么做'，就是这样做呀！"

我们坐在那里，被舅舅描绘的通往繁荣和财富的道路所震撼——清晰而又触手可及：伸出你的手，这就是幸福。

"你们觉得生活怎么样？足球怎么样？'一，二，把所有人都聚集在一起，球到门口了！又得分了！'不！生活不是这样的。你们看，"舅舅严肃地看着我们，就像一场决定性的进攻即将结束一样，"如果有人阻止你们发财，你们会怎么做？坏蛋会抢走你们的生意的！生意！你们的小猪崽！给他吗？如果是足球比赛，把你们的球给他吗？"

"我不知道，舅舅，也许应该坐下来谈谈……"阿特姆建议。

"坐哪儿？你叫他坐下，他就要坐下吗？'坐下来谈谈'，呸！"舅舅皱了皱眉，吐了一口唾沫，"应该杀了她！杀了这只母狗！然后埋了。"

舅舅晃着脑袋，好像在寻找最适合埋葬尸体的地方。

"把它埋在路那边的花园里！"

"如果有人发现……"阿尔曼犹豫道，并且对自己的优柔寡断感到害怕。

舅舅深吸了一口气，把头往后仰。他的衬衫领子开了，似乎也松了一口气。

"谁会来？警察还是强盗？其他人再也不会来了。如果他们来了，就是冲着你们半个田地来的。"

舅舅停顿了一下，把苹果从桌子的一边移到另一边："所以也杀了他们。杀了，然后像埋葬狗一样埋葬他们！"

娜佳姐姐走到门廊上，对着我们大喊：

"孩子们，去拿点水来！"

我们一起起身，打算去取水。

"坐！"舅舅喊道，"你们是男人还是女人？你们和女人上床了吗？她现在命令你们做什么，你们就做什么。哼，让她恭敬地请求，否则她就自己去拿水。"

我清了清嗓子，换了一种声调，响亮但不均匀（因为无缘无故对别人说粗话导致的），对姐姐说道：

"娜佳，希望你放尊重些。"

"什么？"

"希望你放尊重些！"

"你干什么呢？被太阳晒晕了吗？我们需要水洗碗。"

"娜佳，"阿尔曼用悲伤的男高音说，"你能说'请'吗？"

"你疯了吗？"

娜佳冲进房子，"砰"的一声关上了门。

舅舅失望地拉长了音："这……你们放纵自己的女人……这不好。"

接下来的一个星期是我们成长的标志性一周，舅舅打算把普通的青少年塑造成真正的男人。一个星期过去了，我们都更像庄稼汉了。我们和公鸡同时醒来，洗漱之后舅舅让我们跑了一个小时：我们绕着山跑了一次又一次，而我们的导师却坐在凳子上整理着胸毛，读着《三个火枪手》。他不时地看看被他"指挥的军队"，当我们跑过他身边的时候，他就告诉我们："再跑几圈"或者"保持速度"。

跑步过后，我们在院子里的单杠上做引体向上，引体向上之后再做俯卧撑。中间间隙再做蹲坐，踢腿，跳绳。训练结束后，我们脱得只剩短裤，一个接一个地走到舅舅跟前，他用小桶从铁桶里把水舀出来，然后泼到我们身上。可以吃早餐，但不能吃得太饱——两个鸡蛋，面包屑，茶。吃完饭后，我们跑到院子里练习传球和踢球。足球是一个笨拙沉重的橡胶怪物，被踢了一脚后，发出一种令人反感的声音，还伴随着"嘶嘶"声和口哨声，就像一个人从高处摔下来伤了肺一样。

"传球！传球！传球！"直线传球，侧方传球，后方传球，短距离射门——球门就是仓库的墙。为了消除我们对迎面飞来的球的恐惧，舅舅用绳把守门员的手绑到背后，让他用胸口或者头去接球。阿尔曼用肚子接球，结果痛苦地扭动着仿佛被劈成两半的身体。

"站起来！"舅舅命令着。

球打到我的鼻梁和颧骨，疼痛使我泪流满面，泪水模糊了我的脸庞。

"女人才会哭！"导师总结道。

阿特姆的身体很灵巧，但有一次失去了平衡，一下子倒在地上，就像被枪杀的游击队员一样。他挣扎着试图站起来，当我和阿尔曼想去帮忙时，舅舅挡住了我们：

"跌倒后必须靠自己站起来！"

全面的身体锻炼和传球训练之后，一个主题为"生活和游戏"的课在等着我们。

在舅舅的讲解中，足球理论与现实生活中的状况密切相关：

球员之间传球——帮助别人，传球给其他人——分享自己的商业利益，踢得漂亮——活得漂亮，包抄敌人——学会使狡计和思考，进球——实现目标，球踢进自己的门——把钱都花在女人身上，球触球门横木——失去机会，得红牌——进监狱，被罚点球——行为出界的惩罚。

我们开始重新思考姐姐们和其他亲戚朋友们的用语。如果他们没有用"请"和"请求"的话，我们就假装什么也没听见。女人适应新的社会挑战的能力是值得称赞的：她们对我们的态度已经变得非常微妙和尊重，这也算是给女人的额外好处。被成长所鼓舞的我们，除了做普通的工作——洗袜子、磨镰刀、劈柴、屠宰牲畜和家禽，还要帮忙晾衣服、洗菜、擦地板和窗户。就连父亲们也会说："儿子，把垃圾拿出去。""倒点儿水来。""我们去搬木头吧。"与其说我们这是在帮身边人的忙，倒不如说这是服从于舅舅的意志，得到他的认可和欣赏。

女人们高兴地看着舅舅设法制服了三个游手好闲的人，使他们变得高尚；男人们害怕公开承认格兰特舅舅的教育方法是成功的，他们只是默许了这个过程。谢尔盖爷爷却非常愤怒，因为我们以前有勇气违抗他的命令，现在却对舅舅的命令言听计从。因此他大声疾呼："这些游手好闲的人，不要跟他们说一句话！他们不尊重老人！"

一周的训练即将结束，下一个训练即将开始。日复一日，我们也都不觉得累了。每天都是新的开始，怀着一种喜悦的心情为劳动和成就做准备。

第二周训练的第一天，从早上开始天气就很热。结束早上的训练之后，我们聊起了生活和足球，聊起了舅舅丰富的经历、家里的事和家里的人。我们全家围坐在一起，吃着一大桌子的美食，享受着家里的凉爽和冷杂拌汤的美味。谢尔盖爷爷还没唱完忧伤的歌，就准备去午睡了（他站起来，拉开椅子，发出很大的声响）。这时，萨沙叔叔出现在门口，他看起来有些不知所措，躲避着格兰特的目光说："有人找你。"说完话他就退到了一旁。

一个高大臃肿、皮肤褶皱、满身汗味的女人从黑暗的前厅走到客厅，褪色发白的毛衣里露出半个丰满的乳房，乳房上长着紫色斑点；一张黑黄的脸出现在大家面前，好像里面充了气，连鼻子都像充了气一样；鸟屁股一样的下巴，长长的额头，上面粘着几缕潮湿的卷发，黑色的小眼睛隐藏其中———一双小人物即将实现大目标、刻薄又不安的眼睛。

客厅里一片寂静，鸦雀无声。大家惊奇地看着她那火辣辣、热气腾腾的乳房、肥胖又戴着沉重戒指的手指，试图把这个女人的到访与舅舅联系起来。

"你在这儿啊，你这个混蛋！"突然，这个女人尖叫着，指着格兰特舅舅，"他借了钱就走了，让我在那里收拾残局！"

所有人都把目光转向格兰特舅舅，好像他能消失，又能以神奇的方式出现一样。舅舅呆坐在那里，脸色苍白，不知所措。大家安静地等着舅舅的回答。舅舅犹豫着站了起来：

"求你了，亲爱的，别在这里……"

"闭嘴！他在求我！不，你就在这儿看着吧！"

格兰特舅舅羞愧地笑了笑，快速环顾了一下周围的亲戚，仿佛有一只看不见的大手把他压得喘不过气来。在所有可能的反应中，这是最糟糕的。如果他用叉子刺入这个能让他哑口无言的女人的眼睛，结果会怎样——残忍，但是公平；然后向那些曾向他寻求帮助的人寻求帮助，向能给他提供强大坚定支持的人寻求帮助，但这没有什么用，这是愚蠢的，也是错误的。

谢尔盖爷爷像被吓得魂飞魄散了一样，一动不动地站在桌子旁边，双手放在桌子的边缘，他的目光在自己的侄子和这个丰满的女人身上来回游走。

"格兰特，这是谁呀？"谢尔盖爷爷焦急地询问。

"啊，这……这……这……"

"忘了吗？哼，我来提醒你吧！"这个女人轻蔑地讽刺道，然后大声对观众说，"我是他的妻子，快十年了，我叫诺娜，他……他，我甚至找不到合适的词说他——他是谁？"

"你不是说你有一个妻子，一个……漂亮的女人吗？"谢尔盖爷爷又问道。

"什么？"诺娜叫道。

"你这个女人，安静点，"在性别等级这个问题上，谢尔盖爷爷一直没办法尊重，"不要打断我的话，我和你父亲一样大了。"

格兰特舅舅换了一种奇怪的声音，是主攻球员把球踢进自己的球门后发出的声音："嗯，这是我的妻子……"

接下来，事态迅速发展。在桌子的另一边，诺娜回答着大家连珠炮般的问题：

"茜草贝雷帽呢?"萨沙叔叔问。

"哪有什么贝雷帽?他离开了军队,在精神病院待了一个月。"

"那莫斯科大学呢?"娜佳咳嗽了一下问道。

"只有高中文凭,上面写着'及格'。"

"莫斯科的生意呢?"玛丽埃塔阿姨问。

"什么生意?哦,我父亲留给我的遗产,两套公寓,我们用来出租。他才做了一个月的管理员,就要休六个月的假!"

"那第一个被强盗杀害的妻子呢?"我忍不住问道。

"什么?我是第一个也是最后一个妻子!活得好好的呢!"

"那你为什么不和他一起来?"我父亲明智地介入进来。

"你问他,这个无耻的人!他总是说他要去参加葬礼,我不能参加葬礼,我一参加葬礼就会晕倒……"

"那你为什么现在来?"玛丽埃塔阿姨逼问着。

"你们知道他从别人那里借了多少钱!他说,只是出去两天……现在别人都来找我,在我家门口看着我,家也不是家了。他的朋友告诉我,说他要去一个村庄,还有在哪里容易找到他,哪儿有亚美尼亚人,他就在哪儿。"

"那他天天都做什么呢?"谢尔盖爷爷生气了,他认为无所事事是世界邪恶的根源。

"没什么,他整天都在看足球,看关于强盗的电视剧,像个傻瓜一样练举重!算了,我们回家吧,收拾行李。走吧!走吧!"

"我走我走,可是你为什么那样大喊大叫……"

随着真相一层层被曝光，格兰特舅舅变得越来越渺小，越来越惊慌失措，越来越龌龊……我和我的兄弟们也不能坐在桌边了，更不用说连珠炮问题已经变成了混乱的口诛笔伐了；阿姨们掀起一阵不可思议的骚动；谢尔盖爷爷终于上床睡觉了，他躺在床上，指着天花板低声咒骂；娜佳姐姐从小就对冲突比较敏感，眼睛一直盯着盘子，用刀叉快速地把香肠圈切成难以置信的小块儿；萨沙叔叔、我的父亲和来吃午饭的拉斯米克叔叔偷偷溜进隔壁房间，锁上了门；妈妈们尴尬得满脸通红，默默地坐在那里，紧张地摸着格兰特舅舅送给她们的礼物；孩子们哭了。

我们跑到院子里，蹲在鸡舍里，沉默不语。遭到背叛的感觉好像毒药一样灼烧着我们的胸膛，蒙蔽我们的头脑，使我们无法正常思考。最令人作呕的耻辱是在羞辱你的人的面前感受羞辱，而这个人自己身处耻辱之中却没有任何羞耻心。

阿特姆突然跳了起来，跑进了工具间。过了一会儿，他拿着斧头和生锈的大钉子跑了出来，激动地挥舞着。

"那个橡胶狗屎在哪里？"他迫切地问道。

作为哥哥，我们理解弟弟，并控制住了他。我跑去拿球，把球传给了弟弟。我说："我会在遇到事情时帮助朋友。"我们笑得前仰后合。

弟弟把球传给了阿尔曼。"完了，现在肯定要进监狱了！"阿尔曼笑着把球扔给阿特姆，阿特姆把球抱在怀里。

"红牌，兄弟们，我们一起走吧！"阿特姆笑着把球放在树桩上，就是那个用于防卫敌人并将其包抄隔离的树桩。我们在球上放了个钉子做标记，用来精准地将这个球用斧头砍成帽子。

"进球！"阿特姆喊道。

球发出一种哀鸣的声音，好像在乞求怜悯。阿特姆像是对待敌人一样，抡起斧头，把它插进了敌人虚弱的尸体里。球泄光了气，被砍成碎片，钉子掉了下来。阿特姆拿起钉子，像是对待一片炮弹的残骸一样，把它钉在树桩上，然后把斧子拿回工作间。

"十比零！胜利！"阿特姆喊道，然后透过宽宽的牙缝吐了一口唾沫，彰显胜利。

"球完蛋了，而我还站着。"我跟着喊。

"没有更多的球让我们寻开心了。"阿特姆在工作间回应道。

我和阿尔曼笑得蹲在了地上，然后听到阿特姆说：

"怎么样，兄弟们，还是玩棒球吗？"阿特姆站在我们面前，挥舞着他的球棒，球棒上的漆像刚钓到的鱼一样在阳光下闪闪发光。

"棒球，兄弟们！打棒球去！"我们喊了一声，然后跃过花园，跳进了属于我们的空地。

（刘柏威　译）

奥塞梯

吉纳加①

鲁斯兰·别库罗夫②

谈谈我的爸爸。他很善良，不喜说话。他一张口，那就是一场灾难。我们总习惯性地认为，当父亲的都是充满智慧的，对人生高谈阔论，常常分享自己的社会经验，是不断给你提供建议和意见的人。不知为什么，我们都认为他们就是这样的人。也许，是因为我们电影看多了，读书读傻了。而在电影和书中，最常见的情节就是父亲会对我们施以援手，于危机中拯救我们。当然，他们多以言语相帮，或以金钱资助，或将自己积累的人脉关系提供给我们。

不，我爸爸不是这种人，他是普普通通、刚愎自用的男人。他有不少荒唐可笑的坏毛病，但正因如此，我才更爱他。

从来没有听人说过他半个不是，我就更说不出来了。这，当

---

① 吉纳加是位于北奥塞梯偏远山区的一个村庄。——译者注

② 鲁斯兰·别库罗夫（Руслан Бекуров，1974—　），俄罗斯记者，自由撰稿人，作家。

然不是可供吹嘘的超级资本，但当半个千疮百孔的世界都在反对你时，这才是最引以为傲的资本。最傲人的资本。

爸爸一大早就打来电话，我赖在床上还没起来。接电话之前，我喝了一大口塑料瓶中剩的温水。说实话，宿醉之后，真不想接任何电话，即使是爸爸打来的。

"周末飞回来吧，没有人陪我去打草。"

他如此这般地表达了自己的核心企图，没有开场白（像你最近过得怎么样，天气怎么样，吃了什么，等等）和任何过渡。千真万确，他真的可以当非常不错的广告文案策划人。我揉了揉眼睛，一边寻找香烟，一边试图转移话题。当我点燃了香烟时，我爱听的声音又一次生硬地传来："你到底回不回来？"

爸爸和他的老朋友们有个传统——每年七月末，他们去打草，在季戈拉①山谷，离吉纳加不远。他们打这些见鬼的季戈拉草已经有六十三个年头了，干活的有爸爸、阿利别克叔叔和一个叫耶路撒冷的人，耶路撒冷是奥塞梯地区极普遍的名字。耶路撒冷的耳朵像两个巨大的卡里饺②，儿时，我常常手拿餐叉追着他跑。

"听我说，爸，阿利别克叔叔和耶路撒冷怎么不去？"我抓住最后一根看不见的救命稻草。

"阿利别克去不了，他老婆住院了；耶路撒冷，如果你真想

---

① 季戈拉，城市名称，位于北奥塞梯。——译者注
② 俄语是хинкали，类似中国的包子，是格鲁吉亚传统食品。——译者注

知道，他去年就去世了。所以，你懂的，他也去不了。谁都不去，连你都不去。"

"行了吧，我还没有说去不去呢。给我两个小时，让我考虑考虑。"

我在阳台上坐了许久，呆呆地望着窗外的院子。院子里，一个小男孩正倒挂在单杠上，一边摇晃身体，一边用雪糕棒吃纸杯中的冰糕。

我拨通了谢尔盖·米哈伊洛维奇的电话号码，向他辞职。不，不是因为爸爸，我早就想辞职了，只是一直懒惰，所以才没有下决心。也许是自己隐隐在担心什么。事到如今，这又有什么区别吗？

晚上，我用半分钟时间收拾好行囊，有牛仔裤、两件衬衫、马球衫、短裤、袜子、球鞋和给妈妈的香水。我叫了辆出租车，等车的间隙，我坐在家对面的露天咖啡厅里吸烟，喝着双倍的浓缩速溶咖啡。我的自我感觉很好，人在轻装出行时感觉超棒。

我喜欢以一副生无可恋的德行观看飞机跑道。那一刻，我觉得自己像加缪，或者电影《吾弟》中的主人公奥列格·叶夫列莫夫。

别斯兰机场一如往昔，如同太平洋，不想做出任何变化，就那么懒洋洋地躺着。就像那些观察抵港旅客的出租车司机，他们用手指转着钥匙圈，点滴管编成的小鬼儿挂在他们破车的镜子上。我觉得，出租车司机有一套完全不同于常人的识别系统，他们将我看做"东西"。我也不做任何辩驳。

车至安格洛夫，司机停车祈祷。我打开车窗。正值酷暑，晒化了的柏油路上一小块玻璃瓶的碎碴闪闪发光。一只瓢虫飞落在我手上，它至少三岁了，背上有三颗星，是一只小小的、精致的瓢虫。我将手举向天空：“瓢虫，飞上天吧，那里有你的孩子。”

瓢虫从壳中伸出翅叶，向坟墓方向飞去。

“那里有我的孩子。”

出租车司机眼含热泪往回走。进城的路上，他喋喋不休地讲起自己留在那里的外甥。我边听他讲边看窗外掠过的向日葵、晒焦的草地，然后是李子树、杨树、伊斯托克工厂、拎桶的女人，桶里装满樱桃李子，还有大大小小的房子、铁路、加油站、卡里饺店、黛青色的远山……

“喂，你好。”妈妈打开门时，我说。

爸爸坐在哈扎①里。炎热的夏天，哈扎里却很凉爽，男人们通常都在那里玩多米诺骨牌或下象棋。一尊古老的半身青铜雕像静静地坐在粗糙的长木桌上方的木板上，铜像下方的墙壁上钉着几根钉子，钉子上挂着煎锅和普通锅。屋子中散发着阿拉卡酒②和肉的香味。

爸爸正和库达贝尔特在桌子那头下象棋。我跟男人们打招呼，每个人都问我过得怎么样，当然，也问我为什么迄今还不

---

① 哈扎是奥塞梯地区房子里的重要场所，用来当厨房或饭厅。——译者注

② 奥塞梯人常喝的含酒精饮料，是用玉米、大麦等农作物酿造的。——译者注

结婚。

"什么时候办婚礼？"

"前天办过了。"

"怎么没告诉我们？"

"我以为你们知道了……"

爸爸将死对方，我们就回房间了。

凌晨五点在儿时生活过的房间里醒来，真的有种很奇特的感受。躺在折叠沙发上，裹着厚厚的毯子，仰望天花板，细细端详每一处裂纹……凌晨五点是那么令人忧伤。

但凌晨五点零一分，心情就会好些了。是好很多。

卖牛奶的人来院子里卖新鲜牛奶时，我们就出发了。我的堂兄穆拉特开车，他是三个孩子的父亲，是个谦恭温雅、仪表堂堂、心灵手巧的男人。"是个聪明人。"我妈妈这样评价他，大概是在暗示我的一无是处。

"你好，过得怎么样？"穆拉特问。

"我吗？"

"哪怕吹吹牛也好。"

"哪有什么好吹的。"

我们一路无语。爸爸不时向穆拉特问些什么问题，有时穆拉特讲故事。在他们眼里，我仿佛不存在，我甚至觉得自己是在被人拉去刑场处决。

他们谈起了某个来自列斯肯的"非常好的姑娘"。最终，他们一致决定让我们认识一下，穆拉特甚至制定了非常巧妙的见面计划。

"嘿，你们怎么不介意，我还在这儿坐着呢。你们不想问问我的意见吗？"我说。

"我们在聊你的事，但不是跟你聊。"爸爸说。

我们在季戈拉的一个小售货亭旁停了下来。爸爸买了份新出的报纸和最新的《达里亚河》杂志。售货亭里的老太太认出了他，他们是同班同学，他们聊了大约二十分钟。我和穆拉特在车下吸烟。

"阿尔宾娜和孩子们怎么样？"我问穆拉特。

"还不错，没什么好抱怨的，"穆拉特回答，"孩子们昨天救了只小燕子。"

"怎么回事？"

"他们从猫嘴里救下了它，用树枝在阳台里编了个很舒适的小窝。现在他们只关心一个问题——它是小公燕还是小母燕。"

"有意思。"我说。

爸爸终于走过来，于是我们又继续赶路。

我们在吉纳加的一个靠近河边的房子里住下。穆拉特经常到这儿来，几乎每个休息日都来。阿尔宾娜曾说过："不用给他吃面包，只要让他上山就行。"去年夏天，他给房子换了房顶，安装了卫星天线。八月份，又用了半个月的时间建家族塔楼①，运

① 当地的一种建筑，建筑风格是由所在地气候和人文环境决定的。人住在家族塔楼里可以安心睡觉，又不会遭受野兽的袭击，而且一旦村庄失火，塔楼还有通风报信的作用。——译者注

石头，搅水泥。

这处房子里有两个相邻的房间，散发着新鲜的黑莓味。直到现在，我还能感觉到那种味道。不知道为什么，我就觉得屋子里有黑莓的味道。

大房间的地板和老旧的衣柜吱吱作响；小房间里有张床，床上是只有奥塞梯乡村才能见到的大枕头。

墙上挂着老奶奶、老爷爷和另外一些人的画像，我不好意思问爸爸这些人是谁。穆拉特帮了我的忙："这位是米隆，你爷爷的兄弟，战争前就去世了，是从岩石上摔下去的。"

"他是个好猎手，"爸爸说，"认出这个人没有？"

"那还用说。"我脱口而出。

"这是我。"

一个穿棉袄带刘海的少年左手拿着自制的鱼竿从画像上看着我。

"爸，你喜欢钓鱼？"

"你父亲是季戈拉峡谷钓鱼比赛的冠军。"穆拉特说。

"令人生疑的头衔。"爸爸笑了笑，看了眼窗外的小河，"顺便问一句，鳟鱼怎么样？现在还有吗？以前，有时候抬起河里的一块石头，都会在下面找到一条大脑袋鳟鱼。"

爸爸的脑袋很大，他自己就是个大块头。上大学二年级时，我的个子才追上他。"他们家族都这个德行。"妈妈喜欢这样说。

我常常想，年轻时，她到底爱上了他哪一点——光秃秃的大脑袋（他很早就秃顶），巨大的、肉肉的鼻子（"没骨头"，穆拉特这样开玩笑），有很多坏习惯，表达自己想法的风格也很奇怪。

妈妈很少提及这个话题，当然我也没有详细问过。但她的姐姐（我的大姨）说，妈妈是在公园露天舞场认识爸爸的："他穿着波兰产的牛仔裤、尼龙衬衫，脖子上挂着一副拳击手套。他走到我们面前，对你妈妈说：'你会喜欢上我的，不过你得稍微忍耐一会儿'。"

其他细节阿姨记不清楚了，她只记住了牛仔裤和尼龙衬衫，别的都没记住。

爸爸换衣服时，穆拉特不知和谁通电话，我坐在长椅上吸烟。一只小刺猬从房子里爬出来，煞有介事地挪动着小爪子爬到我的脚边。我走进房子，往碟子里倒了些牛奶，转身回到它旁边。

"为什么你要给它喝牛奶？"穆拉特问。

"小时候在格连吉克①我们养过小刺猬。"

"小时候，还是在格连吉克？你说明白点儿。"

"是这么回事，有只小刺猬，每天早晨都从森林里到我们家去喝牛奶。喝完就走，双方都不需要亲吻，也不会受良心谴责。从那时起，我觉得这就是最理想的行为方式，喝饱就走。"

"不错，哲学家。可是你要知道牛奶对刺猬来说就是毒药。"

"真的吗？那为什么它们这么喜欢喝牛奶？"

"首先，从没有人问过它们是否喜欢喝牛奶；其次，我们也

---

① 格连吉克，俄罗斯城市名称。——译者注

喝伏特加，也没什么。顺便说一句，咱们来一杯吧，为了我们的
到来。"

我们就这样小坐了一会儿。我们喝伏特加，刺猬喝牛奶。

晚上很凉，非常凉，篝火的烟把眼睛熏出了眼泪。爸爸看着
火，时不时往里扔些干树枝。我躺着看星星。繁星满天，不知哪
里传来犬吠声。

房子旁的石头上放着一束火绒草。"是穆拉特拿来的，给妈
妈的。傻乎乎的家伙，这东西明天就得枯了。"爸爸说。

"明天我再去采。"

"明天？我表示怀疑。"

早晨，穆拉特将凉水浇到我的脸上，把我叫醒。根本还没到
早晨，天还黑着呢。

爸爸穿戴整齐坐在厨房里。他喝着茶，看穆拉特磨镰刀，不
时还给他提些建议。爸爸的鞋底上粘着块自行车内胎。

"爸，这是干什么用的？"

"这样踩在草上时人就不会滑倒，很方便。以前父亲教
我的。"

"那我怎么办？"

"穆拉特把自己的钉子鞋给你。"

对父亲来说，打草就是节日。小时候，我常常取笑他，后来
我才明白，人无完人，每个人都会有自己的小怪癖。

镰刀磨完，穆拉特用铝丝缠好。爸爸将毛毯、食品和报纸扔
进旧背包。我拿起背包，爸爸拿着镰刀跟在身后。穆拉特留在了

家中，他对草过敏。

我们沿着河岸前行，然后踩着石头过河，登上陡峭的悬崖。太阳终于从群山后钻出来，你想问漂亮不漂亮？当然，非常非常漂亮。群山、太阳，永远都是常胜将军。但奇怪的是，我很少想起这个地方。我不是很喜欢山，我爱水胜于爱山。大江大海、半裸的姑娘、沙滩，这都是我的最爱，对我更有诱惑力。但群山……

山下的峡谷中窜出一只高加索野山羊。它看着我们，我当时觉得，它一脸冷漠和鄙视的表情，一点儿没有要躲起来的意思，真是个泼皮无赖。

"山羊！快看，爸，多漂亮啊！"

"普通的山羊而已。"

我们下了山，然后沿着曲曲折折的小路走了好久，绕过峡谷，终于来到田野边，一只苍鹰沮丧地在原野上空盘旋。

"田野真美。"我将背包扔在地上说。

"不是田野，是草场。"爸爸说。

"阿尔卑斯草场？"

"季戈拉草场。"

我们在野梨树的树荫下做准备工作。爸爸将镰刀挂在树枝上，从背包里拿出毛毯，将其铺在了地上。我穿钉子鞋的时候，他活动腿脚和后背热身。

"你快点儿呀。"他说。

我们脱了上衣，走到地头儿，顺着还没割过的草地反向打草。

爸爸给我演示打草的方法："一点儿也不难。两脚分开，两脚间隔半米左右。挥刀两下，先从左往右挥，然后相反，从右向左将草割断。明白吗？"

"嗯，大概懂了。"

"不要忘了让镰刀尽量贴着地面。"

我跟着爸爸割草。第一块地还比较轻松，可是割到第二块时，我的胳膊和腿就酸痛起来；等到了第三块，我只能勉强地向前慢慢移动了。

"不要着急，挥两下，右脚向前上一步；然后再挥两下，左脚再往前上一步。"

到草场中央时，我终于可以喘两口气了。我甚至没有发现我们是如何干完的。

"爸，我们打了很久吗？"

"三个小时吧，只多不少。我还以为你是个病鬼，你不是。"爸爸拍了拍我的肩膀，"我们休息一下，把割下来的草收起来，然后去另一块地。"

我们将镰刀放在树下，拿起背包和毛毯，回到小河边，躲在一块大石头后乘凉。

爸爸小心地将食品摆放在一块平坦的白石头上，半圆形的奶酪、小葱、嫩嫩的荨麻和煮鸡蛋。

"不要吃太饱了。"爸爸说。

"为什么？"

"吃饱了人就容易犯懒。"

"我还以为是你自已想多吃点儿呢。"

爸爸将一小块奶酪卷在荨麻里，我吃鸡蛋蘸盐。我们就着冰凉的泉水吃饭，然后又躺了一会儿。

"你和那个谁，怎么样了？"爸爸问。我一直在等这个话题。

"和谁？维卡吗？已经结束了。朋友都劝我跟她分手。"

"朋友？好的决定都是独自做出的，不好的决定才与朋友出的主意有关。"

"这我可不知道……"

"爱上一个人就像往没有水的泳池里跳一样。你往没有水的泳池里跳过没有？"

"没，当然没有——我又不是傻瓜。"

"可是我跳过。知道里面没有水，还跳了，大头朝下跳的。"

"为什么？"

"为什么？将来你就会明白的。明白了就会跳下去。这样的时候一定会来的。"

"什么样的时候？"

"当愚蠢是种担当的时候。真正的担当——在这里，"爸爸将手放在我的胸口，"这里，而不是在头脑中。"

"哼！爸，这太科尔贺①了！"

---

① 保罗·科尔贺是巴西著名作家，因创作《牧羊少年奇幻之旅》而成为世界知名作家，又译作保罗·科埃略。——译者注

"科尔贺是何许人也？"

爸爸侧过身，睡着了。他的后背被太阳晒掉了皮，小时候，我喜欢撕扯他后背上的皮，尤其喜欢向下拽它，小心翼翼地不让它断裂，乐此不疲。

我躺在地上，看着爸爸的后背，脑海里一片空白，浑身上下又舒适又疲惫，空气中有奶酪和鲜草的香味，两只钩粉蝶在大圆石上翩翩飞舞。一种空灵的幸福感袭上心头。

在另一块草场，我们分开打草。爸爸在一头，我在另一头。很快我就气喘吁吁了，不知是因为单调的劳作还是因为炎热，我双膝酸软无力，竟有些磕磕绊绊。

爸爸却像没事儿人一样，用力挥舞着镰刀，轻松自如，既没有举得很高，也没有像拿着斧头一样砸下。他头上的手帕被汗水浸脏了。

"爸，我……感觉……自己……要死了。"

"注意呼吸，掌握规律，镰刀向右——吸气，往左——呼气。"

我勉勉强强又割了两个来回，然后就举手投降了。我坐在树下，点燃香烟看着爸爸。

不了了之。感觉仿佛不论我做什么，都这样马马虎虎，草草了事。总以为区区小事，就可以得过且过。然后又是这样，又是这样。

结果每次真的就糊弄过去了，真见鬼！每次都是。而你，也会渐渐习惯于此。你没觉得自己是在混吃等死，还认为，如果大家还算满意，何须劳神费力？

可是爸爸连打草这样的小事都做得那么到位，仿佛世界命运就取决于此。真的，如果今天他不把这块草场打完，好像地球就会毁灭。

天色暗了下来。我们收拾好东西，终于步履艰难地往家走去。更确切地说，是我步履艰难。爸爸拿着镰刀往回走，仿佛一天什么活儿都没有干过一样。

"你一个人过日子，住在谁都不知道的地方，听些狐朋狗友毫无用处的意见。这样下去可不行。"

"我知道，爸，我知道。我常常会做同一种梦。比如说，梦到战争，梦到我坐在简陋的活动房里，心中盘算该上前线还是不该上前线。似乎不上前线就很耻辱，可是从另一个方面讲，命是我自己的，我为什么要去送死？凭什么？于是，我就会醒来，满身都是冷汗，觉得自己是多么愚蠢，是胆小鬼，孤臣孽子。我能做什么？我建立了什么功勋？连你都为我感到难为情。"

"我在谁面前替你感到难为情了？"

"我能觉察到，你以我为耻——在自己的兄弟们面前，在院子里的男人们面前。我不会说话，也不懂习俗，一个人生活，没有妻子，也没有孩子，更没有房子和银白色的汽车，没有黑色的漆皮鞋。我能感觉到，爸……"

"你知道，战争和漆皮鞋是完全不同的东西。当然，你身上有很多东西惹我生气，我心目中的儿子不是这样的。但是要说以你为耻……你真傻——我常常夸你。"

"啊？夸我？"

"不信？你问问穆拉特。"

第二天早晨，我们回到市内。穆拉特将草场上"我们的"草收了起来，将其分给村民们。草并不多，但村庄里的人也不多，更别提牛了。

最终，我也没去采火绒草。

穆拉特将我们送回家时，我问他："怎么，爸爸真的常夸我吗？"

"别提夸得多么厉害了！"穆拉特给我丢了个眼色。

妈妈在家等我们。爸爸往沙发上一躺，倒头便睡。我和妈妈坐在桌旁听他打鼾。

"你看看他，真是变年轻了，"妈妈说，"只要有人和他一起打草，你的爸爸就会活着。"

妈妈往我的盘子里放了两块三角形的奥塞梯馅饼。

"明年夏天你还回来吗？"

"不，妈。"

我咬了口馅饼，看看妈妈，看看爸爸，又看看我上一年级时他们送给我的已经泛黄的大地球仪，然后又看了一眼馅饼和长颈玻璃瓶，瓶里装着妈妈做的糖水水果。

"为什么？"妈妈问。

"因为我再也不走了。"我说。

爸爸在睡梦中露出微笑。

（宋红　郑永旺　译）

丑八怪

鲁斯兰·别库罗夫

阿尔宾娜·佩列斯塔耶娃实在算不上丑八怪。她有一双天蓝色的眼睛，体形完美。当然，她完美的体形是我杜撰出来的。

我时常会在家对面的面包房里看到阿尔宾娜。她还像八岁时那样，拿着网兜往台阶下跑，似乎除了买两个砖头样的阿尔洪卡面包，然后等着找零钱外，她就没有别的事情可做了。唯一变化的是找回的零钱由戈比变成了卢布。

阿尔宾娜有丈夫、两个孩子和一条狗。你看，她又去买面包了，我从自家阳台上看着她和她的童年，真想习惯性地在她身后吹声口哨，然后得意地笑着跑到厨房里去。

有时候我和她也会说上两句话。

"你好，阿扎姆！长这么大了！"

"我才没长大，原来什么样，现在还什么样。"

这显然就是令人能笑出屎来的尴聊。我不太习惯她穿成现在这个样子——身穿色彩鲜艳的睡衣，脚踏中国产的拖鞋。但说实话，我也算不上是个纨绔公子。

随着年龄的增长，人们都在改变，曾经美丽动人的女子也会变成丑八怪。当然，我们在自己身上很难觉察出这种变化。

有一天晚上，我和我的孩子沙林娜和阿赫萨尔，我们在捷列克河岸边散步。他们在河边嬉戏打闹，我坐在长椅上，七月的阳光照在脸上，我眯起眼看过往的行人。一位穿斯大林时代衬衫、戴白色遮阳网帽的老者一路小跑，不时还神经兮兮地看看手表，急匆匆地也不知要去什么地方；一位身形瘦小的年轻人穿着闪亮的尖头皮鞋靠在护栏上打电话："你在哪儿？快一点……"

为什么我们穷极一生的精力都在等待或是急匆匆地赶路？

"阿扎姆，你也在这儿？"阿尔宾娜忽闪着天蓝色的眼睛望着我。

"你都看见了，"我说，"为了躲老婆和父母。"

"神经病，人们一般都躲避孤独。"

"我倒是想拥抱孤独。"

"噢，好吧。孩子在哪儿呢？"

"看，他们在胡闹。"

"胡闹好。"阿尔宾娜说着坐到我身边，仿佛什么事情都没有发生一样。

"少跟有妇之夫调情。"我说。

阿尔宾娜笑了笑，却没有说话。年少时，她就是这个样子。那时，我有时会用些我自己都不懂的不堪入耳的话戏弄她，她只是沉默不语。她甚至很少与我争辩，即使不同意我的说法，她也不和我争论。这使我感到双倍的羞耻。

"你在想什么，我的小阿扎姆？"阿尔宾娜问。

"我？……在想纱窗。"

"什么？"

"记得吗？小时候，夏天，每家每户的露台上都挂着纱窗，防蚊子、苍蝇什么的……"

"就算记得。然后呢？"

"那时，我喜欢看蚊子钻纱窗，特别是夜里。那些蚊子长嘴刺在纱窗上，拼命地蹬腿，企图钻过小小的缝隙，却不幸身陷其中，挣脱不得。这些蚊子真好笑，它们的命运早已注定，就是必死无疑，它们身陷灾难，落入网中，没谁去拯救它们。"

"哼！你就不能给我讲点有意思的事吗——我给你说过没有，前不久我见过绍尔？就是那个偷我们小花园里马林果的绍尔。你还用弹弓打过他，可是他还是不停地往嘴里塞沾满灰尘的黑马林果，好像害怕谁会抢走了似的。当时我们还以为，他吃了那么脏的马林果，说不定会死掉的；还想象他肚子痛，抽搐成一团没有人同情的画面。"

"那他现在生活怎么样，这个绍尔？"

"应该不错吧，我一下子没认出来，后来我们散步，一直走到学校。一路上他都在讲自己的生活，很早就结婚了，然后又离了，然后又结了。简而言之，一团糟。他又讲了一大堆自己第二任妻子的坏话，说她'就像扔在阳台上的滑雪板一样，是个没用的女人'，诸如此类的。"

"哈哈，他说得不错！"

"知道吗，他说这些话的时候，我真希望口袋里有当年你打他的弹弓，这样就能把他脑袋里的愚蠢念头给打出来。"

"你真不该这样，每个人脑袋里都住着只属于自己的虫虫。如果真如他所说，他的妻子真的就像阳台上弃置的雪板呢？你没想过吗？"

"没，我一门心思想的都是弹弓。你能给我买杯柠檬水吗？"

"清凉饮料稍晚再为你呈上。"我说。

"铁公鸡。"阿尔宾娜说。

"前天，我遇到自己的前女友了。"

"茵加吗？"

"不是，图尔汉的列娜。别人家养狗，只有她家里养火鸡。"

"她过得怎么样？"

"真希望她日子过得不好，可她过得非常好。"

真不该跟她讲起列娜。我知道，她非常讨厌听我讲我的前任，但每一次，我都会不自觉地一错再错，总是踩到同一把钉耙上。真想知道，是谁把这该死的钉耙扔在路上的，真想狠狠地揍他一顿。

一次吃早餐时，我五岁的沙林娜总结说："世界上没有魔术，原则上魔法也是不存在的。"那天，我差点呛着，这么小的小姑娘就已不再相信奇迹，这是好是坏？见鬼的是，到现在，我还会上各种戏法的当。

从某种意义上讲，欺瞒和诈骗也是魔法。我看着阿尔宾娜时常想，她是在欺骗我还是在照《少年技师》杂志最后一页给我演示最简单的戏法？这个界线，这个欺骗与戏法之间的界线在哪里？我，一个成年人，一个严肃的人，怎么会想这些无聊的东西呢？即使阿马亚克·阿科皮扬①也不能令过去重现。我们就像那些该死的蚊子，困在了纱窗中，没有理由抱怨环境。

"好吧，回家吧，傻瓜。"阿尔宾娜说。

于是，我们——我、我的孩子和我的妻子阿尔宾娜·佩列斯塔耶娃——起身回家。

不，说实话，她实在算不上是个丑八怪。

（宋红　郑永旺　译）

---

① 阿科皮扬是苏联最受欢迎的魔术师，俄国催眠术大师，马戏演员，电影演员，主持人，俄罗斯功勋演员。——译者注

夏日黄蜂

鲁斯兰·别库罗夫

"只剩三分钟了！快回到岸边！"

我的职业很滥。市立公园的水塘里有很多脚蹬船（就是人们说的水上自行车），我是这些脚蹬船的管理员。我的"办公室"建在岸边，是个小木亭，其形状恰似一棵年迈的垂杨柳；换言之，就是个小木板棚。小时候，我们常去抠它墙上斑驳干裂的油漆，诺达尔叔叔就会撵得我们四处跑。从六十年代起，他就在这儿当管理员，去年刚去世。全公园的人都参加了他的葬礼，他是个好叔叔。

我杵在这儿全是因为他。我都不知道，他怎么就说服了我。"工资没几个钱，一天什么破事儿都有，够别人一辈子经历的了。"诺达尔叔叔总爱这么说。他住在这个小亭子里（几条裤子、一件焊工上衣、三件衬衫、热水器、银烟盒），我压根就不知道他是否还有亲人。诺达尔·契霍耶夫年轻时曾在商船队当水手，他常给我们讲各个国家的奇闻轶事，尤其喜欢谈论女人。

"法国女人特别丑！意大利女人的牙不好。瑞典女人，想象一下，瑞典女人是透明的。"他这样评价。

"透明的?"我反问。

"正是!"诺达尔回答,"就像太平洋中的水母。"

奇怪的是,单身男人更喜欢谈论女人。他们仿佛在别人面前为自己辩白:"我什么都懂,你可骗不了我。"不知为什么,他们把女人看成水母。

中午。几个戴网帽的退休老人躲在树荫里玩西洋双陆棋和国际象棋,看报纸。你看,比如这位前仓库主管塔兹列特·姆赛耶维奇,他坐在长椅上,正在平板电脑上读一篇题为《俄罗斯人多长时间去一趟厕所》的文章,一边读一边还往小本上记着什么。

一个女人领着他的小儿子从高尔基大街往公园方向走,小男孩手拿瓦夫杯装的奶油冰淇淋。胖娃娃望着过路的茨冈人出了神,以至于冰淇淋掉在了柏油路上。

"再见,冰淇淋!"小男孩边说边挥手与冰淇淋告别,灰色的大眼睛里没有一点儿遗憾。

与人、青春和头发也应该如此这般地告别。

这年夏天,公园新进了七个脚蹬船,是从沃罗涅口运来的,崭新的,还散发着油漆的味道,我非常喜欢。它们有些像游船。旧的水上自行车交还给了水运站,我伤感地与它们作别,在其中的一个水上自行车上,我第一次亲吻了别尔塔,然后用钥匙在塑料椅上刻下了"А + Б = Л"①。我们分手后,我将"Л"修改为"А",而后又加上了字母"Б",使其顺理成章且很符合逻辑地变

---

① А + Б = Л:А 为阿兰的名字缩写,Б 为别尔塔名字的缩写,Л 是爱情一词的缩写。——译者注

成了"A + Б = AБ"。我忘了说明，"A"是我，也就是阿兰。六月，特别是每逢休息日，公园里人山人海，人们通常带孩子来玩水上自行车。热恋中或非热恋中的男女喜欢蹬自行车绕到岛的后面，他们在那里做什么，我就不知道了。水上自行车的收费标准是50卢布半个小时，有时人们会多付些钱，即使不多付，我也不生气。

有一次来了个小男孩。一眼就能发现，他来自农村，极像《小红帽》这部电影中的小狼崽。他手拿梭形的彩色手提包和一块新出炉的长形面包，付了一个小时的费用，选了三号自行车，"咚"的一声坐在了座位上，猛地向天鹅嬉戏的水面冲去。他去喂天鹅了。我看看手表，坐在码头旁的树荫下。

小男孩用面包引诱天鹅费佳。当傻鸟儿游到近前时，小男孩一把抓住它的脖子，拽向自己。费佳拼命挣扎、号叫，喷泉旁边的孔雀也紧张起来。

捕鸟的少年将天鹅塞进手提包里，骑车回岸边。我在等着他。

"喂，把鸟给我，小兔崽子！"我尽可能地装出凶巴巴的样子，虽然勉强才能让自己别笑出声来。

小男孩回答保安的盘问时说，他想把天鹅运到列斯肯去。

"您明白吗，我们列斯肯没有天鹅。列斯肯没有天鹅怎么可以。您以前去过列斯肯吗？"

"去过几次。"

"喜欢吗？"

"不太喜欢。"

"您看看！就因为没有天鹅！可是现在就要有了！"

当然，我们没有把费佳给小男孩。我去商店买了一块巧克力蛋糕，蛋糕上有奶油白天鹅。小男孩很满意，但却没有说"谢谢"。我也没指望他会感谢我。

"说你呢！马上给我回到岸边来！你们聋了吗？"

有时候我也会这样使使坏。给人的感觉是，这很适合我。有位熟人曾跟我说，坏家伙在床上都非常厉害。我立刻就脑补出这样的画面，坏家伙躺在被子里，姑娘甜蜜地伸着懒腰说："你真棒，坏家伙！"

他却对她郑重其事地："而你……你真傻。"

女人和男人不情愿地划到岸边。

"你怎么那么小气呢？"男人怒气冲冲地说。

我将水上自行车拽到岸边，回答说："就是小气。"

"别理他，阿赫萨尔！别跟傻瓜论短长。"

"别跟傻瓜论短长"。我仿佛听到人们评价我："阿兰吗？他就是个废物。不知道吗？船夫而已。"我没有因为"废物"而生气，但"船夫"的说法却刺痛了我。酒鬼－船夫①。一个字母不同，却是天地之差。我真的不是痴蠢愚庸的失败者，但奇怪的是，人们都这么评价我。妈妈、爸爸、朋友、姑娘，甚至动物园

_____

① 酒鬼俄语是 водочник，船夫是 лодочник，这是个文字游戏。——译者注

里的清扫工都这么认为，好像我碍着谁了。所以有时候特别想将这些人统统招集到一个地方，譬如到"贝壳"中，然后我走到舞台中央，试试麦克风，说："你们放过我吧！既然把我当成了废物，就请忘了我！懂了吗？"

炎热减轻了些，晚凉在城市中迅速蔓延。天鹅欢快地跳起华尔兹。太美了！小伙子和姑娘们四散分开，在岸边的长椅上嗑瓜子，小山般金色的瓜子皮堆在脚下。他们一定会相爱，或会吵架。老人们不无嫉妒和嫌恶地看着他们，孩子们则向他们投去艳羡的目光。

我披上衬衫，坐在圆凳上吃冰淇淋，不时对卖棉花糖的售货员抛个媚眼。售货员真是个漂亮的小姑娘，她的棉花糖也非常棒。

我喜欢看路边的奶牛。炎热的夏天，它们在风驰电掣的公共汽车旁慢条斯理地踱步。我也欣赏奶牛的风格。我坐在道肩上，为每件事，甚至为最不起眼的风吹草动而心生喜悦。

而你们……你们坐着自己银色的赛车飞驰去吧。

我试着从墙上抠下一大块干油漆。

"唉，小兔崽子！你怎么，手痒痒吗？"

这是诺达尔叔叔的声音，我能从一百万种声音中一下子识别出他的声音。这是怎么回事？

我向小亭子里看了一眼，没有人；我又看了一眼"纳尔"饭店的废墟，也没有人。这太诡异了。

那天晚上我在亭子里留宿。我打开折叠床，抽烟、喝茶，然后和衣躺在肮脏的、散发着医院气味的褥子上。公园里静悄悄的，只有捷列克河一如既往地汩汩流淌。我没有关门，水上自行车整齐地、肩并肩地在浑浊的水中摇摆，我久久不能入睡。当我终于睡去时，梦到了我、诺达尔叔叔和费佳一起沉入巨大的、装着甜甜的糖浆的黏黏的杯子中。

仿佛夏日的黄蜂。

（宋红　郑永旺　译）

克拉斯诺亚尔斯克

澳大利亚

叶甫盖尼·艾丁①

"她怎么了？喝醉了？"

这一切都发生得太快。公路上摩托车发出的巨大轰鸣声一下就到了身边，压到耳鼓膜上，踩刹车的吱嘎声、撞击声、轰隆声混成一片。

齐姆良斯基和佳芙金娜一起转过身。机动车道上，一辆侧翻、没有主人的摩托车以飓风般的速度向前滑行着，车把柏油马路划出一大道子痕迹。一个头发蓬乱的姑娘坐在斑马线上，两手挂地，脸上一片不解、醉酒、委屈的表情，嘴唇流着血。

"她怎么了？从摩托车上摔下来了？"齐姆良斯基又问了一遍。他还没反应过来是怎么回事。

"好像是给撞倒的，"佳芙金娜长出了一口气说道，"我真恨

---

① 叶甫盖尼·艾丁（Евгений Эдин，1981—　），俄罗斯作家，记者。著有多部中短篇小说。

摩托车！"

他们朝马路对面奔了过去。

姑娘的身边一下就围满了行人。从摩托车摔翻的那个方向，从这里已经看不见摩托车在哪，跑来了一个瘦削的小伙子，一瘸一拐，戴着头盔，穿着一身蓬松的摩托车骑行服。他推开众人，一下跪到姑娘面前。

"你还好吗？能说话吗？能听见我说话吗？你叫什么？"

姑娘眨巴着眼睛，张嘴喘着气。人们试着扶起她，她可怕地大声哼叫起来："啊，啊……腿！"

膝盖上方缠着一根摔断的轴，皮肉都刮破了。地上一片乌黑的血迹。

脸色苍白、神色凝重的佳芙金娜正在打电话叫急救车，她那一头火焰般的红发和红色大衣跟苍白的面孔对比鲜明。能听见周围还有几个人在叫救护车、报地址。一位身着西装保养极佳的男士从姑娘的小包里掏出手机，拨通了某一亲属的电话，告知出了车祸，但最可怕的时候已经过去，救护车马上就到。

"我是医生，"开摩托车的人嘟嚷着，腼腆地四下看着，"我自己就是医生。我自己都不知道，到底是怎么发生的……"

他摘下头盔，跪在自己的牺牲品面前，不知所措，可怜兮兮。他有三十来岁，黑色的卷发已经湿透，一缕一缕地贴在额头。

齐姆良斯基像耳朵聋了一样看着姑娘。单薄的春季风衣的两襟敞开着，裙子掀了起来，露出内衣。人们把裙子拉平整，用消毒纱布包住上身的伤口。一个人把飞到远处的皮鞋拿了过来，小心翼翼地放到姑娘身边，近处还有一个敞开的廉价小包。公路上的事故地点被用红绳子前前后后拦了起来，没有事故标牌。

再没什么可做的了，但没人走开。大家围在旁边，交头接耳，等待着什么，好似待在死者房间一般。

"我们走吧，这儿已经……你们也都……这儿本来人就够多了，"齐姆良斯基回过神儿来说道，"救护车马上就来了……我们帮不上什么忙。"

佳芙金娜没应声。她和众人一样发呆，倾听着自己内心发出的某种声音。只有一次，当众人开始责骂骑摩托车的人时，她用一种似乎是别人的声音大声说道："不要喊，她已经够难受了。"

救护车和警车终于都来了。带轮担架载着姑娘，手脚麻利、穿着绿医护服的卫生员把她推进了车里。女孩儿疼得紧咬牙关，说了一声"妈妈"。小包和鞋子被随后拿进车里，警察在询问摩托车手。人群散开了。

他们沿着人行道和救护车比肩而行，救护车在车流中缓慢移动着，鸣叫声压过周围的一切声音。克拉斯诺亚尔斯克经济论坛、酒会在时间上很遥远，似乎并没发生在他们身边。

"40了，都40岁了，"佳芙金娜捋了一下头发说道。她像孩子一样用舌头舔着牙齿，"4"的发音就像说英语字母"th"一样。"我怎么就没想到给家长打电话啊，扶着头和她说说话，分散一下注意力啊……真是吓懵了啊。"

"我也被吓蒙了，"齐姆良斯基说道，他发现佳芙金娜把自己的年龄少说了7岁，"有生以来第一次这么近距离看到事故，真的不知所措了。"

"得禁止骑摩托车，"佳芙金娜的脸都抽动得变了形，"这就是个两轮子棺材。"

居民街区从身边掠过，院子里的彩色儿童游乐场地整洁舒适，高层高耸入云，大阳台色彩艳丽。几座高层的中间立着这么一座九层楼的房子，脏兮兮的，很是黯淡，就像一匹壮实却装着假腿的辕马。

"看见了吗？我就住在这儿。现在想一想吧，你的西服上衣怎么办？"佳芙金娜说着，回到被交通事故打断的话题上，"这个见鬼的蛋糕，我把它放下来的时候怎么就那么不小心呢。"

"没关系了，斯维特兰娜①，"齐姆良斯基极力肯定地说道，"我现在根本顾不上想这个。那边柏油马路上血迹斑斑呢……我这儿就冷餐会上弄的一点蛋糕的印儿，跟您一点关系没有，我自己弄的。"

佳芙金娜驼着背呆住了，像蜥蜴那样微微眯缝起眼睛，眨巴了一下。她收起那副死亡临近时极度紧张的样子，恢复成了平常的佳芙金娜：隔壁部门的同事，爱耍小聪明，可却不聪明，就像溺水者见到空气那样喜欢捕风捉影、搬弄是非；遇到正式活动就穿上那身最有名的服饰，把圆圆的双肩裸露出来，满是雀斑；孤独，没人爱，背地里经常遭到嘲笑。

---

① 斯维特兰娜是佳芙金娜的名。——译者注

"您知道吗，德米特里①，我喜欢您，纯粹的那种喜欢。我知道，我们的一些人怎么想我、说我，而且我知道您绝对不会这样说也不会这样想，所以我很高兴能为您做点什么，是真的。我知道您妻子在产院呢，男人又都不怎么会洗衣服。我不咬人，这是真话。但如果您认为我是个危险人物……"

"不是的，为什么是危险人物呢……"他费力地说道，"我，您知道……"

她盯着他，眨巴着眼睛，眯缝着。他投降了。

"好吧，我给您拿着包。里面是什么？"

佳芙金娜打开的包上有论坛标志，里面是几瓶好喝的可乐，叮当作响②。

"我抵不住诱惑。开圆桌会议的时候大家都这么干——偷可口可乐。我把冰箱里最后几瓶都拿走了。我家里有一瓶鸡尾酒。"

齐姆良斯基没穿外衣，只穿着一件粉色衬衫，后背冒着热气。瘦瘦的、长着一对大耳朵的他，弓着腰，窝在软软的沙发上。

墙上是液晶电视，窗台上花盆里溢出弯弯曲曲的植物就像涌起的浪花一样，一双靠背椅放在墙角。气味干净，单身女人睡梦王国特别的几何格局分布。

---

① 德米特里是齐姆良斯基的名。——译者注
② 在俄罗斯可口可乐用玻璃瓶子包装。——译者注

"这个蛋糕留下的印儿可真挺有意思，"佳芙金娜从浴室走出来说道，"像澳大利亚。"

"是吗？真奇怪，我妻子想去澳大利亚。"

"太有意思了，为什么非要去澳大利亚呢？"

他站起身，走到阳台门前。从这看下去视野很开阔，或许买房子的时候要多花一些钱的。

"她害怕最近要开战。她在一个地方看到消息，说西伯利亚有许多核弹头，是高风险地区，澳大利亚是最安全的地方。她想远离所有政治上的钩心斗角，在那里安全地抚养儿子长大。我一点都不知道那里有什么，那里怎么样……您知道吗？或许那儿还有食人的野人。可能我有点儿夸张了。"

"食人的野人到处都有，我们行政管理部就不少。"

佳芙金娜走出来，拿着木头衣架，上面挂着西装上衣，翻领被水弄湿变黑了。她拿着衣架从他身边走过，去了阳台，拽动晾衣绳了，把西装上衣朝上翻过来——在太阳地儿晾晒。

"另外一个问题，澳大利亚需要白人做工吗？"她意味深长地问道，走回来，又转身消失了。冰箱门"啪"地响了一声。

齐姆良斯基想，佳芙金娜以为澳大利亚居住着一些土著人，教科书里能看到这样的人，被标注为"澳大利亚人种"。但是在澳大利亚居住的绝大多数人早已经是鳄鱼邓迪①这样的白人了。

---

① 鳄鱼邓迪是1986年上映的澳大利亚冒险喜剧电影《鳄鱼邓迪》里的男主人公。——译者注

"我说的是那种除了摆放文件什么都不会干的人手。"她明确了一下要说的意思，端着一个满满的托盘走了进来，嘴上重又抹了口红。"到外面去吧，今天外面好。"

阳台很宽敞，铺着地板革，没封闭，散发着阳光的清新气味。角落里有一台整洁的"三星"冰箱。一个有着几个格子的不锈钢小柜子上放着一个托盘，上面摆着一瓶启开的轩尼诗 XO、切得薄薄的柠檬片、奶酪。

他们胳膊支着小桌，手里拿个酒杯站在一起。太阳的反光不时地闪耀着，四月的阳光让人感到温暖、愉快。

从窗台望下去，往下的七个楼层都车把朝下地挂着自行车，一直挂到春天。他想起了摩托车的把手，把柏油马路都给豁开了，撞倒了女孩。他想了一下——那女孩能不能呼吸，能不能像原来一样走路……多奇怪啊，他本来应该待在家里等妻子从产院打电话的，可现在却在佳芙金娜这里，还喝着白兰地。

佳芙金娜的脖子上都是雀斑，雀斑慷慨地覆盖着脖子和后背。

"我没说祝酒词。要不往白兰地里兑一点可乐？"

"不用，在论坛上我喝了十来瓶了。在那里无事可做。"

"您觉得这种论坛有必要吗？可都说克拉斯诺亚尔斯克论坛是主要的一个……"

"怎么说呢，"他想起了两个知识分子在卫生间解手时说的话，"您知道吗，这可真恶心啊，所有这些年来第一次在餐桌上摆上普通的土豆菜。说这件事可比谈正事说得多。煮土豆！"

"是的，这可不是诺瓦克时代的帝王斑节对虾。"

"他们除了大吃农村的特色美食，好像也不需要什么了。"

"您说得对，老实承认，我自己也觉得很无聊。我早就没法严肃工作、对待这一切了……我想有热情，但做不到。"佳芙金娜抱怨地说着，"无能为力啊。"

"您是另外一回事。论坛根本不按专业分组，年轻人坐在那儿眨巴眼睛，老家伙坐到后几排座位上，这一点都不奇怪。好像您是从度假中给叫回来的？"

"许多人都是给叫回来的，要不就太空了，太糟了。我来了，特意穿上这件连衣裙，想和韦克谢利博尔格①照相，可他没来。是不是说，论坛就失去意义了？"

他吃惊地看了看她。这很愚蠢但同时又那么让人感动。

"您觉得真的会有战争吗？"沉默一会儿她问道。

"不知道。"

"这太奇怪了，德米特里。"

过道响起了门铃声。佳芙金娜皱起眉，把酒杯放到护墙板上，撩起窗帘走了出去。

齐姆良斯基仔细听着。过道里传来沙哑的女人说话声。

"你自己来的？"佳芙金娜走进敞廊里，双手抱肩。

转回身，一个胖女人跟在她身后，穿着皮夹克、短裙，足球

---

① 维克托·韦克谢利博尔格（1957— ）俄罗斯首富，企业家，工程师。其所经营的"雷诺瓦"集团公司涉及各行各业，在世界多个国家拥有资产。——译者注

衫开叉很大，两个硕大乳峰汹涌澎湃，不怀好意的绿眼睛，乌黑油亮的浓眉和鼻梁连在了一起，好像架着一副海上瞭望用的望远镜。她好信儿地扫视着齐姆良斯基、托盘、酒杯。

"这是谁呀，普希金吗？我的他走不了路了——刚刚下班，踩到什么东西上摔坏了，要是不死的话，得躺两天。"女人咕哝着笑了笑，用眼神邀请齐姆良斯基搭话，"单元门里可是没法过夜的。"

"班上同事，德米特里。"佳芙金娜有些神经质地说道。

"嗯，嗯……给我来一个凳子。"

"拉雅，我们叫紧急情况部吧？你知道吗，我今天在路上看到了一起事故，把我吓坏了。太可怕了。"

"叫什么紧急情况部啊……非把门弄坏不可，我可不找他们……哎，你同事能帮忙吗？"女邻居朝佳芙金娜转过身来，就好像请她允许用一下她的私人物品一样。

"怎么帮？爬过去是吗？"佳芙金娜惊慌地又问了一遍，看了看齐姆良斯基，好像第一次见到他一样，"你说什么啊，拉雅！"

"你小点声……小伙子，你能帮我不？你看见了，我太胖了，不方便；你瘦，动作麻利。我们总在那爬，斯维特卡能证明。"

佳芙金娜的眉毛高高挑起，继续看着齐姆良斯基，眼神中充满不解，甚至还有一些责备。

"我也不知道啊……"齐姆良斯基无助地说道，来回看着两个女人。

"太谢谢了！"女邻居高兴地说道，"家里有个男人就是好！"

齐姆良斯基不自信地转过身看隔壁的阳台。

"你怎么的，爬过阳台啊？"佳芙金娜在身后惊恐地问道。

"我爬过树……还是小时候的事呢……"

"可你喝酒了呀！"

"我……我就喝了一点点。"

"那儿挺简单的。砖墙上有个豁子，看见了吗？"拉雅说道。"要是我儿子托利卡在就好了，他两三下就能爬上去，可他现在还在村子里杀猪呢。"

两个相邻的阳台之间就像有一个公用窗帘似的，由差不多三米长的砖花搭接起来，从右侧盖住了佳芙金娜三分之一的阳台，从左侧盖住了邻居家三分之一的阳台。砖花边裂开很大，像国际象棋的棋盘格。可以抓住它们，把脚踩在上面。但是得凭运气寄希望于固定砖的水泥灰浆是坚固的，寄希望于他整个身体重量都压到七楼砖墙上的时候砖不会粉碎，重力不在他这一面。

"要是托利卡就能爬上去了。"拉雅又说了一遍。

他全神贯注地查看着砖墙，触碰它，好像在竭力找出藏在里面的一条蛇，拒绝并打破今天让他陷入的这个可怕魔圈，这个魔圈以自己的方式在与他的意志力对抗。西服上衣上面的污迹，柏油马路上的血污，不可思议的澳大利亚……他朝佳芙金娜转过身来。

"我能帮上什么忙？"佳芙金娜惊恐地问道，眼中满是哀求。最初的惊恐已经过去了，齐姆良斯基是她家里唯一的男性，尽管也就只待上一个小时，他还是让女邻居对佳芙金娜高看一眼了。

"不用，还得帮……或许，需要一个凳子。还有一双鞋。"

他穿好鞋，一条腿跨上了钢筋混凝土的护墙板上。他的心脏跳得很快，好像一下要涌出身体，就好比你敲一下铁轨，整根铁轨都震动着发出声音一样。

"你的西服？真不错，"女邻居在背后摸着他西服的肩头说道，"呢子格真好看。"

"别在跟前说话！"他身体里发出的声音生气地大声说道。

"别出声，拉雅！"他在事故现场听到的声音严厉地说道。这个声音很深沉，韵味独特，感觉就像是从一个其貌不扬的花蕾里长出的一朵充满异域风情的小花；好似澳大利亚地图形状一样，开在他西服的翻领上，在放塑料玫瑰花的那个地方，花茎是尖尖的铁丝，刺着死者无助的胸口……

态度认真谨慎，目的就是在 30 米的高度上挪动双脚和双手，不往下看。

他第二条腿迈上护墙板，牢牢抓住砖的花边。

身子很沉，很笨重，弯曲着，往后使劲，似要坠入深渊。他感觉到后背好像有一个飘摇不定的降落伞，把他往上拖拽；可下面还有深渊啊，他知道在这个阳台的范围里上下两个地方是互换的，于是他手指颤抖，嗓子发干。

他小心翼翼地试探着每一块砖是否结实，移动着，一步一步，克服着恐惧……

终于，鞋底踏上了邻居阳台的护墙板。

他几乎感到很惊奇，轻松地，像小男孩一样跳了进去。

"我到了,"他轻松地喊了一声,"阳台关着呢。"

"你太牛了!"女邻居伸出头喊了一嗓子,"我知道关着。现在你看一下,那儿的冰箱上面有一个盒子,里面有凿子。你用它一下就能拧开,用点劲儿,不用怕。"

阳台的门旁有一个低矮的旧式"比留萨河"冰箱,上面有深棕色的水痕。冰箱上有一个大木板箱子,装着种秧苗的土。就在那里藏着一个装各种工具的塑料小箱子。齐姆良斯基打开它,手还在微微颤抖着。

这套工具已经不全了,扳钳和螺丝刀的套子都裂开了。剩下的工具也都锈迹斑斑,没人护理,就跟那台冰箱一样,跟整个阳台一样——灰蒙蒙,冷冰冰,让人极不舒服。地上铺着肮脏的垫子,像上个世纪织出来的地垫,家里出殡时在房屋四角铺放的那种地垫。

他把生锈的凿子插进门缝里,从掉下来的木屑印来看,凿子用过不止一次了。他拧开了锁。

房子里一股难闻的气味扑鼻而来,人们在这儿喝酒、胡乱性交,然后用刀子捅昔日的情人。

天花板四角吊灯的半球灯罩上满是灰尘;曾经完整的苏联六格装饰如舰船遇难时悲惨地四分五裂,露出一层层的壁纸;黑暗的三扇镜让荒凉阴沉的破败更为明显。

邻屋出来了一只烟色大猫,长着一个大脑袋。它一下愣住,灯笼果般大小的黄眼睛瞪着齐姆良斯基。

他"啪嗒"一下就打开了直晃荡的便宜锁头,于是拉雅双手弄成了小时候玩过的链子的形状，哈哈大笑着把打算离开这里的齐姆良斯基推回了她芳香的窝里。

"拉雅，我们走了。"佳芙金娜在单元门口神经质地说了一句。她敞开着门，地上投下了一条银色楔状光带。

"会让你们走的，会的，"拉雅答应着，拖住她的一只手往里拉，"马上，就来一小杯。"

"什么就来一小杯啊！他有着急的事情，拉雅，是真的，快点儿……"

"别出声！听我的！有着急的事情……这可是冒着风险的，风险啊！季马，你叫季马对吧？你真太厉害了。"

她们两个走进厨房，于是他听见她们在小声说着什么，然后她们就回来了，佳芙金娜微笑着，但她黯淡的眼睛和嘴角都显露出疲倦的皱纹。

拉雅伸出胳膊一划拉，就把小桌子收拾了出来，干抹布、撕扯下来好几页的斯堪的纳维亚人"虎皮兰"填字游戏书、烧焦裸露弯曲的熨斗电线一下都被扫到了脚下。

空出来的地方摆上了从厨房拿来的水果、咸肥肉。高脚杯发出叮当声，上面一道道划痕，杯子边沿上有一圈镀金。大瓶子的盖子"啪"的一声被打开了，里面装着致命的液体。

"拉雅，你这个人怎么回事啊？我都说了，人家有着急的事情。"佳芙金娜眯缝着眼睛，看着装满自酿酒的小高脚杯，用纤细的手指对着窗户转动着酒杯，就像看着宴会上的马丁尼酒一样。

"你再给我说一遍。你怎么跟个老处女似的，磨叽什么？给我闭嘴。这种事情，就刚才这种，小伙子干的，人家帮忙了。不是叫个男的就都是爷们儿。"

拉雅极赞赏地看了一眼齐姆良斯基。

仿佛完全是另外一个人的声音，长着另外一个形状的鼻子、另外一个脑袋的人的声音，它抓挠着耳鼓膜，呼唤着拉雅，从下面，沿着地板，垂直旋转360度进到了耳朵里。

"男主人。"佳芙金娜戏谑着说，晃了下头，就好像紧紧的衣领箍着脖子一般。

"反应过来了……"拉雅说完，狠狠擦了一下嘴巴，走出房间。

"都怨你让人家爬上阳台。这要是掉下去怎么办？啊，怎么办？我问你。我在问你呢！"听见一个压低的声音在说，又有个声音在回应着，像嚎叫，像咆哮，又像牛的哞哞叫声。

"我们走吧。"佳芙金娜弯下身子，碰了一下齐姆良斯基的手臂，惊恐地说道。

他早有准备，站起了身。

"你们怎么的，这就走了？"拉雅从房间走出来，不悦地噘起了嘴。"你们怎么这样啊！马上科里亚就来和我们一起……马上他洗完那个笨脑袋就出来……哎呀，不要走，不要！斯维特卡，你可别惹我啊！"她伸出一个手指吓唬着说。

客人们坐回了原地。小酒杯又被斟满，又被喝干。

门口，男主人摇摇晃晃地出现了，光着脚，只穿着大短裤，裸露的身上满是疤痕。科里亚是个西伯利亚大块头，有点儿麻脸，大圆脸盘，微笑着，就像书里说的海员一样，两只褪了色的蓝眼睛距离很宽。他刚洗完澡，匆忙擦了一把的头发就像小孩子的头发似的立起来，湿漉漉粘在一起，像一根根松针。

"科里亚，你好啊！"佳芙金娜的声音欢快地颤动着。

"哎呀呀，穿得可真漂亮啊！"科里亚伸开大爪子就要拥抱，可却被挡住的老婆来了重重的一击。

齐姆良斯基和科里亚握手的那只手掌，就像进了没有退路的捕兽夹子、坚硬的车床一般。

"季马……这是哪个季马啊？"科里亚皱着眉跨前一步问道，"是工地上的那个吗？"

"哪个都不是，你这个红毛鬼，"拉雅打了丈夫一下并把他推开，"他可不是什么工地上的。你怎么的，冒什么傻气呢？这是斯维特卡班儿上的季马！一个正常的小伙子……你咋的，真傻了？我跟你说了，从阳台上爬到咱们家，给开的门！"

"啊，好吧，"科里亚后退一步说道，"工地上的季马是另外一个人，没错儿。"

"看我现在怎么收拾你。"拉雅说道。她已经把齐姆良斯基保护起来了。

骑着轰隆作响摩托车的阿纳托利突然从农村回来了，科里亚和拉雅的儿子——"三个孩子里的老大"，科里亚这样介绍道。消瘦，青筋暴露，30来岁，一张温顺的长脸，目光柔和，力度恰到好处地与齐姆良斯基握手，没想捏碎他的手掌。

"他会怎么样呢？"佳芙金娜小声嘀咕道，"要是让他爬……"她做出欢快的样子。

阿纳托利不爱说话，规规矩矩吃了不少东西，喝酒适度，给人一种感觉——他是一个正逐渐挣脱所处环境桎梏的人，尚处在通往自由的路途中，尽管衬衫袖子掩盖住的皮下斑斑青痕说明他很熟悉什么是残酷的不自由。

他得体的沉默绰绰有余地平衡着拉雅沙哑的嗓音和科里亚似岩石中金刚钻机所发出声响的嗓音。他们笑着、吵着、喊着，空中常常大声回响起啪啪的击打声，佳芙金娜的眉头随之微微颤抖——科里亚强壮的身体闹着玩似的承受着老婆不是闹着玩的击打，简直能打死一条不大的狗或者把齐姆良斯基掀翻在地。

科里亚一点都不反感这种对待，而且好像还为自己的另一半性情彪悍而感到骄傲，时而还高兴地看看客人们。阿纳托利低头微微地笑笑——可爱又难为情。

三杯过后，在齐姆良斯基的眼里一切看上去都像是浸在葵花籽油里一般——周围的一切都镀上了金光，柔软地飘浮着，主人们也变得豪爽、友善。

从旁边的房间里搬过来一台大个的大肚子彩电，熟人顶债要来的，被拉雅放到满是灰尘的床头柜上。

"电视来了，我们不会调。新闻看不了，啥都看不了，世界发生什么事，我们都不知道，"拉雅可怜兮兮、讨好地和齐姆良斯基说道，"等离子的给格里什卡了。你能调好吗？"

齐姆良斯基开始喜欢上了生活中不多言多语、能解决任何难题的能工巧匠的角色，他跪到电视机屏幕前，试图回忆起他自己需要调试电视机的日子——已经有好多年他和妻子都在看互联网视频。他按了按前面控制板上的按钮，弄了弄遥控器，查看了天线连接，但是电视老爷不屑于出来回应这个跪着爬来爬去的牺牲者。

"我也调不出来，"阿纳托利向他善意地点了一下头说道，"这也看了，那也弄了，可啥结果都没有……应该叫格里什卡，他懂。"

格里沙，小儿子，工学院的大学生，和一个女孩就住在跟前的一个楼里。说起他都带着崇拜，就像说家里的希望一样——把他和阿纳托利对照，后者不找媳妇，至今还和父母住在一起。阿纳托利温顺地向聪明的弟弟表示出兄长的爱意和赞叹。

"是啊，他懂。"拉雅赞同地说着，拿出一大个儿手机。

获得调试电视权威赞誉的格里沙在一刻钟之后出场了，阴郁，一身发出沙沙响动的运动装，白袜子。直直的小麦一般的头发像帽子似的盖在头顶，后脑勺剃得挺漂亮。跟科里亚一个样儿。

一副鄙视、厌倦所有喧嚣的样子，没有寒暄问候，他直接蹲到电视机前面。阿纳托利在身后毕恭毕敬地给提着建议，格里沙王子般傲慢地听着。

"差得太多啊……挺有意思，老三会是什么样呢？"齐姆良斯基小声和佳芙金娜说道。

"他不在这儿。"她小声回应道。

格里沙几乎完全重复了一遍齐姆良斯基刚才的行为：按了几下按钮，捏了捏遥控器，站起身，看看房顶，查看天线，最后相当尴尬地转过身来。

"格里沙，怎么也弄不好吗？"拉雅苦着脸，同情地问道。

"他们那儿好像是法国制式电视系统，"格里沙开始解释，"在我们这儿已经不能用了，他们那儿是法国制式。"

"哼，等我遇到谢利克的，"拉雅从牙缝中挤出这句话，"还拿什么法国制式的蒙我。"

"这什么呀，"佳芙金娜戏谑着笑着，"还法国制式呢。"

卫生间里，水在挂着一圈黄渍的抽水马桶里哗哗地淌着，墙上贴着一幅黑白绘画招贴图，兰博身上挂着子弹链子，手上端着一架大得出奇的机关枪。

子弹和机关枪的部分机身是用格尺比着画出来的，阴影反差突出，一下就让人感受到一种生死都无所谓的金属质感的光泽；穿着横条背心的身体和作为背景的蓝色群山都是用粗大、疏散的线条勾画出来的，就像要在近处掩饰具体的地方和拿枪人一样。

"这是托利卡①画的。他是我们的画家。"科里亚答复了齐姆良斯基的问题。

阿纳托利顺从地低下头，躲着父亲给他的一脖拐。

"画得真好。"齐姆良斯基点了一下头。他非常喜欢画面中金

_____

① 托利卡是阿纳托利的小名。——译者注

属感和生动的身体形成的概念反差。

"这种画就只配挂在厕所里，"科里亚突然令人意外地发狠说道，"就让它挂这儿吧，要不然我就把它撕掉！"

阿纳托利坐在那儿，讪笑着，纤细、青筋暴露的双手交叉握着，然后他给自己慢慢地倒了一杯自酿酒，也似回应般发狠地一饮而尽。

所有男性一起涌上阳台抽烟，从冰箱后面拽出来一个三升大瓶罐子，里面塞满了烟头。

"小伙子不错，不傻。"科里亚这样评价齐姆良斯基，打火机把他的颧骨都照亮了。

格里沙看了看齐姆良斯基粉色的衬衫，眼光挑剔，但绝不是挑衅。

"这是真的，"阿纳托利同意这个评价，把目光转向格里沙，"傻瓜看眼睛就能看出来，他还爬过了阳台……"

"我知道，"格里沙嘟囔了一句，被看得不好意思了，"我又没说什么……"

直到这会儿才发现，他也就 18 岁左右，脸上满是小娃娃的绒毛，发着金色亮光，没有男子汉那般粗糙。

就在阳台上，在一个被雨水浇得要散架的小桌子上开始了掰手腕比赛。齐姆良斯基赢了格里沙，但输给了阿纳托利。科里亚能灭了他们所有人，用那只石头般坚硬、满是烧焦伤疤的大手爪子，把他们加在一起都不在话下。

"把你的车开过来，"他拍着齐姆良斯基的后背，"你把它开来，一定开来……"他用粗糙的手指头狠狠地捅阿纳托利和连个小摩托车都没有的格里沙，然后把所有人都搂进怀里，大声喊叫着成为晚会口号的一句话：

"我们鲍里索夫家为啥需要人多？为的是让我们集结在一起！"

把鲍里索夫一家人集结在一起的圈子里又加入了齐姆良斯基和佳芙金娜，科里亚尤其喜欢愉快又发狠地揉捏佳芙金娜。

"科里亚喜欢拥抱。"佳芙金娜笑着，满脸通红整理着总是让她难为情的连衣裙紧身胸衣。拉雅在沙发上懒洋洋地伸开四肢，也哈哈大笑着，宽容地看着这奇怪而且已成为这里传统的联欢、聚会。

鲍里索夫的两个后人不喜欢父母的这种娱乐，愁眉苦脸地看着父亲。他们喝酒适度，尤其是格里沙，一饮而尽喝掉一杯之后，就再不让倒酒了。

兴奋起来的科里亚开始表演跆拳道——他抬腿向四角吊灯踢去，滑了一下，"咕咚"一声像乌龟一样仰面朝天摔了下去。疼得蜷着身子窘笑的他被拖到了沙发上，他坐在那里，醉眼迷离地看着大家，眼神中时而充满威胁，时而又满是喜爱。他没再想展示自己的彪悍，只是时而喊一嗓子："格里什卡！托利卡！"并兴奋地挥一下拳头。

鲍里索夫家男性后代们避开眼神不看他。

"他尾骨摔坏了，"佳芙金娜低声说道，"这次可能是旧伤复发了。"

宴席散了，齐姆良斯基进了隔壁房间摸那只刚才看见的猫，它躺在床上柔软的枕头上睡着觉。

房间挡着窗帘，没有阳光。桌子上堆着一些绘图用纸、铅笔和废弃的绘图纸。掉漆的棕黄色小橱柜这个破烂东西在预制板楼房里已经很少能遇到了，可在这个小橱柜上竟然画着海军帽白色的椭圆形，朝下垂着致哀的绸带。海军帽的主人能被辨认出是个小伙子，从照片上看着齐姆良斯基。照片钉在了土耳其壁毯上。

这是业余摄影爱好者在某个港口拍下来的一张照片，在照相馆放大了。小伙子脸部线条粗糙，就像是从一块悬崖凿刻出来但却高贵的面孔，目光坚毅，像西伯利亚的马丁·伊登①。一个普通人，走出属于他的阶层并且为了自己的某种单独崇高的命运而抗争。

齐姆良斯基在这幅照片前呆住了，搜寻着与招贴画上的英雄之间的相似之处，想着一些可怕的开往阴霾边境的军列。

格里沙朝屋里看了一眼，默不出声，不友好地看了一下齐姆良斯基，目光尖锐，似乎要把他看透。尽管齐姆良斯基不知道身后有人要把他看透、让他窘迫，他还是有些局促不安。他只看了肖像一眼，让他感到十分惊讶的是，他竟然流露出尊敬之情，承认自己不该待在这里，于是他抚摸了一下猫的脖子便走了出来。

---

① 马丁·伊登是美国作家杰克·伦敦创作的半自传体同名作品的主人公。——译者注

拉雅在厨房里叮叮当当地收拾了几只锅。科里亚和佳芙金娜说着客气话。

"你这么拿着，一，一。"科里亚半搂着佳芙金娜裸露的双肩解释着什么，他嗓门洪亮地数着数，兽欲般轰轰作响。

"做饭的都来了，"阿纳托利从第三个房间走出来宣布道，"一大群人啊，有古妮卡、西姆卡。我不知道给她们吃啥，往哪安排啊？"他看着父亲、齐姆良斯基和走出来的弟弟，莫名其妙又满不在乎地笑了。他喝多了。

困惑的拉雅出现在门口。

"拉雅，我们走了。"佳芙金娜从科里亚的搂抱中脱身说道。

"嘘！"拉雅就像一个喝醉的女巨人一样，毫不迟疑地一下搂过她的肩，"坐着！去哪啊？任何人不准去任何地方！"

"没事，没事，正好地方……你们地方不够……你别这样。"佳芙金娜扭动着不让搂。她遇事时的所有表情几乎都被展示了一遍。

"拉雅，我们真该走了。"齐姆良斯基起身接过话头儿。

"哎呀，你这个知识分子，我不喜欢，"拉雅鄙视地对佳芙金娜说道，"我还把你当个人来看呢……"

齐姆良斯基和鲍里索夫家里所有男人握手之后（格里沙握手漫不经心，阿纳托利友好，科里亚就像在捏握力器），走向出口。拉雅在过道撵上他并把他拉进厨房，带上门，和他面对面站在一起。

"我说，斯维特卡是个正常娘们……你可别给我欺负她。"她咧嘴怪异地笑着，隔着衬衫用两根手指头捏了一下他的肚子，朝他靠过来。

他笑着把她推开。她又往前靠，"扑哧"一声笑了，浪荡地斜眼看着他的脸。

"你们在这干什么？"佳芙金娜来到厨房不安地问道。

"没啥。听懂我的话了吗？好了，走吧。"拉雅使了个眼色说道。

他跟着佳芙金娜向过道走去。

他莫名其妙地兴奋起来。像一个戴着塞状盔形帽的白人殖民者——身体肥胖，跟拿着十字镐的粗鲁土著人一样，弯着身子在帐篷后面干活。帐篷里等待着他的是一位受过教育、不干粗活的女伴。和他种族、地位一样的女友，有文化，内衣镶着花边。

"有点在盯我的梢啊，"当门锁狠劲"吧嗒"响了一声后，他吃惊地说道，"您还好吗？"

"我几乎都倒掉了，偷偷地……德米德里，请原谅发生的这一切！"佳芙金娜把一只手放到胸前，"我要是早知道的话……她跟您说什么了？"

窗台上白兰地泛出金色的光泽，切好的柠檬片还似高台般放在那里。她走上前，喝掉高脚杯里的酒，始终不安地看着他。

"没什么特别的，"他咧嘴笑了一下，"都是酒醉说的胡话。"

"是一些下流话吧？哎呀，我真不好意思啊！"

"别难过。您知道吗，他们很搞笑的。"

"是吗？您觉得……"

"是的，甚至非常搞笑。"

她突然皱起了眉头。

"您说起来容易啊，"她放下酒杯，在房间里走了起来，手指头捏得直响，"您知道吗，我恨死他们了。我受不了这一家酒鬼。"

"您得了吧，"齐姆良斯基笑了起来，拿起了陶瓷牧羊女摆件，"当然了，他们的热情好客太别具一格……但怎么也是发自内心的！"

"简直恨死我了！要是您知道的话……这些年我忍了多少啊，我经历了多少折磨啊……就是因为有他们才安的防盗门。他们家常有那种人，得防着的。厂子发的工资不比我和您差，可您看见了家里有什么啊……而且经常从阳台上爬过去……这要是哪天有人掉下去，我就该有麻烦了。您怎么还能说他们很搞笑呢?!"

"好了，好了，"他对她的突然发火很惊讶，"当然了……您更了解。"

她气得脖子通红，去了另一个房间。他看着她的背影。

那儿有一个浅色衣柜，方形的双人床，墙边的小凳子上有一个大鱼缸，里面只有一条金鱼。

佳芙金娜站在窗旁。他走了过来，站到旁边。

她直直地，呆呆地看着院子。院子里有砍下来的一段段杨树。

染成红色的头发披散在她的双肩上，在光线没照到的地方头发露出了缝儿；从新长出来的发根看得出，她头发的本色要深得多，还露出几根白头发。

她柔软下颔的轮廓中、已经失去弹性的脸颊上显露出几分迷人和无助。

他又想起了车祸，想起了拿着电话的严肃的佳芙金娜，好像她穿越了，把日常的自己扔到了后面。想起了她真诚的声音，想起躺在路上衣服已经被刮碎的那个人，想起了拉雅在厨房给他带来的感觉。

"永远都不要说……"她小声说道。

看得出，佳芙金娜感觉到了他的目光，赶紧挪开身子，抱住双肩，眨巴了一下眼睛。

"真对不起啊，您好像该走了？请无论如何都不要误解，德米特里——我真的让您耽搁太久了……或许再来一点儿白兰地？"

"不来了，谢谢。当然了……我早就该走了，"他答复道，"我妻子很快就会打电话了。"

她走了出去，拿着西服上衣出现在门口。她朝着亮光转过身，让亮光照着呢子，她仔细瞧着，满意地点了下头，把衣服还给了齐姆良斯基。

"太谢谢了，"他接过上衣说道，"拉雅的三儿子怎么了？我看见他的照片了……他可能在打仗吗？不知为什么我会这么想。"

"他要是打仗去就好了，虽说战争可怕，非常可怕！您知道吗，我在检察院和警察局有关系……他们那么请求我、哀求我、威胁我……但是作恶就得受到惩罚，或者被狠狠地教训一顿……我正好去吃午饭。我让他不要伤害我。您明白我说的是什么。"

"说实话，不太明白。"

"他想偷我东西，爬上阳台了。干这种事一般都得判五年，但就判了三年。可弄个假释的话，一年就能出来。"

黑乎乎的车队缓慢、径直地向昏暗的远处驶去，减震器发出"嘎啦嘎啦"的响声。

西服上衣上没有任何令人不快的神秘东西了。澳洲大陆从翻领上被一去不复返地弄下去了。

"一点痕迹都没有。"他嘟囔着穿上衣服。

"这个洗衣粉真好使，"她满意地说着，还点了下头，"打折买的，真高兴。"

（吴丽坤　译）

克麦罗沃

新生一代

叶甫盖尼·阿谬欣①

我十四岁时，在教科书之外为数不多的诗中，有一首名字叫做《论爱好之不同》。父亲非常喜欢这首诗，常常整首诗地读，或者援引其中的片段，于是我就记住了。当在电视节目《银球》中看到诗作者的照片时，我脱口而出：

"这是库兹马②，我的同班同学啊！"

我试图给科利亚·库兹明一个新的名字——"马雅可夫斯基"，但是对于所有人来说，他仍然是那个库兹马。

库兹马在班里年龄最大。他比别人大，因为他病得不是时候，耽误了一年。在一月份的时候，一年级的他年满九岁，我们

---

① 叶甫盖尼·阿廖欣（Евгений Алехин, 1985— ），俄罗斯作家，编剧，音乐家。著有《第三条裤腿》（2011）、《室内乐》（2012）、《非洋，非海》（2012）、《鸟港》（2015）等。

② 库兹马是俄罗斯男人名，库贾为其派生名，库兹米奇为该名字的父称。——译者注

经常嘲笑他是一个留级生。只不过，库兹马对这些恶作剧不以为
然。他唯一不喜欢的是，有人叫他库贾，他可能会和你动粗，就
算叫他库兹米奇，他都能原谅，但是叫库贾是万万不可以的。库
兹马上八年级的时候来到我们班，经过两年的学习生活我们成为
关系很近的熟人，但还不是朋友。库兹马正好比我大一岁半，我
们分别出生在 1984 年 1 月 20 日和 1985 年 7 月 20 日。当你还是
个半大孩子时，这是很大的年龄差；对于我来说，他就是权威，
我不由自主地模仿他，常常把他说的话当作武器。在库兹马式的
慵懒格言、无所谓的学习态度和缓慢的反应速度，以及在任何情
况下都能找到合适言辞能力的背后，所隐藏的是不为人知的，并
不光彩的往事，而这正是我所追求的。

假如您在街上想跟库兹马讨根烟，如果他没烟，他并不会因
此放慢脚步，而是会以一种让您很意外的方式扭过头说：

"香烟就一根，扣在我手心。"①

而您可能会像木头桩子一样愣在那，想要弄明白——这是双
关语的俏皮话，还是您恍惚中听到的话？应不应该捍卫自己的荣
誉，或者最好不要再和这个矮壮的人混在一起？库兹马的手臂很
长，拳头很重，好管闲事，眼神机灵，这种人的笑总是那种散发
出刺穿生命的冷笑，鼻子上还有一块战斗的伤疤。事实上，这不

---

① 这是一句玩笑话，один папирос и тот прирос 仿拟俄语的 один рот
и тот дерет（就一张嘴还咬哩），而且此处将俄语中常用的表示香烟的词
сигарета，用表示香烟的另一个名词 папирос 替代，使得整个句子非常押韵，
达到幽默和双关语的效果。——译者注

是任何战斗留下的伤疤，库兹马的哥哥拿着刀在他面前晃悠不小心戳到了他的鼻子，但结果似乎是好的，他变得更有魅力了。我经常挑衅库兹马，他会轻轻打我几下了之。特别是在早秋或者晚春，抑或那些气候干燥温暖的日子里，下课后，在公园里打架也是一件不错的事情。只有两次，我成功击退他的防守，躲开他大锤一样的拳头，偷偷溜到他背后，将他摔倒在地。

但我听到最多的还是类似这样的话：

"最好结束吧，你快坚持不住了。"

通常我们会爬起来，抖抖身上的土，抓起自己上学的家当，然后安静地回家。库兹马很快会从一个战士转变成一位诗人。刚才还精力充沛、硬如磐石，现在的库兹马已经虚弱得不知何时才能讲完与叔叔和哥哥驱车去别墅的故事：

"我出去吸烟，在栅栏旁撒尿，然后再回来。我像一个木头桩子一样站在走廊里，我叔叔竟然直接在楼梯上敲打女友的额头。"

"为什么要打额头？"——我很好奇。

在我想象中有那么一群人，每天都做着丑陋的事情，他们让人无法理解，如同河水中的昆虫一般。

"只是为了取乐。摘下套，为了热身才用屌敲她的头。"

"我说：'叔叔，别把她的脑袋打爆了。'"

在性生活中头脑机灵很重要，我记在了心里。我总是轻易相信别人，极有可能的是，库兹马故意把我引入歧途，他也明白，这些事对于我而言，就是行动指南，我准备了大量备用品，他想把我武装上路，走向一条最不光彩的路，一条荒诞指南指导下的成年人性生活之路。

"你呢？什么时候把套摘下来？"库兹马立即问道，像鹦鹉一样，重复刚学的时髦话。

库兹马继续讲着他叔叔的事——

"'还没成功。'叔叔语气中充满了真实的懊恼。

"'这是一次不成功的尝试，刚一开始她就叫起来：我太痛了，我不要！'

"'她多大？'

"'十六岁。我觉得她肯定是处女，没人碰过。'"

……

打架之后还能如此开诚布公，这令我不禁赞叹叔叔的风流之事，也对故事叙述者的讲述感同身受。尽管很难理解，但是库兹马暂时没有得到奖赏。这使他很平静，饶有兴趣地期待，我在爱情领域能够超过自己的老师。

可能这个夏天就来得及。如果我在十五岁前做这件事，那么，无论任何时候，我都不会摆着一张臭脸，在生活中退而求其次。但回到库兹马的身边，我应该承认很重要的一点：他已经成为生活中对我影响最大的一个人，在他身上，我看到了一个强壮的哥哥。我模仿他，模仿他的风格，在学习中帮助他，真诚地喜欢他的故事，以此来清偿对他的亏欠。

* * *

很快我就厌烦了校长的把戏。校长用麦克风说着什么，宣读毕业生的名字。她的话基本上都是针对十一年级的学生，对于我们九年级学生而言，只是顺便祝贺并说道：

"我希望你们大多数人能留下来，继续学习。我们等着你们。"

老师们和校长的确都在等我，甚至玩笑似的吓唬我说，不来上学就不给我毕业证。我当时还不知怎么办，似乎只想着与他们告别。但是在我们家，一定要受过高等教育才说得过去。十年中学，然后上大学，辛勤工作，就这样直到土埋半截为止，不能有其他想法。甚至连我那个不安分的姐姐也是文化学院毕业，同母异父的哥哥在克麦罗沃国立大学数学系学习，同母异父的姐姐也是食品工业学院学生。

可能我将来会去学文学（最近一段时间中学课程我也逐渐学进去了），或者学数学，也有可能学信息技术。我想学信息技术，我曾是中年级学生中 QBasic 语言的佼佼者，我甚至想学 Pascal 语言，直到我同父异母的哥哥携带个人电脑来到父亲这时为止。遗憾的是，信息学与计算技术的老师来到我们这上课没多久，他只是为了延期服兵役才来的，所以也是马马虎虎地教我们。结果每次我都只是设计同样简单的程序，偶然稍微改良一下，就能预料到得五分，所有的技能都丢了，上课光玩了。

一切都退居次要，我想着那些浑身散发魅力的女人，便随波逐流，决定推迟课程学习，以后再说。

校长和老师再也没有什么可说的了，五六年级的孩子走上舞台，音乐老师开始弹奏钢琴，开始了最不必要的庆祝活动。

"什么时候能从中学的院子里离开呢?"孩子们纷纷嘟囔着,我也开始变得羞愧,我决定离开。

库兹马叼着烟站在台阶上。他今天穿了裤子,搭配浅色短袖衬衫,还打了领带。为什么他今天打扮得这般漂亮?不可理解,以前从没有见他穿得这么俊俏。

"真是个帅哥!"我说道。从他那里要了一根烟,吸了几口。

库兹马说:"小心点孩子,吸那么多可不行哦!"

"我今天要喝酒,"我解释道,"我甚至有种自我毁灭的想法。"

头很快就晕了。

"回家吧,留在这做什么?"他建议说。

"来吧,喝酒吧。有没有钱?"

库兹马说:"应该换身衣服。然后再喝。"

"对不起,"我谨慎地指出并使了个眼色,"你像个公子哥。"

他用手掌颠了颠我的下巴,并纠正道:

"像妓女的情夫,靠妓女生活的人。"

天气很热,我们无精打采地从学校旁经过,来到运动场。我问库兹马到底想不想上十年级?他只是摆了摆手。

我说:"为什么?你在我们之中可是一个聪明人,你得上学。"

"上学吧,然后我们一起考大学。"

他挑了挑眉毛,眉毛挑得很高,甚至碰到了他的平头。

"发疯了吗?"

"但是你应该和我打一架，"我抓着他的肩膀说，"我应该扳回一局，我们现在就开始吧，不是为了擒拿的格斗。"

他把我的手从肩膀上拿下来，疑惑不解地向四周张望。

"你还来得及挨顿揍。"

"好吧，"我有把握赢了他，虽然这把握毫无根据，"我原谅你欠下的债，只是我们要像打拳击一样再格斗一会儿。我觉得，这次你完蛋了，我长大了。只是你得把领带摘下来。"

他懒得这么做。但是我知道，他会经不住央求，我有适合的话能刺激到他。

"库贾，你这个小骗子，你欠我一百卢布。"

"好吧。"他把自己的一包东西扔到嫩绿的草地上。我都用不着摘下领带。要是能和库贾这个受虐狂打一架就更好了。

不知道因为什么，我激动起来，就像在自己的命名日那样激动，毫无根据的信心注定会被打碎。我像一只激动的猴子上蹿下跳。我的手很长，但是我却不会打架。如果我用力打别人，我自己也会很痛，需要避免这一缺点。我是一个不会游泳的固执游泳者。库兹马往前迈一步找到支点，站住，残酷而稳重，正正经经，甚至没有抬起手，但这不意味着他对我是安全的。我跳起来，在他耳边做了一个假动作，重重地打向他的肋骨，打击精准，惯性的作用差点把库兹马仰面摔倒。但是他让我意外地用力把我推开，又跳回来，下颌发出"咔吧咔吧"的声音，好像在阻止玩累的公狗。

"别打了。"

“对不起，我忘了。”

我朝他的身体打了几下，好像挺成功。然后库兹马抓住我的手，把我整个人抖得像抖一个洋娃娃。库兹马把我拖到阳光下，扔到草地上。我还没有回过神来，他就跳起来，双腿压到我的背上。

他第一次向我展示，他擅长做什么。

“平静了？”

我嘟囔着说：“没有。”

他骑到我的背上，使劲勒住我的脖子说：

“嗯，还用再问一次吗？”

我试着把脸转过来，以便能灵活地回答，但是却闻到了一股烟味，看到他蜡黄的脸和露出的一截领带。这时库兹马把我的脸按到了草地上，他自己从我身上爬下来。

如果库兹马是一匹骆驼，那我就是一头骡子，我们不可能互相理解。我不知道为什么突然这样想。

刚刚起身，我就感觉到一阵胸痛和下巴疼。

我们往我家的小门那里走，他突然从兜里掏出钱说：

“我可以给你三十卢布。其他你想要的你已经得到了。”

“你太慷慨了。”我说。

他数出三十卢布给我，然后我们就分开了。我站了一小会儿，看着库兹马沿着街道朝一个五层楼高的房子走去。为什么我的心跳得这么厉害呢？我感到很委屈，为什么没有从他那里拿一百卢布，鬼才知道为什么委屈呢。我竟然只要了三十卢布，我怎么这么低贱呢！忍不住想要把之前的那次打架退回来，按别的方式进行，试着再玩一次。如果这会导致僵局，那就把打架取消，拒绝这种游戏方式。但是我总算有一次尝试，我死乞白赖地要求打一次，也点燃了我身上的战火。我弄混了一些事情，把测量现实的仪器当作了不真实的指标，也许，我能够打败并教训库兹马这个无情的骗子，但我应该去哪里呢。

大约两个月前，库兹马弄丢了我的通用月票，他这种可恶的行为要上一百卢布已经是小数目了。凭此通用月票甚至可以乘车去我们居住的郊外，不用再付多余的卢布。因为库兹马的失误，我要接受父亲的责骂，父亲要去社会保障部为我争取车票副本，当然这并不会立刻发放。在黑白照片上可以看出我和一两年前的库兹马略有相像。我把通用月票给他完全是信任他，万万没想到他给弄丢了。他还说：

"要是警察来了，你别说把通用月票交给我了。"

我眼珠子差点没掉下来。

"你在哪里把它弄丢了，傻子？"我吼起来。

"哪也没丢。只是你要记得，你没给过我。"

"又去撬车了吗？"

"我从没撬过车。只是在没地方可以进行性行为时才会去撬。"他晃动着裤裆前面的开口说道。

有一天，库兹马说，他和哥哥撬开了几辆车。我能想象出来，他们是如何撬门而入，拿走收录两用机，把分得的赃款挥霍掉，却把带我名字的通用月票留在了司机的座位上。因此，三十卢布和揍几拳与赔偿月票的损失相比根本算不了什么。

* * *

今天库兹马没有回家。我们告别后，过了几分钟就听见蛇形转弯的通道附近有人叫住他。两个九年级二班的毕业生都快钻到酒瓶子里去了，他们是莱吉克和科兹里，而小人基别什也与他俩混在一起。科兹里是我们当地的疯子，当年两次留级。他是一个沉默寡言的，干瘦的，黝黑的，孤僻的，不合时宜的，善良的，有攻击性的，有求必应的人——集各种性格于一身。科兹里能自欺欺人或让自己安然入睡，也能怡然自得或者狂怒；但是如果没有被挑衅，他不会威胁到别人。至于基别什，我们得尽量离这个楚瓦什人远点。他十三岁时就骂娘，骂得津津有味，还能比任何人喝得都多；他已经形成了自己的人生哲学，并在一个冬天和我进行了分享。

"茹卡，我不想问心无愧地活一百岁，我不想做善事，也不想成为一个有学问的人。"他对我说，他的高音很刺耳，抓挠着自己的内心。我坐在通道的台阶上，试着让自己从他充满酒气的话语中清醒过来。我再尽情地活三十年就好。

我对基别什的享乐主义感到害怕。这就像胡扯，但是这些话，却来自于一个比我小，却以十分自信语气讲出来的人。我不情愿地望着他那双可怕的眼睛，然后将目光转向他那仿佛含了毒药一般乌黑的门牙。门牙上一块黑色的缺口更是让我感到不适，他那自足的笑也让这一脸麻子奇丑无比，他试图用"马格纳"香烟遮挡，香烟的味道很让我崩溃。基别什那一刻就活得很尽兴。

我清晰地记得那还是孩子般的，没有被撕裂的声音大喊道：

"库兹马，往我们这边走！"

库兹马听到基别什的叫声转过头。基别什用拇指、食指和中指合起来弹了一下下颌，这个手势是说："一起喝酒吧。"

库兹马回答说："当然，我很乐意听基别什的任何提议。"

这样的双关语让我觉得是倒霉的预兆。我有一种感觉，当听到这句话时我仿佛看到了库兹马本人说这句话时的样子。当然，我没有看到他，那时我在家，喂山羊，手淫，洗澡，准备去散步。这是列日克转述的，他知道，库兹马与基别什和科兹里见面了。列日克自己和他们待了一会儿，喝了点酒就离开去办自己的事了，寻找自己的幸福，这种幸福与过了一天就登上报纸的琐事截然不同。

* * *

刚刚杰曼（我也叫他杰利芬或杰里菲克）给我打电话，叫我去林荫路庆祝最后一堂课结束。我说，我不想去那么远的地方，实际上，我只是不太敢在这个炎热的季节去林荫路。要是敢去林荫路的话，那徒手去热带丛林探险对我而言也是轻而易举的事了！

"走吧，尤利娅的朋友也去，她肯定会喜欢你的！"

这倒是引起了我的兴趣。

"她多大？"我问道。

"差不多十六岁吧，可我不觉得她还是一个雏。"杰曼回答道，然后嚷嚷着笑起来。

他在这方面向来很龌龊，他很早就开始和女生交往了，而且换了好几个女朋友。为了以防万一，我紧紧捂住手机听筒，绝不能让杰曼这淫荡的笑声传到屋子里！

"这样吧，我半小时以后去接你。"

"快点吧！我在院子里等你，你的小妍头可正在林荫路等你哦！"

一年前，我和杰曼成为朋友，我们俩不打不相识，可这"架"却不是因为我俩由于什么东西起了争端，而是因为我们必须这么做，这是班级之间的对抗，八年一班对战八年二班。大家本都以为这场对抗会像冰湖大战①一样壮观，可结果，仗还没打，就有人害怕得打起了退堂鼓，还有人压根儿就不想打了。总的来说，对方派不出什么人，强劲的对手只有米沙这个真正的大力士，还有科兹里，只不过没人愿意和科兹里打！至于其他人，不过是些虾兵蟹将而已，根本不值一提。起初大家想让我对战科兹里，但我拒绝了，我说："我不想和疯子打架！"三年级的时候，因为一件事让很多人都记住了我。有一次，我考试得了两分，我觉得这太不公平了，就用拳头狠狠地砸了几下课桌，大骂所有嘲笑我的人。所以大家都说，派出两个疯子打架，场面绝对震撼！不过我坚持说，我已经是正常人了。实际上，除了对抗过两个人以外，我表现得体已经好几年了。这两个人一个是该死的同性恋，他总拿与我童年有关的问题来烦我；另一个是一个愚笨的女

---

① 冰湖大战是指俄国反抗日耳曼人入侵的战斗。——译者注

老师。这些事情确实提高了我在学校里的声望，甚至连斗士米沙都过来握着我的手说："我看见你和那个老师对骂了，你还对着她哼哼，这可真是一场大戏啊！"

算了，我也不冒险去对战科兹里了，况且他也有些退缩。实际上，大多数人都已经做好了准备，想看看库兹马和米沙谁会赢。其余两场对抗只不过是抛砖引玉，是"压轴大战"之前的热身。那天我甚至在黑板上画了两个斗士，还写上了"库兹马 VS 米沙"。

战斗在公园的空地上拉开了帷幕，还有专人放哨，万一大人经过，好给我们提个醒。

首先我方派出库恰，他的对手和我身形差不多。我在心里默默地说："加油啊，小伙子！不用怕，库恰，他只不过是个自以为是的傻大个，总想着称王称霸，实际上胆小如鼠，相比打仗，他更适合学习。"

在学习方面，库恰和我一样，是个天才，不论是俄语还是化学，只要他想，都能取得好成绩；可打架就不一样了，任何人都可以轻而易举地打败他。

我知道，如果给库恰重重一击然后把他扑倒，他就会像甲虫一样，四面朝天，无法动弹。他会因无力反抗而号啕大哭，他害怕窒息的感觉，害怕别人踢他两腿间的要害。只要稍加威胁，他立马败下阵来。在认识库兹马以前，我经常和库恰打架。我们打架的历史从三年级就开始了，或者是出于刻意的练习，或者是由于日常的争斗。我太了解他了，他很快就会精疲力竭。刚开始你只需不断躲闪，让他出汗，慢慢地他就会失去警惕；然后踢他的腿，扣住他的脖子，大功告成！你甚至都不用特别使劲，他就开始叫起来："我要窒息了！"

当然，库恰的对手并不知道这一点，他只不过想拖延几分钟，象征性地打几下，得几分后，就会主动亮出白旗投降。

接下来是我和杰曼之间的对决。他比我还瘦，但在他的身上并没有表现出一丝恐惧。他会不会打架，我不知道，实际上，我对他的了解仅限于他是个男的。我们相对站立，在比赛开始前一秒，为稳妥起见，我还是问了问他："你能撂倒马蒙特吗？"

这是我突然想到的，只是想确认一下对方的实力。我看过职业摔跤比赛，我认为，今天的决斗一定程度上也可以算作一场比赛，比赛开始前，双方可以相互交流。如果杰曼连自己的同班同学马蒙特都打不过，那么我和他打架就不费力气了，毕竟我曾经轻而易举地就打败了马蒙特。

"我肯定能把你撂倒！"杰曼回答道。

他突然跳起，想要踢我；我抓住了他的腿，一脚狠狠地踢了下去。

"他妈的！"他喊道。

我感觉到他的大腿在抽搐："你他妈等着！"

他一直在爆粗口，骂骂咧咧地，他的话太多了，这甚至让我一度怀疑，这到底是在打架还是对骂。我已习惯了安安静静地打架，如果我和库恰、沃瓦、库兹马或者其他人在打架的过程中说话，那我们就得停下来休息，或者直接不打了。

我们来回移动，攻击对方，但始终没有近身作战。我挡住了脸，因为那个时候我还带着牙套，但我总会忘了这件事。事实上，没摘牙套是不能打架的。最后，杰曼决定进攻，这是他致命的错误。我不知道还有什么招式能够让他扭转败势，也许只有和我保持距离，猛攻我致命的地方，他才会有胜利的机会。

"啊！"杰曼大喊一声，向我冲来，看来是想把我扑倒；而我身体稍微一侧，他自己就扑到地上了。我乘胜追击，压在他的身上，就在他想要挣脱时，我夹住了他——大局已定，他无法起身了。如果说库恰稍微还能有一点机会从我的挟制中挣脱出来，那么杰曼则是一点机会都没有。很快，他的头被我的手臂紧紧扣住，他能看到的只有面前的一小块儿地，后脑勺被我的肩膀紧紧地压着。

"投降吧。"我满怀善意地低声说道。但是过了将近十分钟，杰曼还是不愿投降，他开始用手拉扯我的胳膊，这个动作对现在的他来说可谓十分艰难，但他仍然不放弃。

"臭男人，你就是个阉狗！"他嘶哑着喊道。

他竟然挣脱开一次，并狠狠地用拳头击打我的耳朵。我加大了压制他的力量，把他死死地按在地上。

"你们是来打架的，还是来打炮的？"人群中有人喊道。

杰曼突然不再挣扎反抗了，我放开了他，站起身，一切都结束了。他哭了。为什么要把自己逼哭呢？杰曼满脸通红，不顾其他人冲进树林里。他一脚朝一棵树踢过去，呆呆地站在树旁，接着开始抽烟，在原地转了几圈，又蹲下来，深吸一口烟，不断地啜泣。他待在那边没再过来，一个人静静地注视着库兹马和米沙的决斗。

决斗场面十分壮观。库兹马想要耗尽米沙的精力，他灵敏地在米沙粗壮的四肢间闪躲，跳开，进攻，勾拳，却一不小心打到了自己的脸。米沙太强壮了，而且还很能打架。库兹马有些力不从心了，他哪打得过这样一个怪物，要知道他是赤手空拳、没有任何准备就来迎战了。

"快，快！干掉他！"我低声喊道，我甚至和库兹马一起移动、换位。

那一刻我忘却了一切：忘却了被我打趴在地的杰曼，忘却了那些一丝不挂的女人。最后，米沙的手臂在空中划过一条夸张的弧线，重重地打在了库兹马的太阳穴上，库兹马变得束手无策，任人摆布。甚至连我都能感受到那一击的重量，我的腿早已不听使唤。库兹马被打趴在地上。米沙满脸通红，对着库兹马又踢又打。这一幕太可怕了，简直就像野兽间的争斗！我和库恰趁着众人拉住米沙的时机，连忙把库兹马拖了起来。

"让他投降！"米沙喊道。

库恰把库兹马扶了起来，我赶忙对米沙说：

"你赢了，求你住手吧！"

"我没输。"库兹马回答道，"还没完，我的脑袋……"

他推开我和库恰，吐出一口血，举起手说：

"好吧，我投降。"

"哎！"我惊呼道，捶了捶自己的手掌。

　　紧张的气氛渐渐消退，所有人都开始谈论米沙的成功。我没有拖延时间，立马回家了。我家就在附近。喝完水，洗完澡，我坐在自己房间的窗边。我不知道，到底是什么更让我失落：是我毫无意义的微弱的胜利，还是库兹马彻彻底底的大败。

　　我能看见，也能听见，他们往一栋五层楼的方向走去了，先是库兹马和库恰，接着是米沙和他们班的同学。

　　杰曼也走过去了，他还在啜泣。第二天，我在学校里找到了他，我伸出手向他示好。他疑惑地望着我。

　　"别生气！"我说。

　　我向他解释，比起用拳头解决问题，我更喜欢摔跤，可如果有人向我挥拳，我也不能坐以待毙吧？很快，我们就聊起了嘻哈音乐，我们互换了磁带。杰曼长得有点儿像音乐家杰利芬，所以有时我也叫他"杰利芬"。"杰曼"听起来有点儿粗鲁，称这位能将音乐家的歌词倒背如流的人为"杰利芬"，听起来也有赞美的意味。

　　库兹马和米沙也成了好朋友。总之，自打那次交锋之后，两个本来几乎毫无瓜葛的班级却亲密了起来。

* * *

　　林荫路上搭建了一个舞台，有一些"女演员"在上面表演。起初有人唱了首《无可救药的骗子》，一群人随声附和，在音乐中摆动起来。我们有"巴尔金卡"啤酒。杰曼把尤利娅搂在怀里，她默默地十分温顺地跟着他。她那么可爱、美好，我不明白杰曼身上有什么特质吸引着这些女孩。尤利娅的女性朋友——我的

"妞"，她的名字我还没有记住，虽然跟我走在一起，但她和我并没有任何的肢体接触。看得出来，她还不想和我扯上关系。她看上去还不错，长相成熟，嘴唇丰满，只是鼻子有点长，整个人看起来很独特。我们挤近舞台，我试图喝更多的酒来掩饰自己的焦虑：周围的人吵吵闹闹，行为粗俗，而为了赢得小女友的芳心，必须放松心情，把他们全都忘了。

杰曼在我耳边大声喊道："追到她。"

我迟疑着点了点头。杰曼一边跟着音乐摇头，一边在人群中吸烟，我们的女朋友们也随着音乐很不自然地舞动起来。在人群中跳舞可不是那么容易的事：到处是晃动着的手臂、脑袋，随处都是酒瓶和点燃的香烟。

小年轻们都散去了，啤酒也喝光了。四周突然空旷起来，我竟有些不知所措，只得看舞台上的表演。人们踩在木质地板上，哼着音乐，来回舞动。

《无可救药的骗子》完事之后，《未来之客》的音乐响了起来。一个浓妆艳抹的女孩出现在舞台中央，她手里拿着一支塑料玫瑰花。这个假扮夏娃的女孩一边唱歌，一边跳舞，我的目光始终追随着她。我倒不是喜欢这个女孩，而是为她惋惜难过。舞台上孤独的她，像一只被关在笼子里的金丝雀，四周围满了魔鬼。她的逃生之路被硬生生地切断了。

哭吧哭吧

跳吧跳吧

　　　　远离我吧

　　　　谁让我是你的泪

　　我很喜欢这首歌，这是我心底的第二个小秘密，是我的真爱。虽然乔·维尔克斯总是贬低流行音乐，但我也喜欢他，能把他的歌词倒背如流，但我的心里仍为夏娃·波琳娜留有一方天地。我默默地喜欢着她的歌，夏娃的歌词总能触及人的灵魂深处，这正是它的美妙之处。她的音乐有一种谜一样的魔力，能让叛逆的青少年在音乐中忘我地舞动；也有一种挑衅的意味，充满了对争斗的暗示。

　　在酒精的刺激下，我变得多愁善感。突然，一个叛逆的青少年向我伸出手，自我介绍说："萨沙！"

　　我握了握他的手。

　　"你也放假了？"

　　我点点头。

　　"九年级？"

　　我又点了点头。一方面，如果他把我当作一个十一年级的学生，我会很高兴；另一方面，如果他想找牺牲品，那么我宁愿承认我还是一个小孩。这样一来，他就没有挑事的理由，更没有事后吹嘘的资本，毕竟对一个小孩动手并不是一件值得炫耀的事情。

　　"喜欢吗？"不知他问的是这首歌还是整个迪斯科晚会。

　　我耸耸肩，示意他随便聊。

"玩得开心！"萨沙说。他再次握了握我的手，回到了他的朋友那里。

我继续观察"夏娃"：十七八岁，（相比于真正的夏娃）有点微胖，画了蓝色的眼影。她发现我在观察她，立刻捕捉到了我的目光，捕捉视线对她来说很容易。我非常理解在林荫路上表演、在人来人往的地方做作跳舞的"夏娃"此时的感受。机动车道上，每个人都忙着回家，他们紧闭车窗，蜷缩着脆弱的躯体；小孩在叫喊声中挤过人群。

我看着她，露出暖心的微笑，好像在说："一切都很好，夏娃，我会陪着你，别担心，一切很快都会结束。"

现在她只为我而唱，至于她是否漂亮已经不再重要。演唱结束时，她走到舞台边缘，把玫瑰递给我。我有些尴尬，向后退了半步，但她一直举着那朵玫瑰。在这个灰暗的采矿小镇，暗红色的假花花瓣在我面前极力伸展，有时像是黑白电影中那一抹明亮的装饰。最后我接受了那朵玫瑰，竟感到莫名的喜悦。我没有对她说谢谢，而是含糊地说了些什么……

这种含糊声代替了我和"夏娃"无言感性的交流，悄悄地打开了我们内心的世界。

刚认识的一个人——萨沙，看到我"玩"得正开心，走过来拍着我的肩膀说："你和其他年轻人也没什么两样嘛！"

"夏娃"胆怯地挥手告别，向后台走去。我挤过舞台，向演员化妆的帐篷走去，但那里有一名警卫，我无法进去。没有办法我只得回到杰曼和女孩们身边，把玫瑰花给了我的"妞"。

与其追求丰满的理想，不如寻找实在的现实。显然，"夏娃"还在等这样的事发生，因为这对于她来说是一个信号。一路上，她甚至连假花也没有收到过。她立刻拥抱了我，在音乐《举起手来》的音乐中，我们开始亲吻对方。在谢尔盖·朱可夫的歌曲中有许多关于性的暗示，我立即嗅到了女性的气味，然而那时我对他还不了解，不清楚他是什么样的人。我认可这个人的创作，也不得不承认他的影响力，这实在是一种可怕的力量。即使多年以后，我也能同样清晰地嗅到这种芳香。现在我已经三十来岁，衰老的迹象最初令我不愉快，但岁月终究会敲响我的大门。我只是感觉到神经末端的痒，突然渴望去体会青春的迷人魅力。朱可夫出生在上个世纪，他的欲望从未如此朝气蓬勃和透明。

我没想到的是，那天晚上我面前一直浮现着一张湿漉漉的脸，扬声器里令人憎恶的声音轻轻推送，掉入这个泳池。

> 十六岁的花季
>
> 她学到了很多东西
>
> 在男人强壮的怀抱中
>
> 度过了一个又一个夜晚

时至今日，我仍对我试图讲述的世界感到着迷，现在我的故事比以往任何时候的故事都更加有趣，所以我试图向它（向与世隔绝的天堂和那时的自己）伸出手来，带着全新的、有爱的感觉重走一遍这条路。一切都重来一次，手心里仿佛还藏着考试那时的小抄。

在败局已定的时候我喘了一口气。透过眼角的余光，我看到，杰曼朝我竖起了大拇指。

"谢谢你，杰里菲克。"喊完这句话，我就忙着疼爱我亲爱的"小母牛"了。

……

然后我们转了一圈，散步，亲吻，抚摸，一支烟两个人抽，再亲吻，又做了一次爱。

"我们去通道里吧。"

"还有什么通道？"她问。

来吧，我想，快点答应呀。我现在非常需要。

我直到很晚才回来。沿着一条空旷的林荫大道，穿过马尔科夫采夫街，沿着田野往前走，走过有大棚的国营农场。几年前，我还是一个孩子时，我经常沿着围着挡板的栅栏走，还研究了这里的地形。

沿着栅栏走，一会儿就能看到一侧是大棚和工程建筑，另一侧是长满植物的田野。田野后面映入眼帘的是监狱，守卫懒洋洋地看着犯人。有些犯人在锯树，然后用砂纸打磨；有的在修理简易木房；有的在和泥。有一次，我看到犯人半裸着在踢足球。

走进村庄，路上几乎没有人，我并不感到害怕。偶尔会有醉酒的欢呼声打破沉寂，但随后就消失了，这份喧哗根本破坏不了漫漫长夜的静谧。我离"成功"只有一步之遥，下次我一定能行。我的嘴唇还没有因吻而肿胀，我勉强拖着沉重的双腿吃力地走着。腹股沟的热还未消散，她还不明白，这是在欺骗她，她还在期待着再发生关系。

在离房子不远处，通向未建成房子的黏土小路上，我看到一个男人摇摇晃晃，不知道他是不是不舒服了，还是想吐，还是想要走？但是，他还是努力在无自制力的状态下控制着自己的行为，破旧的衬衫下摆从裤腰里露了出来。

"哪是别人啊！"我喊道。这是库贾本人。

他吓得直起身子，控制住自己，向我走来。

"兄弟呀，我觉得你这都三十了……"我刚开口，库兹马突然抓住了我的双手，就像顽皮孩子的愤怒父母一样。在灯下，我看到他浑身都很脏，眼睛泛起了红血丝，鼻子上的伤疤更明显了，还在流着血。

"是的，闭嘴。"我闻到了他的酒气，仿佛自己也喝了一杯伏特加。他不再说话，衬衫也不知是被血还是呕吐物染脏了，衬衫也从裤子里露出来，狼狈不堪。

"茹卡，我以前没来过这里呀！"

这就是他说的所有的话。库兹马把我从路上推开了，然后躲到车库后面的阴影里。

第二天晚上，他被捕了，当时整个村庄都知道谋杀案的事。结果，基别什洗脱了未成年人犯罪的罪名，科兹里疯了。库兹马被判处九年刑期，但他可能六年后出狱。

* * *

除了九年级的必修课，我的文学和信息技术考试也都合格了。在某种程度上说，我也做了很多准备工作。我写了两个非常简单的程序。第一个是个井字游戏，我没有搞清楚每一步，这么做只是为了用箭头键就能把记号放到指定位置，然后在屏幕上出现了两对格线，形成游戏所需的井字网格。每个小方格都有一个浅灰色的数字，从 1 到 9 随机排放。

程序提示"输入十字的位置"，然后在方格内输入一个字段，比如"1"。在方格内会出现一个"十"字，程序提示"输入零的位置"，依此类推。最后，程序显示"十字赢了""零赢了"或者"平局"。

第二个程序的代码简单得多，但是在我看来，它更有趣。

我从学校的教学大纲里摘录了十个字段，都是文学考试必考的内容，然后用字段替换字符输入进去。

系统提示了几个问题：

"你叫什么名字？"

"你的朋友叫什么？"

"你的敌人叫什么？"

"你的女朋友叫什么？"

然后屏幕上出现了一个文本。这个程序的缺陷是并非所有段落都使用了指定的名字，而选用这些字段的优点是字段里不需要加名字。当然，从诗中挑选字段是比较难的，节奏感几乎总是被打破，有时歧义也会破坏原作的韵律：

什么时候她才能知道，

> 明天茹卡和库兹马
>
> 为长眠之所而争执；
>
> 哦，也许是她的爱
>
> 再次将朋友们连接！
>
> 但这种激情一闪而逝
>
> 从未有人将它打开。
>
> 茹卡对一切都保持沉默；
>
> 马特维耶娃忍受着痛苦：
>
> 只有一个女护理员会知道，
>
> 但她无论如何也猜不到。

"1"表示还有一个文本，"2"表示输入其他名称。

她在街上遇到一个衣着光鲜的年轻男人，她把花放到他面前，然后就脸红了。

"姑娘，你要卖花吗？"茹卡微笑着问道。

"是的。"马特维耶娃答道。

"你卖多少钱？"

"5戈比。"

"太便宜了，给你一卢布。"

马特维耶娃很惊讶，她怯怯地看着那个年轻人，脸更加红了，然后盯着地面，低声告诉他，她不会要这个钱。

我真的很喜欢《当代英雄》里的几段话：

戈普尼克从街心花园里窜出来堵住我的路，然后举起一把手枪，他的膝盖颤抖着，手枪瞄准了我的额头……

心中难以名状的愤怒汹涌澎湃。

突然，他放下手枪，脸色苍白，看向他的帮凶。

"我不能。"空气中飘荡着他空荡荡的声音。

"孬种！"库兹马说。

然后枪声响了起来，子弹擦伤了我的膝盖，我下意识快走几步离开这里。

"唉，戈普尼克老兄从街心花园里窜出来，不过很遗憾，枪没打中，"库兹马说，"现在到你了，站住！先拥抱我，我们不会再见面了。"

他们互相拥抱了，库兹马忍不住笑起来。

"别害怕。"他狡猾地补充道，"世上的一切都是胡扯。从街心花园里窜出来的戈普尼克，你要记住：天生愚钝，命运多舛，人如草芥。"

在某些地方，我不得不删掉作者的话并放弃一些精彩段落——这几天沉浸在信息学教研室的浩瀚书海中，我一直都有这个想法；然后决定停止，不再继续完善了。信息专家说，这就已经足够了，而女校长（她只教我们文学）也非常高兴，这成功把她吸引住了，所以我就把文学作品文本运用到信息学和计算技术中了。

"这真是个新奇的东西呀！"她说。

这个反应让我感到困惑，因为这个程序的第一版是差不多两年前编写的，而且含有色情意味。

……

有一天晚上，我在姨妈家过夜，偶然在房间里发现了一本书：有人把《伊曼纽尔》和《北回归线》这两本书装到同一个封面下面。直到天亮，我都在欲火焚身翻着这两本书。回家的时候，我意识到：如果我无法获得那些小黄书，那我就自己写。趁我哥不在家的时候，我在他的个人电脑上写下了我的第一个色情程序，把它保存到硬盘上，然后把硬盘藏到床垫下面。

是的，第一个版本更简单，只需回答一个问题，也就是输入一个变量："女朋友的名字？"然后其中一个自动生成的文本就跳出来了。没有意中人的话我能写什么呀？结果是，我几乎没有使用过这个程序自慰，我根本不想读跳出来的那些东西。事实证明，在 QBasic 上写代码、编故事，然后保存到硬盘上藏起来，这是我的高级淫书，而不仅仅只是一个成果。程序写完的时候，我所拥有的也只是一个乏味又无聊的作品，即使是最没有经验的自慰者都不会支持它。

九年级一班和九年级二班在十年级的时候合班了。和我一个班的有米沙、杰曼，还有纳斯佳·马特维耶娃——我们这一组唯一的美女。五月，我已经知道她要去上十年级了，这是令人欢欣鼓舞的事。只是老师们不太想要她，他们认为她很笨。但是很少

有人愿意留在我们学校，所以这些老师不得不接受所有愿意留下
来的学生。

　　一个月后杰曼因旷课而被开除，所以米沙成了我最好的朋友
之一。杰曼走后门去了一所职业学校，在那里他开始静脉注射毒
品。杰曼不可能加入到我们的摇滚乐队，所以我找了另一个伙伴
来代替他。

　　在学校的最后两年，我读了很多书。除此之外，有一段时间
我手不释卷地读着马雅可夫斯基的两卷集，背熟了他的诗作包括
长诗，甚至我还从他那些蹩脚诗中凝练他的创作思路。莱日克家
里有打字机，他把它借给了我一段时间。

　　很多个晚上，我都开车到隐蔽的地方，以免干扰家人。在街
道、走廊和储藏室之间我有一间自己的办公室，在那里我开始
打字：

　　　　我的心意

　　　　昭然可见

　　　　像一块露出糖纸的糖果

　　　　今天的抒情诗

　　　　好比昨日的丝丝浪漫

　　后来，当我进入语文系时，我被称为"马雅可夫斯基"。每
次有人这么叫我的时候，我都会想起库兹马，他就蹲在离自己家
一公里远的监狱里。最近，我的鼻子上也有了一道疤痕，几乎和

他的一样，只是小了一点儿。在一次速战速决的打架过程中，对方在他手指上安放了外物，结果是我被缝了两针——几天后我自己拆了线。所以我得到了与库兹玛一样的标记，效仿了我喜欢的人，但事实上什么都没改变：对于语言学家来说，我太没文化、太没教养了；但是对于犯罪分子来说，我太胆小、太知识分子气了。

* * *

他们在岸边喝着酒，当这个倒霉蛋突然出现在附近时，他们已经准备离开了。这个倒霉蛋将充气橡皮艇拉上岸，一边用手电筒照明，一边开始整理捕鱼用的纤维绳索。

"咱们去划船吧！"基别什高兴地说道。

小船夫是一名年轻大学生，他显然是被突然从阴影处冒出来的醉汉吓到了。

"要喝点吗？"库兹玛问道。

"不了，谢谢。我该走了。"小船夫惊恐地说。

"等等，让我们划一会儿船吧！"其中一人说道。

"不行，"小船夫重复说道，"我该走了。"

他将盖子从阀门上拧下来，把橡皮艇的气挤出来，在这个过程中一直努力保持冷静，好像身边没有人一样。

"别这样，"库兹玛说，"是想让我们动手吧！"

手电筒掉到地上，光线只能照出人的轮廓，但是看不清细节。小船夫挺直身体，估算着谁才是他们中的老大，决定碰碰运气。他犯了一个很严重的错误——他推了一下库兹玛的肩膀并尖声说道：

"你们都给我闪开。"

"天哪。"库兹马惊讶地喊了一句，一拳打到小船夫的脸上，导致他立马跌坐在船上。

然后基别什开始动了手，他一边兴高采烈地叫嚷着，一边将小船夫打倒在橡皮艇上。小船夫挣扎着，就像沙箱里的沙子一样。

当库兹马拽走基别什时，小船夫躺在地上双手护着脸，就像一个不想起床的孩子。

他们围坐着喝了点酒，又问了小船夫一次，但小船夫根本没反应。

"快点，起来，别装听不见。"库兹马说，"我们去上面瞧瞧。"

他拽起小船夫，又给他灌了点家酿酒，小船夫处于半晕的状态。

"让我留在这吧？"小船夫说道。

"那就把他留在那里吧，他也不会有什么事！"基别什同意了。

最终他们还是决定帮他从陡坡上站起来。他们的谈话很难用语言表述清楚，需要再多喝几瓶酒才行。科兹里拽着绳子试图调转船头，但是他喝太多了，双手根本不听使唤，船还是停在岸边。

通往村子最近的路也是最难走的，但是他们不想绕一大圈。

他们一起爬上了斜坡，库兹马拽住呻吟着的小船夫。基别什一只手拿着电筒，另一只手抓住地面防止滑回去。当他们爬上斜坡时，库兹马松开了小船夫，自己坐在了草地上；基别什也躺下休息，并将手电筒放到面前。只有科兹里还站着。

小船夫有点清醒了，开始像个娘儿们一样哭起来。他一边咒骂这些坏蛋，一边试图爬起来逃走。

"堵住他的嘴。"没有起身，基别什低声说道。

然后，科兹里给出了致命的的一击 —— 得好好看着科兹里，最好用链子拴起来。他脑子里的想法近乎疯狂，他几乎完全丧失理智了，最近一连串的事再加上基别什这句话（堵住他的嘴），一切都像打真人游戏的键盘一样混乱。科兹里咆哮着冲向小船夫，使得他从陡坡上滚落下来，撞到了石头上，他的手还紧紧抓着灌木丛。

库兹马、我梦想中的哥哥和我少年时期的偶像一边跳脚，一边哼唧："去你妈的！"

（刘柏威 译）

符拉迪沃斯托克

水与石的故事

瓦西里·阿夫琴科①

致父亲——地理学家，渔夫，原始林区的居民

第一部分 水

* * *

大约 21 岁之前，我从来没有注意过海，也无法说我是否爱它。怎么能爱或不爱空气和水呢？空气是我们时刻都在呼吸着的；水呢，要是相信中学老师的话，身体大部分都是由它组成的。大海一直在我身边，我曾一度认为所有城市都应该在海边——难道不是都这样吗？

只有在去过没有大海的城市之后，我才注意到海的存在。想

---

① 瓦西里·阿夫琴科（Василий Авченко，1980— ），俄罗斯作家、记者。著作有《右舵》（2009 年）、《透明框里的晶体》（2015 年）等。本篇《水与石的故事》选自《透明框里的晶体》。

象一下没有道路或没有房屋的城市，你就能明白我的感受。

大海对我来说早就习以为常，不可或缺。鱼不仅能用来烹饪出好的菜肴、罐头食品或是冷冻鱼块，更是我熟悉的鲜活生物，它们就生活在我的周围。它们之于我就好像母牛之于村民，只有一点不同——鱼儿是野生的，不是家养的。

过去父亲经常去钓鱼。秋天钓鲱鱼，冬天钓胡瓜鱼，春天钓比目鱼。不想或不便远行的时候，会步行去海湾——阿穆尔湾，就在我们符拉迪沃斯托克西侧。他带着我一起，有时登上俄罗斯岛，有时会走到更远的地方去地质探险。那些地方的鱼密密麻麻，比河里的石头还要多。我们曾经在天鹅湖中钓到金色的鲫鱼，与列夫河中巨型鲶鱼和狡猾的乌鱼搏斗，从冰凉的海水中拖出一嘟噜一嘟噜的有黄瓜香味的胡瓜鱼，用贻贝钓肥腻懒惰的比目鱼。要想抓贻贝，得先带好面罩潜入海底，用手指小心地把石头和粘附在上面的贝壳分开。但是要成为一个渔民，就意味着要过一种特别的生活。我不过这种生活，更喜欢偶尔跟着某个真正的渔民去钓钓鱼。

其余的日子我就住在附近。我的窗户对着阿穆尔湾。对岸是苍翠的山冈和丘陵。每天傍晚，葡萄柚一般的红球，像是从断头台上滚落的火红色巨人的脑袋，绝望而急速地下沉。当结冰的时候，海水变得像石头一样硬，海面如同铺了一层砂糖，上面的道路纵横交错，仿佛白色甲壳上弯弯曲曲的深色纹路。在这些纹路上分布着结头，那是停车点——如今的渔民们有很多车。如果在黎明前看海湾，朦胧不清的冰面上闪烁着一串串红色和白色火光，像神秘的鬼火，又或像苏联电影中的秘密航线。很快海湾上就会开始交通堵塞。有一次，我在马加丹的格特纳湾就遇到了真正的交通堵塞。一位开着尼桑阳光轿车的渔民绝望地滞留在路上，他的车底盘低，无法越过将海与岸分开的冰群。后面一溜儿车——高级日本车 Land Cruiser（陆地巡洋舰）、引人注目的美规车 Tundra（坦途）、军事集体农庄用的国产车"乌阿斯"①——都不得不停下来等着，因为换了别的路就连它们也越不过去。

当冰开化的时候，右舵的 TOWNACE（城市之花牌汽车）和皇冠车，就像被鱼雷攻击了的轮船，沉入冰下。符拉迪沃斯托克周边的海湾底部成了最新时代的、机械化的人类的停车场（或者车站）。有时候试图对开车上冰面予以罚款，但这就好比你上个街还要被罚款一样奇怪。除了汽车，湾底厚厚的有人类活动遗迹的地层里还有挂钓钩的金属片、渔网和钻头（我父亲也曾把一个钻头掉进乌希礁石岛一带，当时冰面破裂，他不得不跳过不断蔓延的冰缝逃生），现在又添了一样——手机。现在渔民们有一个很受欢迎的网上论坛 ulov. ru，他们在论坛上分享经验：昨天在"沃耶沃达""麦赫"或者"安姆巴"捕鱼情况怎样；这个季节的齿刨和小嘴鱼更喜欢什么样的索具；趟钩上各小钩之间的最佳间距是多少；哪里能弄到最好的星虫；开三菱 Delica 车从哪可以安全穿过冰面；怎么开车到"泽伦卡"或"德－尔"（原来的训练连队所在地）。符拉迪沃斯托克境内的阿穆尔湾有一座斯科列

---

① УАЗ，是乌里扬诺夫汽车制造厂的缩写。——译者注

布佐夫岛，都叫它科夫里日卡①。再远些有另一个岛——列奇内岛，但都叫它第二科夫里日卡。第一和第二科夫里日卡岛之间的区域被几个穿着油渍麻花皮袄的、没有证书的语言学家俏皮地称作"科夫里日卡之间"。

从我的窗户看得见各组渔民在海湾冰面上的活动，鱼上钩的情况发生局部改变就会让他们做出变化。一有人连续拉出几条小鱼，一眨眼儿邻居们就会在他四周撒网布点，随后站得远的渔民们也从自己的地方冲过来。在这里，心理学甚至社会学法则在起作用，像极了鸟群或鱼群的运动。

从某个时候起，我也有了捕鱼的需求，不必经常去，但要定期去，或者说这种需求一直存在，只是从那时起显现了出来。这种需求里蕴藏着某种对所谓现代人来说重要的东西，它显示与某个巨大而不甚了解的事物—— 大自然（？）宇宙（？）上帝（？）之间隐秘而稳固的联系。这种联系对我这个城里孩子来说是长期存在的，只是不明显。现在我确知它是存在的。捕鱼——几乎是把生活在幻想和假设中的我与现实联结起来的唯一途径了。

鱼

某个年轻的渔夫也曾惊叹，

鱼儿终年生活在漆黑的深海，

---

① 意为小圆面包。——译者注

为何却被上帝赐予如此绚丽斑斓的色彩。

——亚历山大·库兹涅佐夫–图利亚宁① 《多神教徒》

这鱼的味道太美妙了。它发苦，在舌上慢慢融化，散发出鱼肉的鲜甜和青草的芳香。我在任何地方都没吃过这么美味的鱼，当然，以后也不会吃到。

——奥列格·库瓦耶夫② 《逃跑规则》

"鱼也是人"，杰尔苏最后说道……"它也会说话，只是声音小，我们不懂而已。"

——弗拉基米尔·阿尔谢尼耶夫③ 《杰尔苏·乌扎拉》

我虽不是渔民，但在海边生活，对鱼司空见惯，捕了、吃了不少鱼。正因为如此，如果将来有一天，当然不是现在，它们要吃掉我不再需要的身体，我是不反对的。

我们的鱼，不会像神秘的西方的河鱼"河鲈"或"斜齿鳊"一样，被画进儿童图书里。"河鲈"或"斜齿鳊"对我来说是陌生的——不知是人工的还是外国的，抑或是彻底过时的，像已经

---

① 亚历山大·弗拉基米洛维奇·库兹涅佐夫–图利亚宁（1963— ），小说家，多年居住在千岛群岛。

② 奥列格·米哈伊洛维奇·库瓦耶夫（1934—1975），苏联地质学家、地球物理学家、作家。

③ 弗拉基米尔·克拉夫基耶维奇·阿尔谢尼耶夫（1872—1930），俄罗斯、苏联旅行家，地质学家，民族学者，作家，远东考察者。

消失了的古俄罗斯农村方言一样。我们的鱼质朴而刚强，生长在太平洋里。基本都是北方鱼（北方鱼体色暗淡，但肥腻耐寒，比如：大西洋鳕、宽突鳕、明太鱼、鲱鱼、鲑鱼、比目鱼……）。但也有一些比较喜温的鱼，或是完全南方的、色泽鲜艳的热带鱼。符拉迪沃斯托克南北是贯通的。一部分鱼常年在这里生活，还有一部分鱼像季节性的移民一样，在特定的时候才来。北方鱼和南方鱼互不相像，好似穿棉袄的小职员不同于轻佻的游客。

　　我想说的不是稀奇古怪的五颜六色的鱼，而是我们彼此赖以为生的海边百姓。第一个要说我喜爱的比目鱼—— 它像 ipad 一样扁平，扭曲的嘴巴永远咧出一副不开心的模样，如醉后般混沌而忧郁的眼睛时常流露出怀疑的目光。似乎你再找不到比它更朴直的鱼了，所以抓住这些"平板鱼"是不难的。比目鱼的口味不挑剔，用最普通的鱼竿底钩和任意一种鱼饵就足够，因为这种懒散的不思进取者喜欢平卧在海底，为此身体变成了平板，两只眼睛都移到了背上。比目鱼出生时是正常的，但慢慢变得残疾，并且到死之前脊柱都是弯曲的。同时它们还有左侧比目鱼（鲆类）和右侧比目鱼（鲽类）之分，就像人类有左撇子和右撇子之分。比目鱼使身体上的病态成为常态。

　　比目鱼与描绘的不同，不把自己装扮成任何东西，如果被抓住了，也不大会抵抗命运。它平静地死去，安于天命，妥协于他人意志，像被征召去打仗的农民。我喜欢它这一点，还有它那菱形的身体、醉酒般无精打采的毫无恶意的眼睛和弯曲的脊柱。

　　尽管这样平庸，比目鱼却有一个拿手绝招，会拟态，能够模仿它所栖息地表面的颜色和花纹。如果你想知道你船下的海底是沙质还是石头，捞一只比目鱼上来，研究一下其背部的花纹色泽即可。国际象棋手卡尔波夫曾被赠予一条为他专门改造的比目鱼，这条鱼有象棋盘的图纹。伪装好的比目鱼就像埋伏的侦察兵，或者确切地说，像不愿离开桶的水下第欧根尼①。想必，比目鱼的拟态行为是因为懒惰，不用其他更平常的，但是消耗能量的方式躲避危险。据说，它甚至可以分泌"吡哆醇"物质来吓跑鲸鱼。

比目鱼游泳技术不好，更喜欢静观不动。卧在海底也不是最坏的活动。善良随和的比目鱼世界好似神的国度香巴拉，它们对世界没有要求。我喜欢比目鱼，就像喜欢笑容灿烂的蛤蟆。比目鱼那善良的怪脸让人联想起苏联汽油车"妖精"和"长面包"的前脸。我感谢比目鱼，因为它陪伴着我生命的过去、现在和长久的将来（我希望如此）。

很少的鱼能媲美春季比目鱼新鲜肥美的味道。我喜欢煎比目鱼，看它的鱼皮如何慢慢焦黄，变得咸脆，而纯白色的鱼肉仍然柔软多汁。连它的清洗过程也很愉快：比目鱼没有鱼鳞。（我不喜欢清理鱼鳞，它们飞得到处都是，粘到衣服上、手上，还会把水池给堵了。）

有时，我戴着面具潜水时（水下不知怎么经常传来轻微的噼

---

① 古希腊哲学家，犬儒学派代表人物。作为一个苦行主义的身体力行者，他居住在一只木桶内，过着乞丐一样的生活。——译者注

啪声，我不知道哪来的；我猜是贻贝固定在岩石上的足丝断了，但实际上是怎么回事——只有海王尼普顿知道），会看到海底的比目鱼。如果把手伸向它，比目鱼就会轻巧跃起，直接保持原来的姿势悄悄溜走。它的肚子是浅色的。我们这儿经常捕的几种比目鱼有黄金比目鱼和石耳比目鱼，其中一些鱼背上有金刚砂般粗糙的斑点。

讲完比目鱼之后应该说说明太鱼——"海洋面包"或者"海洋小麦"。现在人们用它来做各种东西，包括蟹棒，蟹棒跟螃蟹一点关系也没有。在我童年时的后苏联时代，人们根本不会把明太鱼当作鱼，只用来喂猫。（尽管有一些有远见的人，比如，远东渔业长官沙尔瓦·纳吉巴依泽在 50 年代就已经预言，明太鱼有很大前景。）明太鱼不是以食品，而是作为饲料闻名——被用作肥料和运往各地的某种水貂的饲料。

"货架上满是明太鱼——绝不是渔业兴旺的证明"——在改革的 1988 年的厚杂志《远东》里反复这样严肃地强调。读者来信继续讨论："只要领导机关都是看风使舵的无原则分子、外行人，我们就不会有河鱼，也不会有湖鱼，只有明太鱼。"还有一封信说："那些喜欢明太鱼干的同志的言论让我们感到深深的愤怒！只有敌人才能说出这种话。"

"明太鱼不是鱼。"——滨海人常这样说。只有到了不求富贵，只求活命的时候，我们才能珍惜明太鱼，忘掉它所谓的低贱，才能明白，原来之前自己什么都不懂。

别说明太鱼，就连鲜美多汁的比目鱼，俄罗斯这个陆地河岸民族也不是一下子就喜欢上的。1932 年 П. Ю. 施米特教授在哈巴罗夫斯克报刊《太平洋之星》上发表一篇名为《究竟拿比目鱼怎么办?》的文章。文章开头是这样的："比目鱼已经完全不是我们渔业单位拿给消费者的那种令人讨厌的鱼了。"

明太鱼长达将近 1 米,银白或浅清色,身体有力,并且有令人意外的大圆眼睛。有一次我和父亲钓比目鱼,但比目鱼没来,来了一群明太鱼。它们疯狂地扑向鱼钩,忘记了谨慎小心。那些把钩咬得特别深的鱼不得不把嘴和鳃扯掉,活生生地被刀划开。

明太鱼便宜,简单,有益健康,味道不能强求。每天都可以吃它——与以高贵出名的鲑鱼不同,鲑鱼很快就让人吃腻。明太鱼在我饮食结构中的地位好比传统俄罗斯饮食中的面包或者粥。明太鱼肝酱很适合抹面包片。朝鲜人称这种鱼为"妙特亥"(мёнтхэ),这个词跟"节日"有点关系。可能明太鱼的俄文名是从他们那传来的。可能正是明太鱼在九十年代拯救了远东人——与中国的服装、韩国的方便面、日本的小汽车一起。大海清洁、温暖并且养育着我们,我们通过它得到了外国右舵汽车和明太鱼。

我喜欢明太鱼,我向来喜欢平民菜肴和饮品。明太鱼是食品"门捷列夫元素周期表"中的基本元素之一——类似那些禾本类作物或者后来传到我们这儿并迅速俄罗斯化的土豆,它是海产界的黑面包。仅在鄂霍次克海每年捕捞明太鱼就有一百万吨(急着销往亚洲邻国)。曾经我总觉得,明太鱼像空气一样取之不尽。原来并非如此:人们捕捞明太鱼常常是为了得到鱼子,而鱼肉被抛出船外。如果以前它被当作杂草，那么现在据说它的储量因过度捕捞遭到了破坏。如果有一天明太鱼成了美食，我不会觉得奇怪。但如果它比我们所有人都活得久，我也不会觉得奇怪。

还有一种鱼叫宽突鳕——有力的、男性的、源于单词"犁"的词语。（应该设一个"保护宽突鳕"渔民奖；还应该设置一个宽突鳕特别事务侦查员，并且可以称它为阿列克谢·纳瓦日内①。）

据说宽突鳕和比目鱼都是从芬兰传过来的，但现在这都已经不重要了。刚从冰窟窿捞出来的新鲜的宽突鳕在煎过之后外酥里白，十分美味。

符拉迪沃斯托克一家市场的女售货员克制着愤怒问道："您怎么回事，看看这鱼脸，我们的宽突鳕和萨哈林的分不清吗？您简直不是滨海人！"这已经是某种下一个技能了，现在我还达不到；我能根据小圆圈分清韩语、日语，根据颚的力度分清齿斧鱼和大型小嘴鱼，但是分不清宽突鳕的脸。我还得再努力努力。

用海鱼煮鱼汤的话，您选雅罗鱼（不过，它只在已知程度上是海鱼；实际上它属于"河海"鱼，在淡水中和咸水中同样感觉良好）。从水里将雅罗鱼拽上来的过程十分有趣——银白色的、肌肉发达的、多刺的、凶恶的、盛怒的鱼不断反抗、跳跃、扯着钓鱼线，直到最后一刻也不妥协。不同于善良苟安的、嘴巴无精

---

① 纳瓦日内是宽突鲟的俄语音译。——译者注

打采地歪着的比目鱼，这种鱼就是战士。把它们放在同一个鱼池或者袋子里，每次我都能发现它们行为上的差别——凶猛的、如炮弹般有尖端的银白色雅罗鱼和褐色的、黏滑的、一生被压得扁平的比目鱼。假如鱼儿们举行集会反抗捕鱼，比目鱼不会参加，它会说："反正结果都一样。"雅罗鱼会在演讲台上激励消极的鱼群。比目鱼们是看着电视喝着啤酒的肥胖庸人和心地善良的好人；雅罗鱼是革命者，或者罪犯。

这里要指出，鱼的名字经常具有迷惑性。我们的雅罗鱼、鲈鱼、逆戟鲸、虎鱼、胡瓜鱼还有鲱鱼，与西方同样名字的鱼不完全一样或者完全不一样（西方对我来说就是贝加尔湖以西的全部地方），不同的鱼常常有同样的名字。你来到别的城市到商店一看，"齿斧鱼"完全是另一种鱼的样子；"鱿鱼"——它竟然无耻地变得非常肥胖。所有这些——来自不同海洋的亲属。

逆戟鲸的名字是另外的问题。听说鱼和海豚叫"科萨特卡"（косактка），而燕子是"卡萨特卡"（касатка）①。我不知道。我个人更喜欢把列夫河的小黄颡鱼和巨型海鱼叫作"卡萨特卡"，这样更诗意一些，像我们避免混淆"科所斯其"（кособть）② 和"科斯诺斯其"（косность）③ 一样，而且一种型号的潜水艇也叫做"卡萨特卡"。

---

① 逆戟鲸的俄文音译。——译者注
② 斜眼的意思。——译者注
③ 惰性的意思。——译者注

* * *

在我们这儿什么都可以用来钓鱼，用软体虫、贻贝、鱿鱼当鱼饵。软体虫有海里的和河里的两种，需要自己亲手挖或者去钓鱼的路上在路边买。"黎明厂"公共汽车站后面的路肩表示城乡之间非正式的边界，在路肩一块狭小的空地上聚集一堆人，有道路巡逻员、站街女和卖虫子的严肃男人。通常在他们破旧的"海狮"或"巴宁"小巴车的后玻璃上写明现有哪些虫子。其中一种软虫叫"麦哈"，因为阿尔乔莫夫卡河的旧名称是麦哈河。

当你钓鱼的时候——夏天在船上或者冬天在冰上——海鸥在周围飞来飞去，发出猫一般的蛮横的尖叫，要求自己的那一份。它们像战争影片里的"容克式飞机"，尤其在落地之前，会伸出起落架一般的爪子。它们鲜艳的喙、气咻咻不友善的声音加强了相似性。

> 海鸟不唱歌
>
> 不论后半夜，还是大清早。
>
> 它们注定不能安适
>
> 它如此强烈，就像向外流淌的幸福

这是根纳季·李森科写的，他是远东造船机械厂工人、无赖、酒鬼、伟大的诗人，于1978年自杀身亡。

我们的海鸥在市里的广场与鸽子为邻，在市郊湖泊与莲花共舞。有时海鸥被轻蔑地称作"水上乌鸦"。尽管流传着美好的传说，称海鸥是水手的灵魂，但水手们并不喜欢这些鸟，因为它们会啄食溺水者的眼睛。

渔民丢给海鸥不合标准的小鱼，像小宽突鳕、小虾虎鱼、邮票大小的比目鱼。海鸥的喙构造特殊，甚至最光滑的鱼也从来没有从它嘴里掉落过。

细小而狂妄的宽突鳕曾经被叫做"武士"（或许是因为它们毫无畏惧的自杀式上钩？），而后来从九十年代中期开始被叫作"丘拜斯"，确切地说，有比愚蠢庸碌的小宽突鳕更凶猛的大鱼。或者原因在于它光滑无鳞的赤褐色鱼皮？以前渔民不抓这种鱼，除非用来喂猫。"武士真烦人，"某个渔民埋怨道，"你把它扔回冰窟窿里，这个捣乱鬼还向上爬。"现在开始也捕捞它们了，甚至还捕捞贪婪多刺的大嘴虎鱼。

我们的虎鱼与黑海"番茄汁"虎鱼可不一样，这是另一种鱼，市场上不卖。我们的虎鱼是满身带刺、贪吃且毫无用处的生物。这种奇形怪状鱼的主要器官就是嘴，我甚至可以说，它"头嘴合一"，或者"头嘴腹三合一"。它张开鱼鳃时看起来像一个小帐篷。为了掏出被它吞下的鱼钩，不得不连里面的肉一起拽出来。在打捞上来的虎鱼体内可以发现未消化的中等大小的比目鱼、或者被整个生吞的带着壳和钳的螃蟹。对虎鱼来说，最重要的是先把食物吞下去，至于后面怎么消化再说。至于螃蟹被吞进去之后会发生些什么，我不知道。

如果将来出现大饥荒，虎鱼和牡蛎会救我们的命。我们会上山下海，抓鱼挖蕨菜，把它们加点葱做成美味。

＊　＊　＊

　　我童年时最主要的鱼之一是胡瓜鱼，自然，是指冰下打捞的胡瓜鱼。胡瓜鱼跟橘子和圣诞树一样，总是使人联想到冬天和新年。所有符拉迪沃斯托克人都知道：刚刚从冰下打捞上来的胡瓜鱼才会散发出黄瓜味。而那些认识胡瓜鱼远早于黄瓜的人可不这么认为，他们坚信，是黄瓜散发出胡瓜鱼的味道。我还有一个重大发现，不仅胡瓜鱼散发着新鲜的黄瓜味，它还有不少黄瓜味同类，其中包括一些河鱼。

　　土地测量员格里戈利·费多谢耶夫①在《死亡等着我》一书中写道："……他给营地带来了鲜活的、诱人的鲜黄瓜味——刚刚捕捞的白鲑也是这个味，这是他们天生的气味。"

　　而远东人弗拉基米尔·伊柳辛是这么写的：

　　"'新鲜！'他喊了一声。'有一股黄瓜味。'

　　"'这是乌幺克。'秃头嘟哝了一句（乌幺克就是毛鳞鱼）。"

　　契诃夫说，在萨哈林人们把胡瓜鱼叫作黄瓜鱼。

　　胡瓜鱼可以煎着吃或者晒成鱼干（要会区分鱼干：前一年的鱼干有铁锈色，像旧尼桑车似的；新鲜鱼干是原生的银色）。我们的胡瓜鱼有三种："皮苏奇"（最小的胡瓜鱼，像手指）、"小嘴鱼"（较大些）、"齿斧"（也就是"齿刨"），最后一种最长能达到30厘米，而且它有鲜明的特点——与前面提到的鱼不同，

---

　　① 格里戈利·阿尼西莫维奇·费多谢耶夫（1899—1968），作家，土地测量工程师，曾在西伯利亚、外贝加尔、远东工作过。代表作有《扬布伊山上的恶灵》《最后的篝火》《死亡等着我》等。

其下颌开口宽，有明显的尖牙。大约 90 年代的丰田皇冠轿车因其独特的散热板设计也被叫作"齿斧"，斯巴鲁轿车（因发音类似）有时被称为"齿刨"。体型太小的胡瓜鱼被人们半轻视地称作"钉子"（可以比较一下，河里的大鲫鱼被叫作"大老黄瓜"；而不大的比目鱼的外号是"补丁"）。齿斧鱼外形尺寸接近鲱鱼，但是如果与鲱鱼进行比较，对齿斧鱼来说是恭维，那么对于鲱鱼则相反（至少对于我们的太平洋鲱鱼、掷弹兵鲱鱼来说是这样）。

如果说"齿斧鱼"和"小嘴鱼"的名称不言而喻，那"皮苏奇"的名号怎么来的就让人不明白了。"胡瓜鱼"这个词本身也很有意思，它起源于芬兰语（唉，这些芬兰渔民——我们从人家那儿借用了多少东西啊）"库欧列"，到俄罗斯沿海居民这儿变成了"科列赫"，最后演化成亲昵的"科留什卡"①，像"科柳什卡""科罗什卡"加上俄罗斯的"戈留什卡"的混合体。这个词是指小表爱形式的，就好像"波杜什卡"②，反映我们对胡瓜鱼的态度（明太鱼或者大西洋鳕鱼就没有这种待遇）。列昂尼德·萨巴涅耶夫还是在 19 世纪时就写道："在俄罗斯北方称它为'科留什卡''科留哈'，在奥涅加湖叫作'科列哈'，在阿尔汉格尔省叫'科列绍克'……这小鱼儿，无疑，是俄罗斯西北地区最受欢迎的鱼类，在彼得堡它是无数中下层老百姓的食物……我们的知名鱼类学家把胡瓜鱼与很多湖里的所谓胡瓜鱼进行仔细对比后，

---

① 胡瓜鱼的俄语音译。——译者注

② 枕头、靠垫的意思。俄语中"什卡"是表示指小表爱的名词后缀。——译者注

得出的结论是两者之间区别不大……湖产胡瓜鱼不是别的，而是退化了的海产胡瓜鱼——胡瓜鱼最初只是海鱼，它在芬兰湾生长最快证实了这一点。"

圣彼得堡的居民认为自己那儿也有胡瓜鱼，不过他们没尝过太平洋的品种。每个滨海人都确定圣彼得堡没有胡瓜鱼，甚至萨哈林这个俄罗斯最大的岛屿，形状酷似胡瓜鱼干也并非偶然（另一种说法认为，它是按照鲑鱼的形状创造的，而契诃夫偏向于小体鲟的说法）。难怪恰恰是在远东流行类似这样的说法："你脑子跟胡瓜鱼似的"（有时还要加上一句"……游两场就什么都忘记了"）。

人们一般在海湾冰面上或者在其游动的河口处捕捞胡瓜鱼，在俄罗斯岛、波西耶特湾、阿穆尔湾……2012 年建成了到俄罗斯岛的大桥，那年开始结冰的时候，岛上第一次发生了交通堵塞。谁不愿意登上俄罗斯岛呢，然后步行到符拉迪沃斯托克中心的体育运动综合设施"奥林匹克人"附近的半报废的码头。钓鱼是滨海城市居民生活的一部分，是非常自然的事情，就像喝茶或者抽烟一样。甚至在滨海边疆区南部的斯拉维扬卡修船厂的废铁中间，我还发现了两名一边抽烟一边钓鱼的工人。他们直接从油漆过的浮船坞的铁船舷上把钓鱼线下到深色的海水中，当时他们在浮船坞上正在维修边境快艇。不知他们在那钓到了什么，但愿他们不会无功而返。当然，重要的是过程本身……还有一次在一家保密企业，听他们的人亲口说，他们在附近的海湾养殖扇贝和海参——因为方便，领地和水域都是对外封闭的，外人不来这儿。

把钓到的鱼放在箱子里，箱子同时当椅子用；最近几年流行使用"涂耐可桶"——装韩国"涂耐可"牌泥子的塑料容器，它已经成了当地的容积单位。

"半桶。两个'马姆卡'，其他的是中等的。用的是软体虫。"——当地人会这样回答捕了多少鱼的问题（"马姆卡"可以理解为大胡瓜鱼）。

海鱼征服了陆地，就像中国商品席卷了欧美。我们准备利用胡瓜鱼打入莫斯科市场，西部居民会无力招架胡瓜鱼的进攻的。（他们称自己是"俄罗斯中心的居民"，虽然国家真正的中央轴线不是乌拉尔山，而是叶尼塞河，或者说是西伯利亚大铁路与叶尼塞河构成的"俄罗斯十字"；俄罗斯真正的中心是克拉斯诺亚尔斯克更北的某个地方，难怪曾几何时，位于新尼古拉耶夫斯克与新西伯利亚之间的小教堂被认为是俄罗斯帝国的中心。）

有时候本地的东西好像是无所不包的，你会觉得奇怪：怎么，你们那里没有贻贝和比目鱼？有时相反，把所有东西都当成纯本地特有品牌的诱惑实在太大。一个车臣人惊讶地问过我：你们那里也有葱吗？彼得堡人曾觉得奇怪：我们这里"居然也有"胡瓜鱼。而白海人惊讶的是，在我们这个亚欧对角线另一端的地方竟然也有宽突鳕。

我在童年时认为，羞辱父亲的准确方式是在市场上买胡瓜鱼。父亲在随便什么地方都能钓到它，在波西耶特湾，或者在俄罗斯岛，或者直接在家——走下小山，穿过西伯利亚干线，走到冰上钻个洞就可以钓鱼了。

钓胡瓜鱼就像捉太阳的反射光点——从远处看得见细小的银色鱼在闪光。钓胡瓜鱼通常用趟钩（从这个旧词的构造①可以看出，以前人们蔑视用这种工具钓鱼；现在趟钩对有些人来说成了获得食物的工具）、冰钓竿或者带挂钩金属片的组合鱼竿。组合鱼竿由两个短钓鱼竿组成，每个鱼竿上挂两条钓鱼线。这样一来，用组合鱼竿钓鱼需要钻四个冰窟窿；胡瓜鱼上钩的时候，可以在两个短鱼竿的协助下从水里拉出需要的钓鱼线，均匀平稳地把它摇到钓竿梢，双手稍稍伸向两侧，避免摇上来的线圈掉在冰上或被风吹乱。这种方法可以避免摘掉手套，在严寒中手套是多么重要啊，还可以节约时间，鱼群快速游过时每一秒都非常宝贵。

真正的渔民历来都自己做挂钓钩的金属片。父亲也总是这么做，他用带发动机的砂轮从黄铜上镟下金属片，焊上鱼钩，打磨出金闪闪的亮光。谁也解释不清，为什么齿刨鱼或者宽突鳕游向一个金属片，对另一个却不闻不问。为什么不同季节鱼儿的喜好——我想说"审美"——都不一样，使渔民们不得不变换自己的招数。渔民和鱼儿永远都在竞赛。

"上当了，像胡瓜鱼扑向塑料泡沫一样。"——这是当地的一句俗语。每个季节冰钓爱好者都会不知疲倦地想出新的招数来引诱胡瓜鱼：有时用女学生的蝴蝶结带子做成线"胡子"，有时用

---

① 趟钩的俄文单词是 самодур，由词根 сам（自己）和 дур（傻瓜）构成，直译是"任性的人"。——译者注

头发卡子，有时加点磷虾。在八十和九十年代之交渔民有了新发现：胡瓜鱼喜欢绿色的防腐剂片。一头白发的渔夫们拿着硼砂和盒子蜂拥包围了药店，打开买来的药包，在里面寻找珍贵的绿色制品。

外人理解不了，怎么能做到一整天都冒着严寒顶着狂风坐在冰上？除了"二次呼吸法"，我还为自己发明了"二次血液循环法"。你在冰上已经坐了好几个小时，手几乎已经冻僵了——这时候敲一敲失去知觉的大腿，痛感作为生命的迹象就会来袭。但是突然那一刻到了，你甩掉手套，光着手迎着风，把鱼从鱼钩上取下来，然后在冰窟窿温暖的水里（接近零度）涮一涮手。手什么事也没有，因为你的体内调温器已经转到了特殊模式，开启了"小循环"。的确，手冻肿了，不想伸进手套，甚至衣兜，但这很快就会过去。你全然察觉不到寒冷，当从冰窟窿中取出鱼儿时，它晶莹剔透，银光闪闪，精致优雅，在冰上扑腾一阵，安静下来，变成失去光泽的硬冰块。我感觉，它不是死于（通常说鱼"睡着了"）缺水，而是死于寒冷，要知道水总是比较温暖的。

在 1992 年至 1993 年的那个冬天，我们在市场上卖胡瓜鱼：我还是一个少年，父亲是地质学家、科学博士。一开始父亲试着以物易物，用胡瓜鱼换地摊上的中国焖肉罐头；后来决定，顶好还是卖。那段时光很有趣，我的一个同班同学，他们家在十二楼的阳台上养了一只山羊，家里孩子们轮流在院子里放羊。我记得，我的父亲用自己开采的玛瑙做了几枚胸针。大约就是在那个时候我们把祖传的马刀卖了，乌苏里斯克哥萨克人花了一万卢布买了它，他们不知什么原因复兴起来了。很难说当时这笔钱意味着什么，似乎不是很多。我舍不得马刀。但是我们这样得救了——我们的海洋和我们的过去拯救了我们。

有一次，我在市场货摊上看胡瓜鱼。我喜欢逛市场，看看鱼，但不一定买。冻鱼被堆成一堆，一堆弯曲的或半弯的冰疙瘩。一位男顾客怀疑地贬损道：

"这咋这么弯呀？"

卖鱼的大妈立刻反驳：

"您用它射击怎么的？"

前段时间，我十分喜欢生胡瓜鱼——几天前在佩列沃兹纳亚海湾钓了些胡瓜鱼，马上就冻起来了。现在我深信：作为城市里的现代欧洲人，我们使自己很乏味，忘记了吃生的食物。我们生活不正常，不仅因为肌肉活动过少或者空气污染，还在于被剔除了精髓、都是人造食物，失去了海洋或森林的鲜活味道。莫希干－乌德盖人明白这一点，他们尊重塔拉——用生鱼做的菜（不是落后的标志，恰恰相反）；西方生活方式的日本人也确实明白这一点。我们——俄罗斯滨海人也在试着理解这一点，我们生吃海胆，并对"赫幺"① 充满敬意。

胡瓜鱼干、"科留罕"是最好的下酒菜。鱿鱼也不错。不久前商店里还出现了比拉鱼干，但这都属于奢侈品。

在俄罗斯，过去是用腌渍豌豆下酒（其实，还有虾——我们

---

① 用生的肉、鱼或者蔬菜制作的韩式菜。——译者注

的祖先到底还是开窍了），后来想出了用斜齿鳊和石斑鱼。但在欧洲大麦做的酒和太平洋胡瓜鱼相遇之前一切还是不行。现在中国、韩国和日本的大麦酒酿得非常好（"大同江""海特""麒麟""哈啤"……）。美洲土豆和欧洲鲱鱼在俄罗斯化过程中相遇也这样成功，用俄罗斯伏特加酒庆祝见面，不吃土豆和鲱鱼是不体面的。

胡瓜鱼最配啤酒。我们这儿不吃俄罗斯文豪歌颂的斜齿鳊。首先，哪里也没有这种鱼；其次，那些尝过它的人肯定地说："不对味儿。"啤酒也应该是我们本地的，而不是什么"百威"酒。我用胡瓜鱼搭配本地扎啤：苏城啤酒、乌苏里斯克啤酒、塔夫里昌卡啤酒。哈尔滨啤酒也还不错。

为了追捕胡瓜鱼，环斑海豹常游到城市附近。有时它们直接在金角湾戏水，在大型反潜艇军舰笨重船体之间嬉戏，往外探出聪明的有胡子的小脸。

最近几年我们这里的胡瓜鱼特别是齿刨鱼变少了。父亲认为不应该用廉价渔网，它们把鱼产卵的小河全都隔开了。

* * *

鲑鱼也在滨海地区的河流里产卵，尽管我们这里距离萨哈林和堪察加很远。主要的、最贵的红鱼在更北的地方繁殖。我们的驼背大马哈鱼、大马哈鱼和马苏大马哈鱼应当受到重视，但是它们太朴实。

如今人们把鲑鱼叫作"红鱼"，而曾经这样称呼鲟鱼。人们使用单词"红"，不是说明颜色，而是指"漂亮的、贵的、最好的"（过去的"红禽""红兽"的说法也有此意）。"鲑鱼"这个词的本身含义和俗话的"红鱼"一样含糊不清。无论谁在认识什么是鲑鱼时，每次都应单独区分，尤其是因为河鳟、胡瓜鱼、白鲑……都属于"真正"鲑鱼的同类。

红鱼从来不是我喜欢的鱼。关于大马哈鱼，阿尔谢尼耶夫曾公正地写道："起初我们非常贪吃这种鱼，但很快就吃腻了，觉得厌烦。"最有意思的是它的鱼子也是这样，这是我自己发现的。我和一帮学者、偷猎者、乌德盖人就着一大堆酒吃大马哈鱼子庆祝二十岁生日，当时是在凯马河上，距离以法国海军上将命名的捷尔尼亚镇不远。（1787 年拉彼鲁兹发现了滨海地区的一个同名海湾并命名；据说，当时法国人还来不及抛锚和甩钓竿，大鳕鱼就奔向了鱼钩。）大马哈鱼从海洋游入河口，就像亚历山大·马特洛索夫①跑向机枪一样。它翻过一块又一块的石头时会从水中露出银白色的背部。我们捞出鱼，在吃它的鱼子时撒上少许盐——整个流程仅仅 5 分钟。人们从刚钓到的鱼肚中取出鱼子，放到盐水浸泡几分钟，去掉鱼卵膜后食用。我不理解把鱼子酱放在黄油面包上吃的人：鱼子酱本身就足够，加上面包也行——与其说面包起独立的美食作用，不如说它只是一个陪衬，但为什么用黄油破坏新鲜鱼子酱的味道呢？虽然，我承认，我喜欢鱼子酱拌上黑胡椒粉、未脱脂葵花籽油、蒜瓣——就这样吃。

一大堆鱼子让人思考永恒。鱼子是许多可能的生命、命运、

---

① 第一位用身体堵住机枪眼的苏联英雄。——译者注

情节、各种现实选择、某个潜在更有价值的萌芽。每个人都是相当走运的一粒卵。

据判断，鱼子是过量的。为了几粒鱼子能变成鱼，要有几千个鱼子，每个鱼子都是一样的，谁也不比谁好，谁也不比谁差。人类社会也是这样，为了产生一个所谓天才，需要几千个所谓庸才和几十个所谓人才。

语言像鱼子一样也是过量的。有时候我不能理解，为什么需要这么多彼此重复的词：它们发音不同，但意思区别在哪——有时候真不明白。为什么语言要这么多保险构造——为了可靠，为了美？或者只是历史地形成了：产生了某些相似词根就保留下来了，就像卫国战争期间相互竞争的苏联战斗机"米格"、"雅克"和"拉格"，它们是战前设计师狂热的动力和汗水孕育出来的？某些词语消失了，某些词语保留下来了，成功地互相复制，分享势力范围。

鱼子这个词是日本人借用俄语的绝无仅有的例子。这种情况极其罕见，就像俄语也极少借用日语一样（日本武士和艺伎不算，因为它们保留了外国身份，甚至由于本土没有类似的词语，已被允许在俄语中使用；这些从日语借用的表示日本概念的词语，比如沙丁鱼，还有棉花，早就"脱日"，成为我们俄语的概念了）。

有一次我去了巴拉巴什的鱼类养殖场，那里给红鱼卵人工授精，培育鱼苗，然后再把它们放入河里。

"我们把每条鱼苗养到大约 1.5 克重就放到河里。大马哈鱼游到大海，但是四年之后它们会回到这里，回到出生的地方，"经理讲道，他是一个标准的远东人，一个有俄罗斯名字和父称、乌克兰姓的朝鲜族人，"它们头脑里有自己的'导航系统'……"

然后我们带走了一些雌鱼卵回市里，一路小心避开巡逻队。理论上可以把我们当偷猎者惩处。实际上路边每隔一公里就站着一些拿着橙黄色透明塑料罐的眉头紧锁的小伙子。

在海里游荡完，鲑鱼回到故乡，像打工回来的侨民一样（现在的鲑鱼的祖先是地道的淡水鱼）。鲑鱼幼年和老年在淡水里度过，但是成年却在咸水中度过。小河是它的产房，它在这里降生于世，之后又重归这里，在这里产卵，在变老变丑精疲力尽遍体鳞伤后死在这里。可以在淡水摇篮里出生和死去，但是需要在海洋里生活。《红鱼之死》——可以写部小说了。

"可以根据河面判断鱼游行的速度和鱼的密度，河水似乎在沸腾，水散发着鱼腥味，船桨碰到鱼被卡住，并把它抛起来。鱼在发情期经历的所有这些痛苦被称为'至死迁移'，因为没有一条鱼返回大洋，它们的归宿都是河流。"契诃夫在他的萨哈林岛笔记中这样写道。在这里他引用了俄罗斯地理学家、植物学家、冻土学创始人亚历山大·米登多尔夫的话："至死不可抗拒的情欲冲动…… 那种志向也存在于愚笨的湿冷的鱼身上！"（这是早于弗洛伊德很久写下的）

鲑鱼的名称含有深意，奇异地粗鲁，让人浮想联翩。红大马哈鱼，银大马哈鱼，驼背大马哈鱼，玛红点鲑，白北鲑，马苏大马哈鱼，远东红点鲑，大鳞大马哈鱼，远东大马哈鱼……在那乃人看来远东大马哈鱼不过就是"鱼"而已。其实远不只是鱼那么简单，这大概如同俄语中的"面包"一词。鱼是我们必不可少的，而对于楚科奇人来说这是海兽。"鲸鱼给了楚科奇人一切。"雷特海乌①写道，他的姓符合楚科奇语中鲸鱼的发音"雷埃乌"。

我对鲑鱼有偏见，就像对所有大西洋的鱼一样。

大鳞大马哈鱼就是另一回事了。世界首位女船长安娜·谢季宁娜②的第一艘轮船就是"大鳞大马哈鱼"号。以水里的生物命名船舶是多神教对自然的敬畏。如果给船取名叫大鳞大马哈鱼，那就意味着，鱼比食物多。这是一种向渔神的祈祷，是一种大自然的咒语：一艘以鱼的名字来命名的船是不应沉没的。

奇怪的是，在早期未来主义的苏联竟然没有人用鱼的名字来起名。

* * *

趁着还不晚，我要作一个必要的解释。我没有任何独特的经验。我不仅承认这一点，而且坚持这一点、强调这一点。我不是一个嗜好很深的渔夫，并且一般地说，大概我不是渔夫。我不是潜水员，不是旅行家，不是运动员，不是木材运送工，不是生物

---

① 尤里·谢尔盖耶维奇·雷特海乌（Рытхэу，1930—2008），作家，楚科奇乌厄连镇人。他关于楚科奇人生活的作品有：《楚科奇民间史诗》《雪融化的时间》等。

② 安娜·伊万诺娃·谢季宁娜（1908—1999），毕业于符拉迪沃斯托克海事技术学校，世界上首位远程航行的女船长。社会主义劳动英雄，著有多部作品。

学家，更不是鱼类学家。提到的任何一位都有更多的信息、更完善的认识方法，或者是有更丰富的经验。我只是一个住在海边的人。如果我是一名科学家或者职业渔民，掌握过多专业信息，有过多的观感，反而失去参与奇迹的感受。每当看到刚捕获的或者在市场货摊上死掉的比目鱼的脸孔时，这种感受就会出现。不由得相信一点，即我充满热情却不求甚解的态度也是一种优势。我不分享新奇的经历，我谈的是日常生活。至少，当想到可能没有权利写鱼和大海时，我可以这样为自己辩护。几乎任何一个老乡对鱼的了解都比我多，多的不是一星半点，而是多得多，并且他们的经验也多得多。但是谁也没有写出我想读的东西。鱼本身也不会说话，所以不得不由我来谈一谈。

提前为自己的业余和自信道歉，现在继续写。

* * *

忘记写青鱼——我们最肥美和巨大的太平洋鲱鱼——是不公平的。字典里"鲱鱼"这个词太过于学术化①，反映不出我们人类与青鱼的亲密关系，就像我们谁也不会把土豆叫作马铃薯②，同理，我们也没有人用鲱鱼称呼青鱼。

漫长而艰难的生活使河岸民族俄罗斯人习惯了吃海鱼，就像过去彼得一世使人们习惯吃土豆，而赫鲁晓夫使人们习惯吃玉米

---

① 俄语里鲱鱼有两个单词：сельдь 和 селёдка，后者指小表爱，用于口语。——译者注

② 俄语里土豆有两个单词：картофель 和 картошка，后者指小表爱，用于口语。——译者注

（要是他发起明太鱼或者鱿鱼运动就更好了）。

青鱼和土豆都是相对不久以前才成为俄罗斯人的口粮的，它们分别来自欧洲（可能来自荷兰——鲱鱼的国度，或者来自瑞典，"鲱鱼"这个单词就是从瑞典来的；尽管还有一些别的说法——来自冰岛；还有人说这是一种纯正的俄罗斯鱼——有人说，一种鱼被称作鲱鱼，因为它喜欢冷水，而且从冰下捕获）和美洲。它们迅速并永远地被俄罗斯化了，像埃塞俄比亚人后裔普希金和苏格兰后裔莱蒙托夫一样，甚至毫无疑义地参与了俄罗斯民族的形成与发展，也像普希金和莱蒙托夫一样。青鱼无论在烹饪法上，还是在语音上都与伏特加酒很和谐（好像伏特加也不是俄罗斯的，而是波兰发明的，只是现在谁会信呢）。现在，再也不可能想像出一个比"土豆鸡蛋青鱼沙拉"　（селёдка под шубой)① 更典型的俄罗斯大陆中部的菜肴了（这几层"顶"我从来不吃，通常嫌弃地拨到一边，只吃光青鱼）。

现在我们说一下某类芜菁，它正好相反；这早已不是俄罗斯民族食物了。但是荞麦粥依然是俄罗斯食物，在国外是找不到的。而欧亚的饺子多么俄罗斯化！

茶已经成为俄罗斯的饮料，而咖啡不是。据书中写道，在俄罗斯北部，所有人——从楚科奇人到地质学家——都喝茶，有时

---

① 俄罗斯常见沙拉，底层是鲱鱼，第二层是葱，第三层是土豆蛋黄酱，顶层是鸡蛋加蛋黄酱。——译者注

甚至喝俄罗斯特有的齐菲力①。当然还有酒。杰克·伦敦②的淘金者们则把咖啡和威士忌搬到了育空河③……

鲱鱼（сельдь）是我喜欢的词语之一，有两个软音符号，表示两个被弱化和被断开的音节。鲱鱼使人想到勇敢、北方、沿海、腌透，就像 твердь（根基）、суть（实质）、плоть（肉体）、Пермь（二叠纪）、смерть（死亡）和 спирт（酒精）（想给这个词加一个软音符号，变成 спирть，因为酒是俄罗斯北方的饮品）。鲱鱼的发音像 финифть（珐琅）、медь（铜）、нефть（石油）。这个词像考古学家发现的矛枪的尖。词语如果好好使用，它们留存的时间要比物质文化产品长久许多；但如果不使用，它们就会消失得无影无踪。语言更是珍贵的历史文件，它不断更新，删除旧词。一些词在结构上似乎已经非常过时了，但却顽强地保留在语言中，像古董词"cable car"——奇异的有轨电车——仍然活跃在旧金山一样。这类词就像纤细柔韧的青鱼骨头让人不断品味和吮吸。另一些词正在快速消失。应该像小心对待脆弱的老照片一样爱护我们的词语。

"鲱鱼"这个词是严格的、节制的、有力的，与被掌握的、俄罗斯化了的、亲切的、但轻浮粗俗的"青鱼"不同。过去人们说"鲱鱼"时，把它看作维持生命的方式和艰苦工作的成果来尊

---

① 很浓的茶汁，可以提神醒脑。——译者注
② 美国作家，塑造了一系列淘金者形象。——译者注
③ 育空河为北美洲主要河流之一，美国作家杰克·伦敦在他关于北方淘金的小说中，称育空河为"母亲河"。——译者注

重。现在没有人说"鲱鱼",只说"青鱼",所以是时候改变词语标准了——给"鲱鱼"加上简化的标记:口语或者正式语,并且把"青鱼"放在首位,因为语言有自己的寿命。敏锐的市场营销学者捕捉到了这一点,为罐头起了民族词语"焖肉罐头"和"炼乳",替代了不常用的"牛肉罐头"和"加糖浓缩牛奶"。要知道我们说"炼乳",就是指这种罐头装的甜甜的东西,而不是被谁且为了啥而提炼的牛奶,意思准确清晰,就像"焖肉罐头"就是指罐装肉,仅此而已。

语言学家扎利兹尼亚克院士说,"鲱鱼"这个词我们取自瑞典。"鲱鱼–沙丁鱼"① 这个词看起来特别奇怪,它把彼此甚远的瑞典人和日本人联合在一起。而把他们联合起来的是我们。语言是另一个世界海洋。

真好奇,青鱼真正的名字是什么。

小的时候,父亲常常带我去钓"青鱼"。整个彼得大帝湾满是各式各样的船——从摩托艇和简单的"驼背鲸"快艇到远洋船都有,符拉迪沃斯托克耸立于其中,像一艘巨大的航空母舰。我们开着一支属于科考船队的"绿柱石号",船队当时还没有租给汽车商。拥有先进设备的船长们都配有回声探测器,可以准确地来到鱼群上方并从水中钓起肌肉发达的有银色鳞片的鱼。从船舷上垂下了几十条鱼线,它们混杂在一起,鱼线的底端是沉重的铅

---

① 原文是 сельдь – иваси,前面来自瑞典语,后面来自日语。——译者注

制或铜制圆柱形吊锤，像古老钟表里的小摆锤。有一次，鱼钩上出现了一个青鱼的头——它余下的已经上钩的部分被贪食的"鲱类女王"——鲱鲨及时地吃掉了。小船们在水面上聚集，船舷相互碰触，可以用手触摸它们甚至推开它们。

银色的多脂肪的太平洋鲱鱼身上布满密实的透明的大鳞片，泛着珍珠母般的光泽。冬天我们把冻僵的它们直接从冰里砍下来，我不太明白它们为什么会被冻在冰里。透过厚厚冰层中的淡黄色斑点我们找到它们，这些淡黄色斑点是鱼鳃冻裂后流出的血。

后来这一切都去哪里了，我不知道。不知是没有船了，还是没有鲱鱼了。

我乐意支持和传播下面的传说，说我们远东这里一切都是最大的和最好的。我们的老虎是绒毛最厚，最强壮的；松子是最大的，必须用钳子夹开（西伯利亚人说，他们的小松子更好吃，像嗑瓜子一样。让他们说去吧）。契诃夫关于萨哈林这样写道："我在俄罗斯其他地方没见到过像这儿那么巨大的牛蒡"；而关于符拉迪沃斯托克则写道："整个海岸的牡蛎都很大，很好吃。"（难怪太平洋牡蛎的第二个名称是"巨型牡蛎"——我们这所有的东西都这样）作家、游击队员法捷耶夫[1]在首都时就经常怀念"特

---

[1] 亚历山大·亚历山德洛维奇·法捷耶夫（1901—1956），作家、社会活动家，1919—1921 年作为游击队员在滨海边疆和外贝加尔参加国内战争。

别的、独一无二的、富含海藻的太平洋海浪味道"。与我们半米长的鲱鱼相比，大西洋鲱鱼就是发育不足营养不良的小不点。好像鱼只有生活在世界上最大的海洋里，才能充分地生长，长成鱼神想要的那么大。

我喜欢略带咸味儿的青鱼，不加任何醋汁或芥末浇汁。它好像直接在海水中就已经做好了似的，保留着大海和鱼儿本身的味道——还要求什么呢。所有这些"专门"和"加香料"的腌制都是对鱼儿的不敬、对它真正味道的不敬；要么就是试图掩盖食物的不新鲜。

首先需要收拾收拾鱼：一刀把鱼头切下来，取出鱼内脏，接着把鱼身切成薄片，就可以享用了。用指甲分离出最薄、最轻的一层薄皮，它下面是几毫米厚、柔软透明的、甜美的脂肪。在脂肪下面就是鱼肉了——密实油滑，中间有一根细如鱼线的柔韧肋骨。

当用报纸包青鱼时，报纸会很荣幸。不是所有的报纸都有资格包鱼。

沙拉莫夫[1]在《科雷马故事》中写道："在科雷马不是靠吃肉来维持蛋白质平衡的，是鲱鱼在供养着这些筋疲力尽的人。如果一个筋疲力尽的人活了下来，那正是因为他吃了鲱鱼，咸的，当然。"还有，"囚犯之地科雷马以鲱鱼为生，这是它的蛋白质源

---

[1] 瓦尔拉姆·吉洪诺维奇·沙拉莫夫（1907—1982），小说家，诗人，曾在科雷马服刑，在金矿和监狱的医院里工作过。

泉，也是它的希望。因为对于一个筋疲力尽的人来说，找到肉、油、牛奶或任何的大马哈鱼或北鳟的希望近乎渺茫。"青鱼不仅养活和拯救了科雷马的囚犯，也是参与第二次世界大战和国内战争老兵的深刻回忆。几乎所有老兵回忆录中都提到了青鱼。青鱼为我们的胜利做出了巨大的贡献。为什么迄今为止没有一座青鱼纪念碑呢？音乐家伊里亚·拉古坚科①提议把符拉迪沃斯托克的一条街称为海参大街，我真心不明白为什么有人不同意这类想法。或者，比如叫做沙丁鱼大街……要知道，还有个撒丁岛。

在我的转型时期的童年生活中，一种最柔软小巧的"远东小沙丁鱼"，也就是鲱鱼-沙丁鱼一直伴随着我。但实际上，它不是什么鲱鱼，而是一种远东沙丁鱼，因其外表和味道与鲱鱼相似，被叫做鲱鱼。"远东小沙丁鱼"（ivashi，意思是"沙丁鱼"）是来自日语的为数不多的词语之一（据说"棉花"和"卡其布"也来自日语）。在俄罗斯将日语"远东小沙丁鱼"一词的最后一个音节上加了法语的重音，甚至将这个词变成了一个阳性词。

远东小沙丁鱼是我们海洋中最神秘的鱼类之一。不知其来路，也不知其去向，而且谁也说不出，它为何而来，又因何离去。

20 世纪 30 年代，在日本海，远东小沙丁鱼是头号渔猎物。

---

① 伊里亚·伊戈尔耶维奇·拉古坚科（1968—　），摇滚音乐家，1983 年在符拉迪沃斯托克建立"舞梅鬼"乐队（группа «Мумий Тролль»）。社会主义劳动英雄、建筑师、第一批"赫鲁晓夫单元房"建造者维塔利亚·拉古坚科的孙子。

"波西耶特集体渔庄的共青团川崎船在一天捕获远东小沙丁鱼83公担①"，"波波娃岛上的工厂开始加工小沙丁鱼罐头"，这是远东主要的报纸《太平洋之星》的报道。帕维尔·瓦西里耶夫和阿尔卡季·盖达尔很乐意为这家报纸写关于远东小沙丁鱼的随笔（而《澳洲野狗》的作者鲁文·弗拉叶尔曼写了一些关于捕捞远东小沙丁鱼的短篇小说；让我们想象一下，今天让佩列文和索罗金写一写捕鱼的故事）。

四十年代远东小沙丁鱼消失了。战时滨海地区领导人尼古拉·别科夫写了这一灾难："捕鱼计划及鱼类加工任务有不可能完成的威胁……远东小沙丁鱼几乎占滨海渔民总捕捞量的一半。"转而"向居民供应鲸鱼肉……鲸鱼肉又黑又硬，含纤维多，被认为是不能食用的……我和专家们商讨，他们保证鲸鱼肉虽然不是牛肉，但完全可以食用……报纸开始刊登食谱，告诉人们如何更好地烹调鲸鱼肉。对鲸鱼肉的传统偏见，虽然巨大但是已经克服了……鲸鱼肉搭救了滨海地区的我们。"要是没有它，没有大海，我们该怎么办？

下一个捕鱼高峰发生在70年代。远东小沙丁鱼的捕获量又达到了数百万吨，在远东地区专门为沙丁鱼建立了完整的船队和沿岸工厂。然而随着苏联的解体，远东小沙丁鱼又消失了，捕捞活动也停止了。今天在海岸上最意想不到的地方，你会遇到破碎的混凝土蜂窝——腌鱼池。

———————————

① 相当于8300公斤。——译者注

我们已经20多年没有看到远东小沙丁鱼了，直到2011年它又出现在萨哈林，出现在滨海。它们从哪里来？为什么会出现？我突然开始在市场上看到被彻底遗忘的远东小沙丁鱼，想起了它身体两侧的这些斑点、优雅的身形和似乎永远留在八十年代的味道。相比视觉和听觉，嗅觉和味觉更能让人回忆起过去，因为无法想象出它们，也不能将把它们复制到胶片或优盘里。只可以重新体验——真真正正地体验。

为什么远东小沙丁鱼又回来了？科学家们现在研究它的数量，并决定是否要恢复全面捕捞。目前的结论倾向认为，不能期望迅速恢复"大量的远东小沙丁鱼"。但也许他们弄错了。

* * *

我们这里有像鱼雷般的梭鱼，它的同族是西方人所熟知的鲻鱼。总之我们的世界图景被欧洲中心主义深深地扭曲了，很少有人知道梭鱼、黄颡鱼，或者像古老的萨哈林穿山甲索齿兽，它们游泳技术和潜水技术极好。

"梭鱼"这个词有一种神秘的非俄罗斯性。写它经常借助字母"e"，看得出，与航海"方位"一词有关，尽管最好的领航员当然不是梭鱼，而是鲑鳟鱼，后者不会在海洋中迷路并能回到故乡的江河。说实话，没有人清楚地知道如何正确地写"梭鱼"这个词。

梭鱼是如此的不寻常，如同它的名字。不知道它以什么为食，应该是某种草，所以用鱼竿钓不到它。它既可以生活在河里，也可以生活在海里，而且喜欢从水里跳出来，并且每次都连续跳十几下。有一次在纳霍德卡附近的海滩上，度假的人们当着我的面把一条冒失地在他们周围跳的梭鱼打昏，拽着它的鳍拖上了岸。它可以做成美味的鱼冻和鱼汤。

胡瓜鱼、青鱼、明太鱼、比目鱼，宽突鳕……我们身上有多少营养物质是由它们提供的啊。

有时你会听说，当地的渔民碰到某种怪物，在鱼类学家的帮助下才确定是鳞鲀，或者是日本银鱼（一种生来透明的鱼，身体像面条、粉丝一样，眼睛比较明显，像两个黑点），或者是钩虾，或者是飞鱼，或者是一种日本小狗鱼（它的脸确实像京巴狗）。有一种"远东狼鱼"，是个长约一米的丑八怪，与胡瓜鱼－齿斧鱼一点关系也没有；还有一种特殊的鰕虎鱼，有发蓝色磷光的鳞片，像一块拉长石；有萨哈林小狐狸、长须八角鱼、无腿背斑鳚、长腹锦鳚（我可不是在骂人）、圆腹鱼、尖头文鳐鱼、膨胀的像球似的绒杜父鱼、巴氏拟北鳚、优雅的穗瓣杜父鱼、日本栉鲳——这些都是官方术语。不必看这些鱼的图片，只要说出它们的名字，一切就大概明白了。这些鱼好像来自奇幻的异想。总遇到有人跟你讲你一次也没见过的生灵，尽管你一生都与它们住在同一个海岸边。

日本福岛第一核电站事故发生后，更容易解释了：出现任何奇怪的鱼都可以归咎为辐射。

最近鰤鱼开始流行起来，但我还不认识它。没关系，往后还有大半辈子呢。

老实说，如果我明天在海里看到美人鱼，我也不会太惊讶。我认为，即使科学家也不能知道我们海洋中的所有生物。我们的深海居民——似乎处在寻常深度——它们像外星生物、"怪物"。人类病态的想象力会创造新的生物，人类在狂躁噩梦中梦到的事情可能会在海洋中孕育而生。

* * *

作为一个滨海人，我也尊重河鱼，不像我的许多同乡，他们认为所有的淡水河鱼都"有股泥味儿"。也许原因在于，海边的人们对待"内陆"以及任何可以看到对岸的水域有难免的轻佻的傲慢，在于滨海地理沙文主义，甚至烹饪沙文主义。但这一点我不赞同我的同乡。我只对非我们的鱼有偏见——也就是那些西方的、奇怪的和陌生的鱼。

符拉迪沃斯托克的鱼都是从列夫河和兴凯湖运来的，包括乌鱼、鲇鱼、鲤鱼和白鲢鱼。远东最大的淡水湖——兴凯湖里有罕见的中国"鳜鱼"、远东海龟、草鱼。兴凯湖是界湖，一部分位于中国。

我记得在列夫—伊利斯塔亚河中有一种巨型须鲇鱼。我经常怀着一种特殊的心情回忆起黄颡鱼，这是光滑的浅褐色鱼（没有鳞片），做汤很美味，有胡须，看起来像鲇鱼又像小鲨鱼，还像漫画中美国战略防御计划的巡航导弹。它的背部和两侧有三根锋利的硬刺（好像有毒，被它刺伤后会痛很长时间），刺上有特殊的锯齿。因为害怕它的刺，其他的鱼不敢吃它，但它自己什么都吃，甚至被割去内脏的黄颡鱼还能游一段时间——有一次我看见一只被割下头的黄颡鱼用鳃进行呼吸过了很长时间。从水里捞出来的黄颡鱼，它的刺一张一缩，发出响亮而愤怒的嘎吱声，因此有了"嘎牙子"或"嘎鱼"的绰号。还有一种更大的黄颡鱼，叫作"鞭子"。

我的祖父在二十世纪五、六十年代当过滨海地区几个区的领导，还管理过边疆区的整个农业，有一次他在切尔尼戈夫卡接待了几位贵宾——从中国环游归来的莫斯科作家。作家们讲述了中国人怎样用神奇的鱼招待他们，这种鱼产自一个神秘的湖泊。祖父明白了他们说的是什么鱼，去了一趟列夫河，用了半小时就抓回来几条黄颡鱼：

"是这个吗？"

"就是它……"

而乌鱼是一种近一米长的淡水鱼，它没有水也可以活几天，呼吸空气并发出"咕噜咕噜"的声音，可以在陆地上从一个水域爬到另一个水域。一些人表示，乌鱼能在陆地上进行捕食（或者至少在扬科夫斯基和伯连纳时期是可以的，那时候滨海地区还是荒野）。乌鱼肉以色白、味美、刺少而闻名，可做成美味的鱼冻，做汤、菜也很好，还可以包上箔纸烤。19世纪末，加林·米哈伊洛夫斯基写的故事里面，提到浮在水面上的不知是蟒蛇还是鳄鱼的生物，可能就是20公斤重的乌鱼伪装成的。

阿穆尔河里有鳇鱼——是一种鲟鱼。

优质的北方鱼包括穆松白鲑、宽鼻白鲑、红点鲑，还有优雅的冷水鱼——哲罗鱼、细鳞鱼、茴鱼 ——它们可以写成单独的小说或拍成电影。

哲罗鱼——显然不是俄罗斯名字，但这个名字可以理解为游速快、贪婪、残忍的冷水鱼。

茴鱼（尽管名字听起来很优雅，但生得"很丑陋"）——一种不好看的银色小鱼，令人费解的鲜艳的尾鳍好像突然张开似的。"茴鱼"这个词是一个伪拉丁语结构，就像"архивариус"（档案保管员），但外来语词尾在日常使用中被去掉："茴鱼"（хариус）的名字本地化成了"哈留兹"（харюз）、"哈留兹克"（харюзк）。

在科雷马河上游的一个地方有个高山湖泊，20 世纪 30 年代浪漫的苏联地质学家称它为"杰克·伦敦湖"。这个湖的支流把它与"跳舞的茴鱼"湖连在一起。我从未去过那里，虽然也从未去过埃及、土耳其或泰国等度假胜地，但比起这些地方，我更想去那个高山湖泊。但我也不急着去。

（崔艳霞　译）

译后记

　　读者手中的这部《当代俄罗斯小说集》（第二辑），是黑龙江大学与圣彼得堡国立大学在文学翻译领域的又一合作成果。与《当代俄罗斯小说集》（第一辑）相比，这部文集具有以下三个鲜明特征：

　　第一，内容上以区域文学和描写各区域的文学为主。这里既收录有俄罗斯代表性作家的创作，也包括一些描写各地区的文学作品。尽管远没有覆盖俄罗斯的全部地区，但是像卡累利阿、纳里扬马尔、弗拉基米尔、伏尔加格勒、顿河畔罗斯托夫、别尔哥罗德、奥塞梯、克麦罗沃、符拉迪沃斯托克等，我相信，几乎还是第一次出现在我国读者的视野内，极大地拓宽了广大读者对苏联解体后新俄罗斯文学的认知空间。

　　第二，地区色彩浓、乡土气息足是本辑收录文本的突出亮点。中国读者较为熟知俄罗斯经典文学中的彼得堡文本、莫斯科文本，因外地文本多散见于各个作家笔下、不成体系而觉得陌生或仅略知一二，再加上高加索文本多为俄罗斯作家所写，呈现出来的多是一种带有异国情调的他者视角，这就导致我们对除了莫斯科和彼得堡以外的区域文学了解甚少。伊琳娜·马马耶娃的

《战狼》、尤里·涅奇波连科的《与云齐飞》和达尼埃尔·奥尔洛夫的《通往月亮的车票》让我们了解了俄罗斯北方的特有风俗和人文传统。更为让人惊叹的是，瓦列里·艾拉佩强、鲁斯兰·别库罗夫、瓦西里·阿夫琴科三位作家的作品以内视角的方式描写了亚美尼亚人、奥塞梯人和远东人的生活习惯和性格，前两者笔下的民族特色鲜明，后者的乡土气息明快。

第三，写当下生活是多数文本的立脚点和着眼点。世事变迁，沧海沉浮，俄罗斯自苏联解体以来，经历了众多的动荡：社会转型、商品经济大潮冲击、民族冲突、城乡差异、全球化与本土化、广袤的西伯利亚和远东地区发展乏力等，这些发生在我们最大邻国的种种社会现象在本辑中得到了或具体或素描般的呈现。当然，作家们关注的并不仅仅是社会进程本身，更多的是永远处在这一过程中的具体的人和具体的事，所以，人与家乡之间的关系问题、人与历史的联系问题就成了多数文本关注的焦点，这使得小说集整体上呈现出一种剪不断、理还乱的锥心之痛和淡淡的乡愁。

时隔两年，圣彼得堡国立大学和黑龙江大学合作《当代俄罗斯小说集》（第二辑）即将问世。真诚希望两校在人文领域的各项合作进一步走实走深，黑龙江大学俄语学科团队也愿意在其中贡献自己的一份微薄之力。本辑文本中有不少年轻作家的新作，语言多有体现时代特色的新词新意，这给翻译工作带来了一定的难度，难免有挂一漏万之处，希望国内读者多提宝贵意见。

本辑的出版得到了黑龙江大学出版社的鼎力支持，这里一并致以诚挚的感谢。

孙　超

2020 年 12 月于黑龙江大学